LA GRAN CONCUBINA DE EGIPTO

Albert Salvadó

Dedicado a Maribel y a Jesús. ¡Gracias por su amistad!

ISBN: 978-99920-1-952-2
Depósito legal: AND.199-2012

© **Albert Salvadó** ®
www.albertsalvado.com

Diseño de la cubierta: Sarabia Photo

ÍNDICE

BREVE REFERENTE HISTÓRICO

El Imperio Romano duró mil años y en mil años aconteció todo cuanto podía suceder y asistimos a todo lo que podíamos haber presenciado: desde la virtud más elevada hasta el defecto o el pecado más imperdonable, desde la gesta más sublime a la bestialidad más inconcebible. Todo tuvo cabida en un período tan dilatado. Y lo sabemos porque todo quedó escrito.

La historia de Egipto duró mucho más de dos mil años. Si en mil años de Roma sucedió de todo, ¿qué no pudo pasar en todos los siglos que existió el Egipto de los faraones? ¿Qué no fue posible a lo largo de más de treinta dinastías? Sin embargo, curiosamente, la cantidad de información que ha llegado a nuestros días no es tan extensa como la de Roma ni muestra tamaña riqueza de detalles. Hay muchos agujeros negros difíciles de llenar.

Somos muy conscientes de la dificultad que entraña establecer con exactitud las fechas en el antiguo Egipto. De manera que diremos que, aproximadamente, entre los años 1098 y 1070 aC reinó Ramsés XI, el último faraón de la vigésima dinastía. Él fue el último que llevó este nombre, el último de los ramésidas.

La vigésima dinastía duró más de un siglo y acabó de una forma muy extraña. Egipto, por sí mismo, ya es extraño y misterioso y su historia es compleja, complicada y a veces difícil de entender. Cada día aparece un nuevo dato, un nuevo descubrimiento que nos deja boquiabiertos y perplejos, porque puede cambiar la idea que teníamos de aquella época.

Bajo el reinado de Ramsés XI, que duró unos 27 años, tuvieron lugar hechos difícilmente explicables que significaron la aparición de una dinastía paralela en Tebas, formada por sumos sacerdotes con Herihor al frente.

Es un período convulso, con un faraón y dos reyes: Smendes al norte y Herihor al sur. Además de la aparición de otro hombre, Penehasy, también con deseos de realeza, que acabó más al sur de las cascadas, en territorio de Nubia. Una situación que puede parecer absurda, pero que forzosamente debía tener alguna explicación razonable.

Curiosamente, la tumba de Herihor, a pesar de que aparece representado en el templo de Jonsu con la doble corona, del Alto y del Bajo Egipto, no ha sido hallada. En cambio, la que sí que se ha encontrado es la de su esposa Nodyme. Ellos fueron los reyes de Tebas y ellos fundaron la dinastía de los sacerdotes.

Éste es otro misterio más que añadir a la larga lista de secretos que esconden tumbas que aún no han sido descubiertas. Quizá algún día acabaremos por atisbar un poco de luz en medio de tanta oscuridad.

Nunca podré agradecer lo suficiente a Francesca Berenguer que me puso tras la pista de unos personajes tan fascinantes y tampoco podré hacer lo mismo con

Salvador Costa, que tuvo la inmensa paciencia de explicarme cosas de aquella época. De eso hace ocho años. Y tanto una como otro, ambos eminentes egiptólogos, lo hicieron con tanto afán y tanta pasión que excitaron mi imaginación y mi deseo de saber algo más.

Desde la humildad de quien no conoce bastante, ni nunca llegará a saber lo suficiente, porque Egipto es inalcanzable, las páginas que siguen son un relato novelado de lo que he imaginado sobre lo que pudo haber sucedido en aquella época.

Gracias, una vez más.

EL AUTOR

PRIMERA PARTE

1.1 -HA MUERTO UNA REINA

A última hora de la tarde, al oeste de la ciudad, sobre la montaña Tebana, cuando todavía se distingue el ocre de las tierras áridas que rodean y protegen el Valle de los Reyes, los tonos rojizos empiezan a llenar el horizonte para ganar la batalla al azul y anticipar la llegada de la oscuridad. Es la hora del silencio, del recogimiento y de la contemplación del magno espectáculo que tiene lugar en Egipto cada atardecer, cuando el día deja paso al ocaso y el mundo de la luz cede su reino al universo de las estrellas.

En la habitación de generosas dimensiones que daba al Nilo, la penumbra también empezaba a sustituir la claridad y las sombras se alargaban para cubrirlo todo, de idéntica forma que la niebla se extiende y alcanza hasta el último rincón.

Una sirvienta armada de un palo, en cuya punta ardía una pequeña llama, encendió los candiles que colgaban de las columnas y aparecieron las luces que dibujaban sombras que danzaban al ritmo marcado por las lenguas de fuego, entre rojas y amarillas, primero tímidas y temblorosas, pero que poco a poco adquirieron fuerza y acabaron por levantarse orgullosas y majestuosas para iluminar la cama que ocupaba el centro de la estancia.

Una sábana de hilo, de un blanco inmaculado, cubría el cuerpo femenino, delgado y menudo que reposaba con la cabeza apoyada sobre el pequeño caballete de madera que hacía les veces de cojín. Junto a ella, guardando un respetuoso silencio, cinco hombres y seis mujeres velaban un sueño que ya era absoluta quietud.

¡Pobre abuela!, meditaba Pinedyem, el hombre más poderoso de Tebas que gobernaba sobre el Alto Egipto, desde Asuán hasta Harday. Curiosamente (reflexionaba) al final del día, en el desierto, justo cuando el sol alcanza el horizonte, tenemos la extraña sensación de que cada vez va más deprisa, como si una fuerza procedente de detrás de las colinas, incluso de más allá de las dunas, lo atrajese. Lo mismo había sucedido con la abuela, que tras unos días durante los que parecía que el tiempo se había detenido, los últimos instantes habían transcurrido muy veloces. La respiración se había vuelto más lenta y entrecortada y, finalmente, dos expiraciones muy pausadas, una más larga que otra, y el silencio. Se había deshinchado, lo poco que la pequeñez de su cuerpo le había permitido, y había acabado quieta. Pinedyem había tenido la extraña sensación de que con la última expiración había entrado por el ventanal un soplo de viento que le había conducido a imaginar que arrebataba el *ka*, el alma, de aquella mujer para llevárselo hacia los dominios de los dioses.

Pinedyem estaba situado a los pies de la cama y miraba aquel cuerpo pequeño, disminuido y ahora incluso encogido por el paso de los años, poco más que una sombra de lo que había representado la figura alta y esbelta de la gran Nodyme, la esposa de Herihor, el Primer Profeta de Amón, la magnífica y orgullosa mujer que había parido diecinueve descendientes, entre hijas e hijos, y que había muerto aquella misma mañana.

Durante todo el día habían desfilado todas las hijas y todos los hijos que aún permanecían con vida y todos los nietos y todos los parientes y todos los nobles, para darle su postrer adiós. La gente del pueblo estaba triste. Acababa de morir la que durante más de siete años había sido la Gran Concubina de Amón, la verdadera primera reina de Tebas. La madre del Alto Egipto, tal como la llamaban.

Aquella mujer había exhalado su último suspiro como si fuese uno de los candiles que cuelgan de las columnas, cuando agota el aceite y se apaga lentamente, sin la menor violencia, en la merecida paz de quien ha vivido una larga vida llena de avatares y que incluso ha traspasado la frontera del deber para ir mucho más lejos, donde sólo los grandes espíritus se atreven a llegar. Pinedyem lo sabía muy bien y le rendía un cálido homenaje, sin palabras, en el silencio de la habitación. Detrás de él, el Segundo Profeta Sharek, el Tercer Profeta Uaraktir y el Cuarto Profeta Mendyebet, miembros del alto clero, permanecían en una respetuosa actitud de recogimiento. Ellos constituían el gobierno de Tebas.

A la derecha de la cama, Henut-Tauy, la esposa de Pinedyem, la que desde hacía un año ocupaba el cargo de Gran Concubina de Amón, parecía una estatua con la mirada dirigida hacia el rostro de Nodyme. Al otro lado de la cama, Makare, hermana de Pinedyem, Divina Adoratriz, Esposa de Dios y superior de las sacerdotisas de Amón, permanecía con los ojos entornados, murmurando una oración. Detrás, las cuatro sacerdotisas encargadas de los cuatro *phylaes*, los cuatro grupos que constituyen el clero femenino, esperaban órdenes. Ellas, escogidas entre las mujeres de las capas más altas de la sociedad, serían las encargadas de seleccionar las pertenencias que acompañarían a Nodyme en el largo viaje a través de las Grandes Aguas. Sólo ellas podían llevar a cabo esta tarea, porque sólo ellas gozaban de la confianza de Makare y de la reina Henut-Tauy. Desde hacía años, en Tebas, elegían a las sacerdotisas de alto rango entre la gente más rica de la población, entre los que no padecían penuria alguna. De esta manera se evitaban la tentación que significa la constante visión de las joyas de una reina. Y si alguna de ellas perdía su fortuna, era inmediatamente expulsada de la orden.

Finalmente, arrodillado en un rincón, lejos de todos, con el rostro vuelto hacia una columna, Heday lloraba en silencio y su corazón se desgarraba. Él había sido el sirviente más fiel de Nodyme durante toda una vida, casi un esclavo o, más todavía, un perro agradecido, desde que la esposa de Herihor se compadeció y recogió a aquel pobre muchacho que deambulaba por las calles de Tanis, que dormía en cualquier rincón y que recibía el desprecio, los golpes y las burlas de todos los habitantes de la capital del norte de Egipto. El pobre había nacido mudo, casi sordo y con una malformación en el pie derecho. Y todo ello, en el Egipto de los faraones, donde el culto a la belleza y a la perfección estaba por encima de todo, representaba una desgracia de tales proporciones que sus padres, avergonzados pero sin el coraje suficiente para matarlo, lo habían criado escondido en casa.

De hecho, habría que precisar que fue su madre quien lo salvó de la muerte y se hizo cargo de él, jurando a su marido que no le daría el menor problema, que lejos de la ciudad y en mitad del campo nadie se percataría de su existencia y que, si no quería, no tenía ni que hablarle. Como si no existiese. Su esposo le tomó la palabra y ni tan siquiera le dirigía una mirada.

Heday sólo tenía diez años cuando murió su madre y el trato recibido hasta aquel instante varió notablemente. De la indiferencia pasó a recibir palos y empujones, comía cuando podía, huía de casa cada noche, dormía bajo las estrellas y regresaba cuando su padre salía a labrar los campos.

Dos años más tarde su padre también murió y él tuvo que buscarse el sustento. Fue entonces cuando decidió acercarse a la ciudad, pero al poner un pie en Tanis, todos le tomaron por idiota. Le hablaban y no respondía, le llamaban y no se volvía. Andaba escorado por causa de su pie malformado y los niños se burlaban de él, le perseguían y le lanzaban piedras. Sin embargo, bajo aquel muro de silencio habitaba una mente despierta y un corazón agradecido y lleno de sentimientos y de hambre de amor. Aquel muchacho creció al amparo de Nodyme, se convirtió en un hombre alto y fuerte como un león y dedicó toda su vida a servir a su señora. Ahora, una vez muerta Nodyme, Pinedyem había dejado muy claro que Heday viviría bajo su protección y... ¡Ay de quien se atreviese a burlarse o a hacerle el menor daño!

La que había sido reina de Tebas abandonaba el mundo de los mortales cinco años después que su marido Herihor, un año después que Pianj, el padre de Pinedyem y sucesor de Herihor, y once meses después que Ramsés XI, el faraón que había reinado durante casi tres décadas. Por lo tanto, los escritos dirían que murió el primer año del reinado de Smendes, que también era el primero del reinado de Pinedyem, después de que Ramsés XI hubiese reinado veintisiete años, de los que diecinueve eran de la primera etapa y el resto correspondían al Renacimiento.

Sharek a menudo se había preguntado si no resultaría más sencillo y más lógico contar los años sin detenerse, en lugar de iniciar una nueva numeración cada vez que moría un faraón. Pero la tradición es la tradición. Y, en aquel caso, aún resultaba mucho más complicado, porque al llegar al decimonoveno año de reinado habían vuelto a partir de cero. Si, a veces, los historiadores ya tenían verdaderas dificultades para establecer la cronología de hechos que pertenecían a un pasado no muy lejano, daba miedo pensar lo que podía suceder dentro de unos años, cuando alguien hablase de lo que había acontecido durante el séptimo año del reinado de Ramsés XI y otro le preguntase si se refería al primer reinado o al renacimiento. ¡En fin!

Lo que nadie podía negar era que aquellos últimos años habían sido muy largos y tan repletos de acontecimientos que casi habrían podido significar el inicio de una guerra de consecuencias imprevisibles, meditaba Pinedyem. Sin embargo, tampoco podía olvidar que tantos problemas no eran más que la culminación de los años anteriores y que no podían echarles la culpa a los últimos meses, sino que el inicio quizás habría que buscarlo mucho tiempo atrás, cuando toda su familia vivía en el norte, en el delta del Nilo, en Pi-Ramsés, la residencia que el faraón Ramsés XI había ordenado construir al sur de Tanis, que llevaba su nombre y que sólo servía para perpetuar una imagen vacía y débil, impropia de quien ocupa el puesto más alto del imperio. Tan vacía que ni siquiera había sido enterrado en el Valle de los Reyes, en la tumba que permanecía inacabada, justo en el valle oriental, y que ahora jamás acogería ningún cuerpo. Por primera vez en toda la historia de Egipto un faraón escogía el delta para ser enterrado. ¿Cómo Ramsés XI había podido tomar una decisión tan absurda?, se preguntaba Pinedyem. Aquel faraón había sido tan idiota que no tuvo en cuenta que el desierto, con su clima seco, conserva, mientras que el delta, evidentemente más húmedo, pudre. ¿Pero, quién podía extrañarse? Aquélla era otra de las muchas absurdas decisiones que había tomado a lo largo de su vida, por desgracia demasiado extensa y que se había convertido en un desastre para Egipto.

¡Así se pudra, porque todo su reinado estuvo podrido!, exclamó Pinedyem en su interior, con rabia.

En aquellos momentos, el hombre más poderoso de Tebas, frente a la cama de su abuela, recordaba que reclamó la tumba inacabada de Ramsés para su propio entierro, pretendiendo con este gesto demostrar su superioridad. Ahora sonreía al pensar que Nodyme le hizo reflexionar y entender que aquel capricho constituía una estupidez y que nunca representaría el menor triunfo, sino que todos se lo tomarían como la aceptación de que Ramsés XI, el último de los ramésidas, había sido el faraón de todo Egipto, del Alto y del Bajo. Y ésa no era la idea que tenía Pinedyem, sino que siempre había pregonado a los cuatro vientos que aquel faraón nunca fue ni amo ni señor de nada. ¡Absolutamente de nada! Incluso se lo había escupido a la cara. No podía ser de otra forma porque en el norte, a pesar de que ahí era donde el faraón habitaba, reinaba Smendes, que tomaba todas las decisiones y que le había sucedido en el trono. Todos sabían que en el sur Herihor era quien de veras había mandado durante siete años, y ahora el poder lo ostentaba Pinedyem, tras haber pasado por las manos de Pianj. Y más allá de las cascadas, en Nubia, no había más voz que la de Penehasy, que a pesar de que había sido expulsado de Tebas seguía dominando la Elefantina y todos los territoris de más arriba de las tierras negras. ¿Dónde estaba, pues, el poder del faraón?

Finalmente Pinedyem había decidido convertir aquella tumba en taller de los artesanos que trabajaban en el Valle de los Reyes. Ya dispondría de tiempo más que sobrado para excavar, construir, pintar, decorar y vestir su propia tumba y, mientras, aquel gesto daba una idea clara del desprecio que sentía por un faraón que nunca fue nadie.

¡Bien!, exclamó Pinedyem y asintió con la cabeza, una sola vez. Hacía un rato que había ordenado cerrar las puertas de la habitación para que nadie más entrase. Ya había tenido bastante desfile y se sentía verdaderamente cansado.

—Es hora de retirarse. Que venga Beder, que se haga cargo del cuerpo de Nodyme y que la prepare para que sea acogida en la casa de Amón —ordenó el rey.

Entonces, respiró hondo, exhaló todo el aire de sus pulmones y abandonó la habitación. Makare abrió los ojos, se volvió hacia las cuatro sacerdotisas, asintió con un suave movimiento de su cabeza y acto seguido también abandonó la habitación, sola. Cuando las cuatro mujeres hubiesen acabado su trabajo, la avisarían para que diera su aprobación.

Henut-Tauy, la esposa de Pinedyem, aún se quedó un rato contemplando los restos mortales de Nodyme. Una gran mujer, no cesaba de exclamar en su interior. En los cinco últimos años, justo después de la muerte de Herihor, Nodyme adquirió una notable preponderancia, como si hubiera heredado el *ka*, el alma y la energía de su marido, y ofreció, primero a Pianj y después a Pinedyem, unos valiosos consejos, hasta que Ramsés murió. Entonces, de pronto, su belleza empezó a palidecer, su cuerpo se encogió y la pendiente de su caída aumentó considerablemente a medida que avanzaban los días, hasta que todos presenciaron que casi se precipitaba en el vacío. Los que la conocían bien comentaban que ya había concluido la tarea que le había confiado su marido al morir y que había decidido caminar muy deprisa para encontrarse de nuevo con él.

El tiempo pasa de forma inexorable para todos, pensó Henut-Tauy, y suspiró. ¡Lástima!, exclamó casi sin despegar los labios, en voz baja, y se llevó las manos a la parte baja del vientre. Nodyme no conocería al hijo que desde tan sólo hacía tres meses cobijaba en su interior.

¿Cómo será nuestra apariencia al otro lado de las Grandes Aguas? ¿Recuperaremos la belleza perdida?, se preguntó, de pronto. ¿Qué han decidido los dioses al respecto?

Ahora, por el momento, el único que podía hacer algo era Beder, que se llevaría aquel cuerpo y lo embalsamaría para concederle la eternidad física. La otra eternidad, la espiritual, ya sólo dependía del resultado del gran juicio y de lo que los dioses decidiesen.

Entonces se quedó con los ojos fijos en el rostro de Nodyme. Su cerebro acababa de recuperar una pregunta que ya había formulado un par de días antes. ¿Dónde la enterraremos?

Aquella mujer, rompiendo con todas las normas y todas las costumbres de Egipto, no había ordenado construir tumba alguna para ella. Incluso, cuando alguien mencionaba el tema, no quería ni oír hablar.

—Cuando llegue el momento, los dioses ya decidirán —contestaba.

De acuerdo, pero los dioses habían enmudecido y ahora Pinedyem tenía que decidir al respecto.

¿Quizás la enterrarían en el Valle de las Reinas...? Claro que antes de responder a esta pregunta habría que formularse otra: ¿Podía ser considerada reina, si Ramsés aún vivía cuando su marido gobernaba en Tebas? Si su marido hubiese sido enterrado en el Valle de los Reyes... entonces, seguro que sí. Pero, Herihor no tenía tumba, ni en el Valle de los Reyes ni en el Valle de los Nobles ni en ninguna otra parte. De hecho nadie sabía dónde se hallaba su cuerpo y todos daban por buena la explicación que circulaba sobre que Amón había venido a buscarlo y se lo había llevado en cuerpo y alma, después de resucitarlo. Sin embargo, ella dudaba. En silencio, naturalmente. Como todos.

—No lo sé —había respondido Pinedyem a dos preguntas: ¿Pueden los dioses resucitar un cuerpo que ha muerto? Y ¿Dónde está el cuerpo de Herihor?

A Pinedyem le habían molestado aquellas preguntas. Nadie las formulaba, nadie dudaba de las historias de los dioses, nadie hablaba de la desaparición de Herihor. ¿Por qué Henut-Tauy tenía que rescatar aquellos enigmas del pasado y traerlos al presente? Tal como decía su abuelo: el pasado adormece, el futuro detiene y el presente es el único que impele a actuar.

¡Ay! Hacía un par de días que Henut-Tauy había hablado de este tema con su marido, le había planteado todas sus dudas y al ver que las respuestas eran cortas y taxativas, había acabado por plantear la pregunta final: ¿Dónde enterraremos a Nodyme?

—Ya lo decidiré cuando llegue el momento —había respondido Pinedyem, añadiendo a sus palabras un gesto de la mano, con el que parecía querer espantar los pensamientos.

¡Aún acabaría convirtiéndose en costumbre, eso de romper con todas las normas y de no construir ninguna tumba ni dejar instrucción alguna!, pensó Henut-Tauy. Herihor había hecho lo mismo...

Nodyme era hermana de Ramsés XI, hija de Ramsés X, nieta de Ramsés IX y descendiente del gran Ramsés III. Tenía sangre real por los cuatro costados y pertenecía al mismo linaje que Henut-Tauy, que era hija de Ramsés XI, aunque no de la Gran Esposa, sino de una tercera esposa que hacía años que había muerto. Así que, Nodyme era abuela de su esposo Pinedyem y tía suya.

Sin embargo, el misterio que rodeaba la muerte de Herihor pesaba demasiado y el hecho de que quien había sido Primer Profeta de Amón nunca emplease ninguno de los títulos reales fuera del templo de Jonsu planteaba interrogantes difíciles de resolver. Henut-Tauy sabía que hasta Pinedyem habían llegado las voces que explicaban que la gente del pueblo llano había empezado a reclamar insistentemente un mausoleo para Nodyme, para ella sola, lejos del Valle de las Reinas, como si fuese más que una reina; la esposa de un dios real, en cuerpo y alma, la Gran Concubina de Egipto, del Alto y del Bajo.

¿Qué quería el pueblo? ¿Tal vez un nuevo *Rameseo* o quizás un templo similar al de la reina Hatshepsut?, había exclamado Pinedyem.

—Señora, Beder está aquí y solicita permiso para llevarse el cuerpo —oyó Henut-Tauy que decía una voz masculina junto a ella.

La Gran Concubina de Amón se volvió y vio el rostro de Sharek, el Segundo Profeta de Amón, la mano derecha de Pinedyem, el hombre que había servido fielmente a tres reyes. No sería una decisión fácil, coronó sus pensamientos en silencio, refiriéndose al entierro de Nodyme, justo antes de asentir para dar a entender que concedía su permiso y que ya era hora de retirarse.

Abandonó la habitación y saludó a Beder con una leve inclinación de cabeza. El embalsamador aguardaba pacientemente a la puerta de las habitaciones privadas de Nodyme. A partir de aquel momento, la primera reina de Tebas era enteramente suya. O mejor dicho: lo que quedaba de ella.

Beder era un hombre de unos cuarenta años, alto y delgado. Llevaba la cabeza rapada y nunca sonreía. La gente comentaba que los músculos del su rostro perdieron la capacidad de moverse el día que entró a trabajar a las órdenes de Yenes, el jefe de los embalsamadores en tiempos de Herihor, que lo había escogido para enseñarle todo cuanto precisaba saber para cuando llegase el momento de proceder al relevo, circunstancia que había tenido lugar hacía cinco años, cuando el maestro desapareció para siempre jamás. Otro misterio increíble, que había que sumar al de la desaparición de Herihor, del que nadie tampoco se atrevía a hablar, pero que ahora resucitaría de nuevo y volvería a abrir muchos interrogantes, preguntas silenciosas, formuladas únicamente con la mirada, sin atreverse a ir más allá, aunque nadie del alto clero creía que Yenes hubiera sido arrebatado del mundo de la luz para atravesar las tinieblas e ir a servir a Herihor. El pueblo puede creer cualquier cosa, pero alguien que conoce la realidad de los dioses... ¡Ni hablar!

Beder, en aquellos lejanos días, ya tenía muy claro que muchos enigmas quedarían resueltos respondiendo únicamente una pregunta: ¿Dónde está el cuerpo de Herihor?

Había visto demasiados cadáveres que empezaban a descomponerse, como para aceptar fácilmente la posibilidad de un prodigio de los dioses. Para él un cadáver no era otra cosa que una masa de carne inmóvil que pasaba por sus manos para que él le concediese el don de no caer bajo la tutela de los gusanos y así poder traspasar la frontera del tiempo sin que sus huesos, su piel y todo lo que hubiese quedado acabasen convertidos en polvo.

Aún así, cinco años atrás ni siquiera abrió la boca y ahora tampoco lo haría. Había aprendido de su maestro que el silencio y la prudencia son dos aliados que nunca hay que perder ni despreciar. Y a esas virtudes había que añadir una tercera: la honradez más escrupulosa para no perder la dignidad que Herihor había concedido al jefe de los embalsamadores. ¡Sólo al jefe!

Antes de la llegada de Herihor a Tebas, el pueblo consideraba que los embalsamadores eran seres apestosos que llevaban la muerte prendida de la punta de los dedos. Personas de baja calidad y perversos instintos. Tanto era así que nadie que tuviese dos dedos de frente dejaba en manos de aquellos depravados el cadáver de una mujer que hubiera sido bella antes de que hubieran transcurrido tres días. Ésta era la única manera que tenían para asegurarse de que su cuerpo no sería mancillado, como ya había sucedido en numerosas ocasiones. Tampoco les confiaban los amuletos ni las joyas para que fuesen depositadas entre las telas que cubrirían el cadáver. ¿Quién podía fiarse de que no desaparecerían? Aquellas aves de rapiña sabían que nadie caería en el sacrilegio de rasgar las vendas para comprobarlo y se aprovechaban de ello. ¡Dioses! Eran demasiados años y demasiadas barbaridades y el pueblo tiene oídos, ojos, lengua, y acaba aprendiendo y lo guarda todo en su memoria. Por eso, Herihor instituyó el cargo de jefe de los embalsamadores del templo y escogió para ocuparlo a un hombre de probada honradez, alguien a quien nadie pudiese acusar de nada y alguien que fuese capaz de retornar el prestigio a una profesión que había caído en el pozo más profundo. A partir de aquel instante, un embalsamador (¡al menos uno!) abandonaría el infierno de la vergüenza y del desprecio para dar dignidad a una tarea que requería pureza de espíritu.

A una orden de Beder, los dos ayudantes que le acompañaban depositaron la camilla sobre la cama, junto al cadáver. Entonces, con sumo cuidado, trasladaron el cuerpo de Nodyme.

Durante el corto espacio de tiempo que duró la operación, Beder aguantó la respiración de forma totalmente inconsciente. Padecía porque tenía la extraña sensación de que aquel cuerpo tan frágil podía quebrarse en cualquier momento. Y sólo cuando sus ayudantes enderezaron la espalda, tras haber soltado el cadáver, se sintió más tranquilo.

Sharek agachó la cabeza en el momento en que la camilla pasaba por delante de él. Aquella mujer había sido una gran reina. Sin duda alguna. Nadie lo negaría, y él menos todavía, porque había vivido muchos años muy cerca de ella. Todos los que había servido a las órdenes de Herihor, que poco después de llegar a Tebas le escogió para formar parte del alto clero, honor que también había recibido de Pianj y ahora de Pinedyem.

¡Una mujer extraordinaria!, exclamó para sí el Segundo Profeta, apretando los labios, alzando las cejas y asintiendo repetidas veces. ¿Qué habría sucedido si ella no llega a intervenir en los momentos más delicados de los últimos tiempos? ¿Qué argumentos había empleado para apagar el deseo de venganza de Pinedyem? De la conversación entre Nodyme y Pianj jamás nadie sabría nada. Ambos estaban muertos y la historia no diría nada. No obstante, aún quedaba alguien que podía explicar el contenido de la larga entrevista (casi toda una tarde) que tuvo lugar entre Nodyme y Pinedyem, unos días después de la muerte de Ramsés XI. Fue entonces, después de que el nuevo rey renunciase a luchar contra Smendes, el sucesor del faraón, que Nodyme inició la caída que la había conducido hasta la muerte. Parecía cierto que ya diera por cumplida su misión entre los vivos.

Una vez la camilla hubo desaparecido, Sharek hizo un gesto con la mano y los dos altos sacerdotes que le acompañaban también abandonaron la habitación, donde sólo quedaban las cuatro responsables de los *phylaes* que lo ordenarían todo y lo dejarían bien limpio y cerrado hasta que Pinedyem decidiese qué había que hacer con aquella habitación y con su contenido. Bueno, quedaban las cuatro responsables de los *phylaes* y... Heday, que no se había movido de su rincón y a quien nadie dijo nada. ¿Quién se atrevería, si su llanto tenía el poder del dolor y del amor?

Cuando caminaba por el pasillo, Sharek negó con un movimiento de su cabeza e hizo chascar la lengua. Los otros dos profetas se lo tomaron como un gesto de resignación y de dolor. Sin embargo, habrían mudado de opinión si hubiesen podido leer sus pensamientos.

Lejos de allá, en el otro extremo del palacio, antes de retirarse a descansar, desde la puerta que daba a la terraza de su dormitorio, Henut-Tauy contemplaba la figura de su marido, que permanecía sentado en el suelo con las piernas cruzadas, tal como haría un escriba, y la vista perdida sobre las tranquilas aguas del Nilo.

Ella era consciente de que Nodyme y Pinedyem, abuela y nieto, habían estado muy unidos durante los dos últimos años y que aquella desaparición representaba una pérdida irreparable. Su marido necesitaría tiempo para hacerse a la idea, aunque los médicos ya le hubiesen anunciado el fatal desenlace un mes antes y le hubiesen dicho que cuando un cuerpo se niega a seguir viviendo todos los conocimientos de la medicina resultan inútiles y todos los esfuerzos, estériles, porque la naturaleza siempre estará por encima de la ciencia.

El joven rey, al oír estas palabras había recordado que su abuelo, el gran Herihor, en los últimos días, cuando la muerte ya le rondaba y todos le rogaban que comiese y que se esforzara, había exclamado: «¡Pobre desgraciado de quien pretende mantener en esta vida a alguien que ya ha decidido vivir en el más allá! ¿Acaso no os dais cuenta de que este deseo de mantenerle con vida es una condena y que la liberación llega precisamente cuando le dejáis marchar? Todos, desde el primero hasta el último, sabemos cuándo estamos de más, cuándo nos ha llegado la hora y cuándo el tiempo añadido ya no constituye ningún regalo. Por eso, aunque sólo sea con los ojos, pedimos que se nos deje en paz».

Henut-Tauy se acercó sin hacer ruido, se arrodilló detrás de Pinedyem y lo abrazó delicadamente, tomándolo por los hombros y juntando su mejilla a la de él, como si el hecho de reseguir la línea de su mirada pudiera abrirle una puerta que le permitiese descubrir todo lo que había en su interior.

—¿En qué piensas? —dijo Henut-Tauy, y dibujó una sonrisa en sus labios.

—Pensaba en la abuela —respondió él, y cerró los párpados para respirar profundamente—. ¿Has visto cómo lloraba Heday? Recuerdo el día en que la abuela decidió traerlo a nuestra casa, cuando vino a pasar unos meses. Yo tenía diez años y le dije que no me hacía ninguna gracia tener tan cerca un idiota como aquél, con tanta fuerza, capaz de matar un toro de un sólo golpe, con sus puños, y ella me contestó que la mirada de Heday no era la de un idiota, sino la de alguien que sufre en silencio. Entonces le dije que me daba miedo porque nunca sabía lo que pensaba ni lo que sentía, pero que estaba seguro de que Heday podía leer mis pensamientos. Siempre me lo encontraba cuando menos lo esperaba y a veces se adelantaba a mi deseo. Ahora, por primera vez sé lo que siente ese hombre. Lo he visto en sus ojos. Puedes estar segura de que hay más vida y más amor en su silencio que en todas las palabras de consuelo que hemos escuchado pronunciar esta tarde —explicó, y suspiró. Después, añadió—: Aún no he decidido dónde la enterraremos.

—No te lo he preguntado —replicó ella con dulzura—. Hay tiempo más que de sobra para tomar esta decisión. Beder aún tardará días en concluir su trabajo y después vendrán las ceremonias, las celebraciones, el duelo...

—Sí, hay tiempo para todo —Pinedyem asintió lentamente.

Respiró en la quietud del ocaso del día y acarició la mejilla de Henut-Tauy.

—¿Prefieres quedarte solo? —preguntó ella.

—Te lo agradecería. Necesito recordar y meditar.

Henut-Tauy depositó un beso en la mejilla de Pinedyem, se levantó y se retiró.

Cuando alguien muere, los que quedan, meditan, recuerdan, se hacen preguntas y procuran obtener respuestas. Sin embargo, hay preguntas para las que no existe ninguna respuesta y, curiosamente, son las que todos querrían conocer.

¿Dónde está el cuerpo de Herihor?, habría querido preguntar Henut-Tauy. Sin embargo, sabía muy bien que Pinedyem se encogería de hombros y negaría con la cabeza, como siempre había hecho ante aquella pregunta.

—Si alguien puede responder, es la abuela —había exclamado Pinedyem en cierta ocasión. Y parecía muy convencido.

Pues ahora, desgraciadamente, nadie podría responder jamás esta pregunta, murmuró Henut-Tauy cuando se tendía sobre la cama y siempre quedará un misterio por resolver.

El día había sido largo y se sentía cansada. Cerró los párpados y se durmió con una pregunta que no podía desterrar de su mente: ¿Dónde está el cuerpo de Herihor?

1.2 – RUMBO AL SUR

«Verás: hay una dimensión más allá del placer y del dolor, a la que se llega tras un gran esfuerzo. El camino es tan largo y tan tortuoso que muy pocos alcanzan, aunque sólo sea, una pequeña meta, mientras que la mayor parte se quedan atrapados en un sueño, desorientados y perdidos, sin saber por dónde han de seguir. A veces, incluso vuelven atrás y olvidan todo cuanto con tanto afán tocaron con las yemas de los dedos. Porque únicamente lo acariciaron, sin conseguir atraparlo y hacerlo suyo»

Herihor había dicho esto en cierta ocasión y Pinedyem recordaba cada una de las palabras como si fuera ahora mismo. No tenía la menor duda de que aquel hombre había sido uno de los pocos que habían llegado más lejos que los demás y de los pocos que habían hecho suyas muchas enseñanzas, tan suyas que ya formaban parte de él mismo. Evidentemente, Pinedyem no albergaba duda alguna. Al contrario: podría jurarlo por todos los dioses. Lo único que no podía asegurar con certeza era hasta dónde Herihor había ascendido en la larga escala de la dimensión espiritual, detalle que sólo conocía el propio interesado. No obstante, seguro que había sido muy arriba.

Herihor también decía: «En lo referente al espíritu, nunca se puede determinar un instante preciso, ni un día concreto ni siquiera una semana o un mes o una estación o un año en que empiezas a caminar, sino que todo se ha iniciado antes de nacer, de idéntica forma que tampoco acaba cuando cierras definitivamente los ojos a la visió de este mundo, porque la muerte es una puerta hacia la vida real, la que no forma parte de un sueño, sino que se siente de instante en instante, en presente perpetuo».

Y añadía que si bien el camino empieza mucho antes de nacer y no se termina con la muerte terrenal, hay ciertos momentos en que se nos brinda la oportunidad de cambiar de orientación, de dar un salto espectacular para escalar peldaños y entrar en una nueva etapa, pero que no todas las almas aceptan el reto y muchas se quedan atrapadas en la lenta agonía de un camino llano que ya ha agotado todas sus posibilidades, momento en el que la vida deviene aburrimiento.

¿Cuál fue el instante preciso en qué Herihor cambió de orientación? Pues, la verdad era que sufrió unos cuantos cambios a lo largo de su vida.

Pinedyem lo recordaba como un hombre que, de vez en cuando, entraba en lo que él llamaba desapariciones presentes, que a veces había que medir en días y otras en semanas enteras, durante las que no parecía el mismo, sino que se adentraba en un largo pasadizo interior que trastocaba su personalidad hasta el punto en que todos los que le rodeaban vivían la sensación de que para él ya no contaba nada, que les había olvidado o que habían perdido todo valor. En aquellos momentos sus ojos se quedaban prendidos en la lejanía, el silencio se apoderaba de su entorno y un muro impenetrable impedía que nadie pudiese acceder a su interior. Incluso Nodyme, por la que durante toda una vida había sentido verdadera devoción, encontraba cerrado el paso en tan curiosas circunstancias.

Un buen día, de pronto, sin más, se le iluminaba la mirada y todo retornaba como si nada hubiese sucedido. Pero después de cualquiera de aquellos retornos algo había cambiado. Pinedyem, a pesar de la diferencia de edad, lo notaba y sabía que Nodyme también estaba al tanto de aquellos cambios, porque Herihor podía parecer el mismo, externamente, pero había un cierto punto muy dentro de sus pupilas, justo en el centro, una pequeña chispa que indicaba que había prendido una nueva hoguera dentro de él. A veces Pinedyem se asustaba y creía adivinar que se trataba de un gran incendio y nunca sabía todo cuanto quemaría.

Herihor no era fácil de conocer. Lo decían todos los que le rodeaban. Incluso, Nodyme en alguna ocasión se había quejado de que de vez en cuando, cuando se adormecía en la creencia de que tenía junto a ella a un hombre normal, como cualquier otro, de pronto llegaba la gran sorpresa, despertaba de su sueño y todo se tambaleaba, como en mitad de un terremoto, y después, también como tras el paso del terremoto, nada era igual.

Si bien Pinedyem no podía hablar de un sólo cambio, podía decir que, para él, la mayor de todas las revoluciones interiores tuvo lugar en Tebas. Fue un cambio tan profundo que hablaría de proporciones gigantescas, pero el inicio había que buscarlo en Tanis, mientras aún se construía Pi-Ramsés. Aquí es donde oyó por primera vez que alguien decía que su cobardía, la del faraón, era tan grande como su deseo de eternidad. Recordaba perfectamente las discusiones entre Herihor y Ramsés XI para que nombrase al brillante general nuevo comandante del ejército que viajaría a Tebas para enfrentarse a Penehasy y echarlo de aquellas tierras.

Cuando eso sucedía ya corría el año 18 del reinado de Ramsés XI y Nodyme ya había dado a Herihor todos los hijos y todas las hijas que podía, su vientre estaba seco, ya había tenido suficiente tiempo para padecer los efectos de unos cuantos terremotos interiores de su marido y había confesado a Uaraktir (Pinedyem lo había oído) que ya creía que estaba curada de espanto. Tanto era así que decía que su vida había entrado en un período de tranquilidad y dedicaba sus días a la plácida tarea de cuidar de buena parte de sus nietos, entre los que ya no podía contar a Pinedyem, que se había convertido en un muchacho que ya caminaba hacia la adolescencia y huía de las caricias de las mujeres para buscar la compañía, la fuerza y la rudeza de los hombres. Su padre, el noble Pianj, hacía cinco años que servía a las órdenes de Herihor. Su madre, Tenhe, había muerto dos años antes. Fue la quinta, de los diecinueve hijos que Nodyme había parido, que abandonó este mundo y Uaraktir tenía muy presente que a aquella mujer le había dolido tanto como los otros cuatro.

Pinedyem también recordaba, como si fuese ahora mismo, la expresión en el rostro de aquel niño que era él, al oír los rumores que apuntaban que el ejército de Herihor remontaría el Nilo hasta Tebas para enfrentarse a Penehasy, y cómo corrió a hablar con su padre para pedirle que le permitiese acompañarlos. Pero Pianj respondió que su hora aún no había llegado. Pinedyem intentó protestar, pero su padre se mantuvo inflexible.

—¿Dónde radica la grandeza de Egipto? En el corazón de sus soldados; en su ejército; en la disciplina —dijo Pianj, repitiendo palabras que Herihor había pronunciado ante el faraón. Y después añadió—: No olvides nunca que si quieres ser un buen soldado, primero debes aprender a obedecer.

Esta última frase, evidentemente, Herihor no la había pronunciado ante el faraón, pero sí que había ido mucho más allá que Pianj con Pinedyem.

—¿Por qué Ramsés II y Ramsés III fueron unos faraones tan grandes? —había preguntado Herihor a los pies del trono de Ramsés XI, una triste sombra si la comparaba con sus grandes antecesores que lucían por segunda y tercera vez en la historia el nombre de Ramsés —. Porque en su tiempo Egipto era grande, sus ejércitos eran poderosos y los pueblos extranjeros nos respetaban. Todo el que se atrevió a alzar la voz tuvo que callar —había proseguido Herihor, con energía, sin dejar que nadie le interrumpiese—. Pero Egipto ha dejado de ser un reino poderoso y todos se ríen de nosotros.

Naturalmente, el faraón también quiso protestar, igual que Pinedyem había hecho con Pianj, y de idéntica forma que Pianj había reaccionado con Pinedyem, Herihor tampoco calló, sino que, olvidando la distancia que les separaba y la diferencia de autoridad, siguió argumentando.

—¿Y qué hace Penehasy en Tebas? No respeta al faraón ni respeta el poder que emana de los dioses. ¿Qué significa esto? ¿Que los dioses no son poderosos? ¡No! Significa que nosotros, los hombres, no les servimos como es debido, que no cumplimos con nuestro deber y que no merecemos su ayuda. Por lo tanto, lo que nos sucede es el resultado de nuestras acciones y los únicos responsables somos nosotros.

¿Cuantas palabras tuvo que emplear Herihor para que Ramsés XI comprendiese aquellos conceptos tan elementales? Quizás mil o dos mil o más. ¡Oh, dioses! ¡Bien cierto es que no hay más sordo que el que no quiere oír ni más ciego que el que no quiere ver!, no cesaba de repetir Herihor cuando abandonaba la sala del trono acompañado por Pianj y Uaraktir, sus dos hombres de confianza que siempre estaban a su lado. Se quejaba desesperado y Uaraktir se dio cuenta de que por primera vez había olvidado la prudencia que en él era característica y empleaba la vehemencia cuando pronunciaba el nombre de Ramsés XI.

—Las noticias del sur cada vez son más alarmantes —se quejaba Herihor—. Y el faraón aún dice que no lo entiende y no deja de repetir que Penehasy es su representante en Tebas y que todas esas historias inventadas por sus enemigos sólo persiguen desacreditarle. ¡Ha perdido el juicio! ¿Aún duda, después de que Penehasy se ha proclamado virrey de Cush, comandante del ejército y director de los graneros?

Pinedyem respiró hondo, como si quisiera tragarse todo el aire de la noche. Beder ya habría retirado el cuerpo de Nodyme para depositarlo en la pequeña cámara anexa a la sala hipóstila de Jonsu, la misma que había ocupado el cuerpo de Herihor. Éste había sido el deseo expreso de la que fue reina. Sólo que él había ordenado que cien soldados montasen guardia alrededor del templo y que cincuenta sacerdotes velasen toda la noche. No quería ninguna sorpresa ni un nuevo misterio que resolver.

¡Parece mentira cómo afloran las imágenes del pasado cuando la noche nos rodea y el alma alcanza un instante de reposo!

Sí, suspiró y asintió lentamente, mientras cruzaba el patio y se dirigía hacia la terraza que daba sobre el Nilo. Desde allí contempló las aguas donde se reflejaba la pequeña y tímida luna creciente. Cuando era niño, su madre le había contado que el cuarto creciente es una sonrisa que nos brinda la luna, porque mira hacia la derecha, mientras que el cuarto menguante es su gesto de disgusto porque ya tiene que irse. Si esto era cierto, significaba que la sonrisa de aquella noche era para Nodyme, para recibirla, que bien se lo merecía. Entonces, entornó los párpados y sus recuerdos regresaron.

A pesar de su corta edad, Pinedyem era un muchacho muy despierto y en aquellos lejanos días, cuando vivía en Tanis, ya fue consciente de que aquel episodio de enfrentamientos entre su abuelo y el faraón estaba lleno de tensión y que Herihor estuvo a punto de perderlo todo. Ramsés, aunque fuese hermano de

Nodyme y por lo tanto cuñado de Herihor, se escudaba en la compleja organización del gobierno para esquivarle y no hablar más con él. Incluso se escondía de Nodyme.

Eran tiempos complicados y difíciles. Durante siglos enteros la maquinaria gubernamental se había perfeccionado y completado, que es tanto como decir que había crecido desorbitadamente y ahora la burocracia interna alcanzaba límites insospechados. Bajo el gran poder del faraón se abrían tres brazos. El primero era el que llamaban la dinastía, de la que dependían el príncipe heredero, la Gran Esposa que al propio tiempo era la Esposa Divina de Amón, el harén y los parientes. Sin embargo, y a pesar de que era la primera rama, no era la más importante y exceptuando el príncipe heredero y la Gran Esposa, los demás contaban muy poco o nada. Después venía el gobierno interno de la nación, con cuatro grandes áreas: los dominios reales, el ejército y la flota comandados por el príncipe heredero, el gobierno religioso y el gobierno civil. Cada una de estas áreas podía subdividirse y extenderse hasta el infinito. De esta guisa el número de cargos podía aumentar o disminuir en función de las necesidades, se podían pagar favores y las peticiones de los amigos y parientes eran atendidas convenientemente. Y, finalmente, el tercer brazo lo conformaban los territorios conquistados, divididos en los gobernadores del norte, con los reyes y los comandantes de batallón, y los gobernadores del sur bajo el mando del hijo del rey de Cush, que también mandaba sobre los representantes de Uauat y de Cush, que a su vez dominaban a los alcaldes de los centros egipcios, a los jefes de los grupos indígenas, y sobre el comandante del batallón de Cush, que era el oficial superior de las fuerzas militares desplegadas en las tierras anexionadas. ¡Dioses! ¡Menuda complicación!

Pero, el problema no había que buscarlo aquí, en esta maraña burocrática tan compleja, sino en el hecho de que Ramsés era un faraón débil a quien le daba miedo mirar a su cuñado a los ojos y tener que aceptar que no disponía del valor suficiente para enfrentarse a Penehasy y a su ejército formado por soldados procedentes de Nubia, hombres feroces y salvajes, de piel oscura y sin ninguna clase de educación, que no se detenían ante nada ni respetaban nada y a quienes los dioses de Egipto no les daban miedo. Ramsés, por contra, sentía pánico sólo con imaginar que Herihor podía llevarse una parte substancial de las tropas y dejarlo sin la inmensa protección que su descomunal cobardía exigía, y que si partía había el sur corría el peligro de ser derrotado, de morir y de no regresar, circunstancia que posiblemente sería aprovechada por los hititas y por los libios, que a ciencia cierta atacarían. Por ello no dejaba de buscar nuevas excusas: que la situación no era tan grave, que no deseaba exponer al mejor de sus generales, que...

Sin embargo, Pinedyem era consciente de que al faraón le preocupaba mucho más perder el ejército que quedarse sin su general, porque la mente de aquel monarca discurría que generales hay pocos, mientras que hay muchos soldados y que los muchos pueden hacer más trabajo que los pocos. Nodyme no dejaba de manifestar, aunque siempre procuraba hacerlo en privado, que su hermano era un pobre estúpido que confundía calidad con cantidad. Ésa fue la verdadera razón que le impidió prestar oídos primero a los argumentos, después a las peticiones, seguidamente a los ruegos y finalmente a las protestas de Herihor.

Mientras, Smendes, el otro puntal del ejército, casado con Tentamón, hija de Ramsés, se abstenía de intervenir en las discusiones y adoptaba la postura del espectador, sin tomar partido por nadie. O, en todo caso, si se veía obligado, procuraba hallar la fórmula que le permitiese contentar al faraón sin tener que enfrentarse a Herihor.

—Ten cuidado —advertía Nodyme a su marido, con cierta vehemencia—. Smendes pretende granjearse la simpatía del faraón, mientras que tú únicamente recoges su odio. No te fíes de él. Es ambicioso y persigue el trono.

Smendes era mucho más joven que Herihor. Nacido en Bubastris, había entrado en el ejército y había sido llamado a Tanis, donde había hecho carrera y se había convertido en un brillante general. No obstante, no podía compararse con el hombre que había atesorado una larga experiencia junto a unas dotes de mando que eran la envidia de todos.

—Soy consciente de ello, pero no puedo permitir que Penehasy se quede con Tebas —respondía Herihor—. Egipto ha dejado de ser el país poderoso de otros tiempos y nadie nos respeta. Si ahora perdemos Tebas, mañana habremos perdido Tanis y después perderemos el delta entero.

Finalmente, una mañana, Herihor se levantó con una de aquellas miradas que eran el resultado de una inspiración. Llamó a Uaraktir y le rogó que le acompañase a ver al faraón.

El general, al llegar frente a la puerta de la habitación real, la empujó y entró sin pedir permiso y sin que ninguno de los guardias se atreviese a detenerlo.

Sus pasos eran tan firmes y decididos que casi hacían temblar el suelo. Smendes se hallaba presente y Herihor se encaró con el faraón y le dijo:

—Sólo me llevaré conmigo a aquellos que deseen venir. Nadie será obligado a seguirme, ningún soldado recibirá una orden directa, todos podrán decidir libremente y tendrás a Smendes junto a ti. Es el mejor de todos.

Ramsés, confuso ante aquella intromisión, sin saber qué hacer, lo miró con recelo y guardó silencio. Buscaba una nueva excusa por respuesta, pero que no la encontraba.

—¿No obligarás a nadie a seguirte de ninguna de las maneras? —intervino Smendes, de pronto.

Herihor se sorprendió. Y Uaraktir también, naturalmente. Era la primera vez en todo el tiempo que duraba aquel asunto que el otro general del ejército se dignaba pronunciar una palabra sin que le fuese solicitada.

Herihor lo miró y le pareció que Smendes quería echarle una mano. O, quizás, simplemente también estaba harto de siempre oír hablar del mismo tema un día tras otro y deseaba hallar una solución y poner punto y final.

—Lo juro por todos los dioses —respondió Herihor y se llevó una mano a la frente y la otra al pecho para dar a entender que unía pensamiento y sentimiento, cerebro y corazón.

—Si es así, yo me quedaré en Tanis para proteger la vida de nuestro faraón —dijo Smendes, adelantándose unos pasos para situarse frente al otro general—. De esta forma, el trono de Egipto estará seguro y podrás recuperar las tierras que Penehasy nos ha robado. Me parece correcto.

—Tú cuentas con la mitad del ejército y yo, además, te dejaré quinientos de mis hombres —Herihor asintió con energía.

El faraón les miraba alternativamente, a uno y a otro, mientras ponía cara de idiota, como si estuviera de más en aquella escena y en aquella discusión.

—¡Oh, gran Ramsés! —Smendes se volvió había el faraón, agachó la cabeza y abrió los brazos. Parecía como si en aquel preciso instante acabase de recordar la existencia y la presencia de quien debería ser la máxima autoridad—. Herihor es generoso y valiente y creo que debes concederle tu permiso para marchar sobre Tebas.

Ramsés no se atrevió a replicar. ¿Con qué palabras habría podido hacerlo, si sus dos generales se mostraban de acuerdo? De manera que apretó los labios con fuerza, igual que haría un niño que se ve obligado a aceptar, y finalmente hizo un movimiento más que elocuente y ridículo con la mano, como si echase fuera a Herihor.

Ésta fue la triste aceptación del plan y el todavía más triste nombramiento de Herihor para una misión que pretendía devolver el prestigio a un país que casi lo había perdido por entero.

Aquel atardecer el general llegó a casa eufórico. Había conseguido lo que tanto y tanto había rogado a los dioses. Durante toda la tarde había permanecido reunido con Pianj y Uaraktir y ya habían empezado a planificar la expedición.

—¿Por qué Smendes te ha ayudado? —le preguntó Nodyme, una vez su marido le hubo explicado cómo había ido el encuentro con el faraón.

—Es inteligente y ha entendido que es la única solución —respondió él.

—Yo no me fiaría de un hombre como él —negó Nodyme, sin dejar de mirarle a los ojos—. Es frío y calculador. ¿No esconderá algo?

—¿Qué quieres que esconda? —replicó Herihor, mientras manifestaba con gestos que no era capaz de ver el juego de Smendes.

Nodyme apretó los labios y negó repetidamente con la cabeza. No estaba tranquila.

—¿Quizás tu intuición femenina te dice algo? —dijo Herihor, con una sonrisa divertida.

—Los años —respondió ella—. Ellos sí que pueden hablar.

Herihor borró su sonrisa y se retiró a descansar, meditabundo.

¡Bien! Lo esencial era que ya tenía permiso para marchar y lo importante era que quedaba mucho por hacer antes de zarpar rumbo al sur, camino de Tebas, concluyó el general, a pesar de que Nodyme le había contagiado su intranquilidad. ¡Ay, las mujeres!

Al día siguiente, a primera hora de la mañana, Herihor reunió a los oficiales y empezó a darles órdenes.

Todos andaban muy atareados y durante las semanas siguientes la gente de Tanis presenció movimiento por todas partes. En las plazas, en los mercados y en el puerto nadie hablaba de otra cosa que no fuese la expedición que se preparaba. Y todos estaban contentos porque ya se perfilaba la pacificación de los caminos y el retorno del comercio entre los diferentes nomos. Por fin alguien había tomado una decisión que todo Egipto anhelaba desde hacía largo tiempo.

Nodyme fue la única que se dio cuenta de que el brillante general había entrado en uno de sus estados de éxtasis, pero diferente de los que había vivido hasta aquel momento. Dormía poco, trabajaba hasta la extenuación e irradiaba una energía contagiosa que se expandía hasta alcanzar el último rincón de Tanis. Sus oficiales se sentían orgullosos de servir a sus órdenes. Su esposa y su fiel amigo no se habrían dado cuenta de nada si no fuese porque de vez en cuando Herihor se quedaba en silencio, respiraba hondo, una sola vez, y después permanecía quieto y con la mirada fija en la lejanía.

—Alguien me espera —decía cuando Uaraktir le preguntaba si sucedía algo.

Entonces, su hombre de confianza le preguntaba quién le aguardaba y él no respondía, sino que ignoraba la pregunta y seguía trabajando como si nada hubiera sucedido o como si no hubiese dicho nada.

Otras veces asentía lentamente, en silencio, y Nodyme tenía la sensación de que su cerebro retornaba de algún lugar que nadie más que él podía saber.

Pianj, por su lado, hacía caso omiso de estos comentarios y de estas manifestaciones y cuando Nodyme le explicaba algún episodio, simplemente respondía: «ya sabes cómo es»

Sí, por supuesto que lo sabía, aceptaba Nodyme. Sin embargo, en esta ocasión, la mirada de Herihor había cambiado. La chispa del fondo de las pupilas era más profunda y al mismo tiempo más tenue. Cuando Uaraktir la contemplaba, descubría que el brillo emergía de tan adentro que no era capaz de medir su fuerza. ¡Y menos aún, su alcance! Y aquello de que alguien le aguardaba...

Pinedyem, que no había conseguido convencer a su padre para que le permitiese acompañarlos a Tebas, cuando menos había podido hablar con su abuelo, que le había concedido permiso para asistir, en silencio, a los preparativos de la expedición. El muchacho escuchaba boquiabierto las discusiones de asuntos militares hasta muy entrada la noche, hasta que lo mandaban a dormir.

—Sigue insistiendo en que quiere venir con nosotros —dijo Pianj, una noche, refiriéndose a su hijo.

—Es demasiado joven y su momento aún no ha llegado —respondió Herihor—. Sin embargo, llegará y, cuando llegue, se le exigirá mucho. ¡Ojalá dispusiésemos de unos cuantos más con su entusiasmo!

Aquel hombre, de vez en cuando, hablaba como un profeta. Soltaba las palabras con los ojos fijos en el horizonte y con un tono de voz profundo que salía de mucho más adentro de su garganta.

Una tarde, cuando ya faltaban pocos días para que Herihor marchase, Nodyme se había quedado en el jardín, una vez sus nietos se hubieron ido. Hacía un sol de justicia y la sombra de los árboles le permitía respirar plácidamente, liberándola de la opresión que significa el aire caliente del delta que se levanta en los días tórridos para envolverlo todo con un manto húmedo que no hay manera de quitarse de encima.

Cansada por la larga jornada, buscó un rincón bien fresco, se sentó en un banco y dos sirvientas le trajeron un cojín, un vaso y una jarra de agua.

Más que descansar, deseaba esconder una extraña tristeza que la embargaba. No sería la primera vez que se separaban, su marido y ella. En diversas ocasiones Herihor había tenido de irse lejos para imponer la paz en una nación que ya hacía años que había dejado de ser un oasis para convertirse en un lugar donde los caminos resultaban peligrosos, donde únicamente dentro de las ciudades se gozaba de seguridad. ¿Qué le sucedía, pues?

Bajo los árboles, sentada y con los ojos entornados, meditaba. Durante aquellas semanas Herihor se había dedicado tanto en cuerpo y alma a su trabajo que casi no habían hablado. Todos los temas relativos a la casa, a los hijos, a los nietos, a la familia, a los amigos, a los compromisos... absolutamente todo había quedado aplazado, adormecido y relegado a un segundo término. Era la primera vez en todos aquellos años que le veía con un deseo tan intenso de partir. Lo único importante era prepararlo todo para marchar. Parecía que una fuerza invisible e inmensamente poderosa, una voz que provenía del sur, una atracción irresistible lo absorbiese con una energía mil veces mayor que el Hansim, el viento del desierto. Tanto era así que incluso juraría que ni se la miraba. Quizás era que ya hacía tanto tiempo que lo compartían todo, y los años pasan, que habían entrado en la monotonía. O, tal vez, tenía que pensar que su cuerpo ya no era el mismo. La piel, a pesar de los esfuerzos por cuidarla cada mañana, había perdido la tersura de los quince años, sus caderas ya hacía tiempo que se habían desdibujado, la cintura había desaparecido, los pechos...

No le quedaba más remedio que aceptarlo. Como también sabía que su marido gozaba de más de una de las sirvientas. Pero ella nunca había hecho el menor comentario ni le había dirigido ningún reproche. Los años pasan, todo cambia y una mujer debe ser lo bastante inteligente como para procurar que el hombre sólo goce de otros cuerpos, pero sin que nunca ninguna alma pueda arrebatárselo. Herihor se iría lejos, a Tebas. ¿Cuánto tiempo estaría fuera? ¿Qué brazos lo acogerían durante las noches? ¿Qué cuerpo le daría calor...?

De pronto reaccionó. ¿A qué venía pensar en ello? Nunca lo había hecho. Confiaba plenamente en que, una vez acabada cualquier campaña, Herihor regresaba a casa y la abrazaba con la fuerza del león. ¡Y ahora sería como siempre había sido!

Poco a poco, sin darse cuenta, se fue calmando y se quedó dormida.

—Señora, es tarde y tienes que cenar —oyó que decía la voz de una sirvienta.

Nodyme abrió los párpados y descubrió que ya era casi oscuro. ¡Oh, Isis! ¿Cuánto rato llevaba dormida? No es bueno obsesionarse con ningún pensamiento, porque los desasosiegos, las preocupaciones y las cavilaciones te roban mucha energía. Y ella, a pesar de que había dormido, se sentía muy cansada.

Iba a levantarse cuando vio llegar a su marido acompañado de Uaraktir.

Lo contempló mientras cruzaba el jardín. Aquella tarde, antes de dormirse, había reflexionado sobre el paso del tiempo y ahora se daba cuenta de que Herihor ya había cumplido los sesenta años y que evidentemente había perdido buena parte de la fuerza que siempre le había acompañado, pero seguía siendo un hombre atractivo, con la cabeza rapada, el gesto altivo, la espalda recta y la eterna mirada que daba pie a imaginar que era mucho más joven. Únicamente cuando algo lo contrariaba de veras, su rostro se endurecía, aparecían todas las arrugas y adquiría una sombra que dejaba al descubierto una edad más cercana a la real.

Aquel anochecer parecía mayor.

—¿Qué te ocurre? —le preguntó cuando ya estaba cerca, sin saludar a Uaraktir.

Herihor se detuvo, la besó en la mejilla y suspiró profundamente.

—El faraón está pagando a los soldados para que se queden y no me acompañen —respondió, mientras arrugaba el entrecejo y la frente se le llenaba de profundos surcos que la atravesaban de un lado a otro.

—Juró que...

—No —la interrumpió Herihor—. Yo juré, pero él, no. Cometí una torpeza y él se aprovecha.

Nodyme se volvió hacia Uaraktir, que apretó los labios, negó con la cabeza y bajó la mirada. Entonces ella clavó sus ojos en los de su marido. Hacía días, semanas, que no se miraban de aquella forma, a tan corta distancia. Fue en aquel preciso instante que el vello de los brazos se le erizó al descubrir la brizna que Uaraktir ya había captado unas semanas antes. Sólo que ella vio en aquellas pupilas la sombra de Anubis, el dios que abre camino a los muertos y con su barca los conduce hasta el otro lado de las Grandes Aguas, y se asustó.

—¿Y qué vas a hacer? —preguntó mientras volvía a mirar a Uaraktir suplicándole una ayuda que nadie podía proporcionarle, porque nadie había visto lo que ella acababa de descubrir en la oscuridad de aquel par de círculos negros. El problema era que se mostraba incapaz de decir sobre quién se proyectaba la sombra de la muerte.

—No lo sé. Me siento perdido. La pregunta es: ¿Con quién contaré para ir a Tebas?

—Conmigo, con Pianj y con un buen número de oficiales. Lo sabes muy bien —replicó Uaraktir.

—Oficiales sin soldados —Herihor sonrió, pero la tristeza inundaba sus ojos—. Vamos a enfrentarnos a un ejército de nubios, no a una partida de ladrones.

—En cien ocasiones has conducido a tus soldados hasta la victoria. Ellos te son fieles y nunca te abandonarán —dijo Uaraktir.

—Ante el dinero, las más firmes lealtades se tambalean —replicó Herihor, entristecido.

—Hablaré con ellos y les obligaré...

—No —le cortó Herihor—. Di mi palabra y la cumpliré.

—Y será tu final —intervino Nodyme.

—Si pierdo mi palabra, ¿qué me queda? —contestó Herihor, y se fue.

Nodyme miró a Uaraktir, que bajó la cabeza y apretó los labios con fuerza. Él también estaba convencido de que, si no se producía un milagro, aquél podía ser el final de un gran general.

Aquella noche Herihor no cenó. Nodyme lo acompañó hasta muy entrada la oscuridad, hasta que él le rogó que se retirase a descansar.

Ella no protestó. «Cuando la soledad nos reclama con insistencia, vale más no rechazarla ni intentar echarla fuera. Ella puede convertirse en nuestra mejor compañía», le había oído decir en diversas ocasiones.

Dormían en habitaciones separadas, comunicadas por la terraza. Cercana la madrugada Nodyme se despertó y distinguió la silueta de su marido que estaba en pie contemplando el horizonte, como si aguardase que la salida del sol augurase un prodigio. Seguramente, ni se había acostado.

No sería la primera vez que su marido permanecía despierto una noche entera. Después, la noche siguiente, cuando el cansancio lo alcanzaba, dormía profundamente hasta muy entrada la mañana. Lo más curioso, sin embargo, era que cuando se sentía completamente agotado, le resultaba imposible dormir. Entonces decía que tenía que descansar para poder dormir bien y se sentaba un rato. Nodyme tardó mucho tiempo en comprender aquel contrasentido y descubrir que primero es la mente, la que tiene que reposar y hallar el equilibrio para que el cuerpo pueda desconectarse de las emociones y obedecer a los dictados del instinto, que le gritan que tiene que recuperarse.

Ella se levantó y se dirigió a la terraza, mientras desde su plexo solar, ascendiendo hasta la cabeza, le subía una oleada de odio hacia su hermano, hacia un faraón que era un inútil y el mayor de los cobardes, a quien poco o nada le importaban los demás.

Su marido le había preguntado qué le quedaría si perdía su palabra. Ella se preguntaba: ¿Qué será de Herihor, si nadie quiere acompañarle?

¡Dioses! Tenía las manos atadas y el desprestigio sería tan grande que lo hundiría para siempre jamás, porque ni Pianj ni Uaraktir ni ninguno de sus oficiales podrían tapar aquel fracaso. ¿Quizás era aquello lo que había visto en los ojos de Herihor, la sombra de un fracaso que no sería capaz de superar? Él, que siempre había estado al servicio del faraón, que ya le había advertido sobre Penehasy, que había querido alertarle de que aquel desgraciado echaría a Amenhotep, se apoderaría de Tebas y reclamaría el trono, ahora recibía la traición en pago de su lealtad. ¿O había otra manera más correcta para definir la burla del faraón?

Nodyme se quedó en la puerta de la terraza. No quería estorbar a su marido, a pesar de que deseaba abrazarlo, porque sabía lo que pasaba por su cabeza y por su corazón. ¡Por supuesto, que lo sabía! Como también había sabido, largo tiempo atrás, aquella mañana, en palacio, cuando vio por primera vez a aquel oficial que llegaba procedente del sur, que ella sería para él y él para ella, y para nadie más.

—Cuando una mujer se propone algo que tiene que ver con quién será el padre de sus hijos, no bastan ni todas las fuerzas de la naturaleza para detenerla, porque su determinación es tan grande que incluso los dioses tendrían problemas si decidiesen intervenir —había dicho Herihor, mucho más tarde, entre carcajadas, cuando se enteró de las argucias que había empleado su esposa para que fuese invitado a palacio y recibido en las fiestas más íntimas de la corte.

¿Pero, ahora, cómo podía ayudarle?, se preguntaba Nodyme.

Lentamente, se apartó de la terraza y regresó a la cama. Sin embargo, no se durmió. Su mente se había puesto en marcha, como cuando perseguía convertirse en la esposa de aquel oficial que acabaría siendo general, y repasó uno por uno todos los puntos y todas las circunstancias que rodeaban aquella estúpida pelea entre el faraón y su esposo. Tenía que existir una salida. ¡Siempre la hay! Sólo que, a veces, no resulta evidente.

En el instante en que el sol despuntaba por el horizonte Nodyme salió de casa acompañada por dos sirvientas y se dirigió a la casa de Smendes. Herihor culpaba al faraón, pero ella veía otra mano escondida. Conocía muy bien a su hermano como para no saber que nunca se habría atrevido a enfrentarse a su marido si no contase con un buen apoyo. ¿Y qué mejor soporte que Smendes? Porque resultaba más que claro que el fracaso de Herihor constituiría el gran triunfo de su rival en la carrera por el trono.

Tentamón, esposa de Smendes, hija de Ramsés y, por lo tanto, sobrina de Nodyme, ordenó inmediatamente que la condujesen hasta sus habitaciones privadas en una muestra de la devoción que le profesaba.

—Es un honor inesperado recibir en esta casa a la esposa del más grande de los generales de Egipto —la saludó, mientras la abrazaba y la besaba en la mejilla.

—Si mi marido es el más grande, es porque ha dispuesto de más tiempo que los demás para realizar hazañas —respondió Nodyme con una sonrisa, mientras le devolvía el beso.

Tentamón dio dos palmadas para que las sirvientas les trajesen fruta y agua y se sentaron, una junto a la otra.

Durante un rato hablaron de temas diversos: de la familia, de los niños, de los problemas cotidianos, de chafarderías... y de los que hacía poco que habían muerto.

Una vez agotados los temas familiares, Nodyme juzgó que había llegado el momento de plantear lo que constituía el motivo de aquella visita.

—Mi marido ya es un hombre mayor y siempre ha sabido que morirá antes que Ramsés —dijo con un deje de tristeza.

—Corresponde a los dioses tomar estas decisiones y yo ruego a Anubis que dilate todo lo que pueda su llegada, porque Herihor nos es muy amado —respondió Tentamón—. No dudes ni un instante que mi marido le profesa tanta devoción que siempre le oigo decir que no hay otro como Herihor para suceder a Ramsés.

—Tú eres hija del faraón y confieres a tu marido la realeza que le permite aspirar a ser sucesor natural del faraón —dijo Nodyme, mirando a Tentamón directamente a los ojos.

—Y tu, como hermana de mi padre, también otorgas a tu marido todas las virtudes que lo convierten en digno sucesor —respondió Tentamón—. Incluso, por razones de edad, él siempre andará un paso por delante de Smendes.

Nodyme sonrió. Tentamón era joven, pero había sido educada convenientemente y razonaba acertadamente.

—Entre las mujeres el fruto siempre madura, mientras que entre los hombres muchos frutos pasan directamente de verde a podrido —dijo Nodyme lentamente, mientras miraba el cesto de fruta que la sirvienta había depositado sobre la mesa—. Ya hace días que quedó vacante el cargo de comandante del ejército del norte y Ramsés aún no ha escogido a nadie. Tiene miedo, como siempre, de tomar una decisión, porque su corazón está dividido. Por un lado le gustaría que fuese Smendes, pero, por otro, Habadjilat le ha propuesto a un hijo suyo y ya sabemos la influencia que esta esposa, a pesar de no ser la primera, tiene sobre las decisiones del faraón. Sin embargo, Herihor está convencido de que el mejor candidato es, sin duda alguna, Smendes.

—¿Te lo ha dicho él? —preguntó Tentamón, y tomó un higo que aún estaba un poco verde.

—Herihor está muy ocupado con los preparativos de su viaje hacia el sur, hacia Tebas, para echar a Penehasy. Por eso, procuro estar con él todo el tiempo que puedo y de noche, lo sabes muy bien, tienen lugar las grandes confidencias —explicó Nodyme, con una sonrisa de complicidad, y tomó un higo maduro—. Me ha confesado que la empresa no será sencilla y que desconoce cuándo podrá regresar. Es consciente de que la nación necesita de alguien con mucha fuerza para hacerse cargo de la paz en todas las tierras del norte. Alguien con quien Egipto pueda sentirse seguro, y está plenamente convencido de que esa persona no es otro que Smendes.

—¿Y por qué no se lo propone al faraón? —preguntó Tentamón, y dejó el higo verde.

—¡Ay! Ya sabes cómo son los hombres. Si tienen la mente ocupada en cavilaciones, olvidan expresar sus sentimientos —respondió Nodyme, y también depositó el higo maduro sobre la mesa—. Entonces es cuando nosotras tenemos que obrar para que echen el motivo de su inquietud y maduren para poder manifestar todo lo que alberga su corazón.

—¿Qué desasosiego es el suyo?

—Si Ramsés le impide marchar hacia el sur, Penehasy se hará fuerte en Tebas. Entonces, el día que alguien quiera recuperar aquellas tierras, posiblemente no pueda. Herihor se ha ofrecido a expulsar a ese traidor, pero no podrá hacerlo si no dispone de suficientes hombres y Ramsés está pagando a los soldados para que se queden.

—¿Eso hace el faraón? —preguntó Tentamón, y su reacción parecía sincera.

—Sí —asintió Nodyme.

—Herihor puede subir el precio y conseguir que le acompañen —sugirió Tentamón.

—Conozco muy bien a mi marido y sé que nunca ha roto su palabra. Dijo que no haría nada para obligar a nadie a acompañarlo y no lo hará —respondió Nodyme, mientras negaba con la cabeza. Después miró a

Tentamón, a los ojos—. Todos saben que si él da su palabra, la cumple.

—¿Y yo qué puedo hacer? —preguntó Tentamón, adoptando un aire de inocencia.

—Si tu marido ofreciese parte de sus soldados a Herihor, él podría recuperar Tebas y todos tendrían claro que Smendes habrá contribuido a la victoria, mientras que... —Nodyme se acercó hacia Tentamón y bajó la voz —: Ramsés quedaría como lo que es: como un idiota.

—Son palabras muy duras dirigidas a un faraón, que además es mi padre —Tentamón se puso tensa y echó una ojeada a un lado y a otro. Esperaba que nadie hubiese oído aquella parte de la conversación.

—También es mi hermano. Pero, eso no quita que son las palabras que merece alguien que se comporta como un cerdo —replicó Nodyme con calma.

Tentamón la miró a los ojos. Era una mujer como pocas había conocido, que no tenía miedo a nada. Smendes, en cierta ocasión, había comentado que, si fuese hombre, sería un temible soldado.

—Me gustaría mucho que mi marido ayudase al tuyo, pero me resulta difícil imaginar que pueda hacerlo, porque si Smendes ofreciese parte de sus soldados a Herihor, sería tanto como insultar a Ramsés. Mi padre no es tan idiota como para no darse cuenta —dijo Tentamón en voz baja y con una sonrisa.

Cuando una mujer desea obtener algo de un hombre, sabe encontrar el camino y Tentamón necesitaba un pequeño empujón.

—Smendes sabe muy bien que Herihor es noble y que, si le ayuda, su agradecimiento será eterno —dijo, guardó un instante de silencio y añadió—: Y yo también soy una persona muy agradecida. Sin ir más lejos, he conseguido que la Gran Esposa conceda a Neferare el cargo de sacerdotisa de Maat, a perpetuidad, hasta que muera, en pago y reconocimiento de su lealtad.

—¡Ay, pobre Neferare! —suspiró Tentamón, y tomó de nuevo el higo verde—. Me alegro mucho al oír tus palabras, porque me supo muy mal que Baketourel decidiese que ya había llegado la hora de escoger una nueva responsable de las habitaciones privadas de la Gran Esposa de Ramsés... —de pronto pareció que acababa de recordar un detalle, y bajó el tono de su voz—: Según me han dicho, la reina te ha encargado que le presentes posibles candidatas —y sonrió.

—Es cierto. En este asunto cuento con toda la confianza de Baketourel —Nodyme afirmó lentamente con la cabeza, y aguardó.

—Es un cargo por el que toda mujer estaría dispuesta a... —dijo Tentamón, y dejó la frase en el aire.

Nodyme sonrió. Los ojos de Tentamón hablaban por sí mismos.

—El cargo de responsable de las habitaciones privadas de Baketourel es un asunto muy delicado —dijo —. Se necesita una persona con unos dones especiales, alguien que no tan sólo sea capaz de guardar un secreto, sino que mueva los hilos sin que nadie se dé cuenta y que siempre consiga lo que parece un imposible. En fin: una mujer que sepa cómo hacer madurar los higos antes de que se pudran. Ésta es la cualidad que yo más destacaré cuando presente a la posible candidata, y creo que la reina la tendrá muy en cuenta para tomar una decisión

—Siempre he tenido muy presente que incluso la fruta más verde, madura. Si se escoge el lugar adecuado para guardarla, naturalmente —respondió Tentamón, y dirigió su mirada hacia el higo verde.

—Y a veces, es preciso escoger muy bien el lugar, porque tienen que madurar muy deprisa —sonrió Nodyme, y miró el higo maduro.

La tarde anterior al día señalado por Herihor como la fecha de partida hacia el sur, nada presagiaba que las circunstancias hubiesen mejorado. Al contrario: los rumores entre la gente del pueblo apuntaban que el número de soldados que aceptaban la oferta del faraón aumentaba a cada instante.

Nodyme se sintió tentada a realizar otra visitar a Tentamón, pero se abstuvo. También pensó que podía ir a visitar a la Gran Esposa, pero era demasiado arriesgado. Baketourel se había peleado otra vez con su esposo, no se hablaban y desgraciadamente aquellas disputas entre el faraón y la reina solían durar semanas enteras.

¡En fin! Ahora todo dependía de la misericordia de los dioses.

A última hora de la tarde una sirvienta se presentó en casa de Herihor. Preguntaba por Nodyme. Traía consigo un cesto cubierto con un pañuelo y había recibido orden de entregarlo personalmente a la dueña de la casa.

Nodyme la recibió enseguida, tomó el cesto, retiró el pañuelo y descubrió que estaba lleno de higos. ¡Y todos estaban muy maduros!

Al día siguiente, al alba, en silencio, Nodyme realizó sus abluciones y ordenó que le preparasen el mejor de sus vestidos y que la perfumasen como nunca, que escogiesen la mejor de sus pelucas y que la peinasen hasta alcanzar la perfección absoluta.

Después salió al patio, se dirigió hacia Herihor, se colgó de su brazo y le dijo:

—Hace mucho tiempo que no me llevas en tu carro.

Herihor la contempló. Se había arreglado como nunca y sonreía, también como nunca.

—Es que hace mucho tiempo que no te arreglabas como hoy —respondió Herihor. Después se volvió hacia el criado que esperaba en la puerta del jardín y ordenó—: Preparad el carro, enganchad los mejores caballos y poned la lanza, el arco y las flechas.

Pianj también se había levantado y se había vestido con la ropa de marcha. Pinedyem estaba junto a su padre, con la ropa habitual y cara de pena. Herihor sabía que hasta anoche, hasta última hora, aquel muchacho había insistido para que se lo llevasen a Tebas, pero no se había salido con la suya.

—Los vientos nos serán favorables —dijo Herihor, contemplando el cielo. Y bajando la voz, añadió—: Y si no lo son para navegar, lo serán para cazar.

—Los dioses ya decidirán —replicó Nodyme con energía.

Poco después llegaba Uaraktir. Vio el carro, miró la lanza, el arco y las flechas y, aunque no entendía nada, no despegó los labios. Antes de venir se había dado una vuelta por la explanada dónde tenían que congregarse todos los que estaba previsto que marchasen, pero allá sólo había la quinta parte de los soldados, si alcanzaba.

¡Oh, dioses! Cuatro de cada cinco se habían dejado comprar. ¿Qué harían con todo el armamento y los enseres que habían cargado en los barcos? Y lo que aún era peor: ¿Cómo se las ingeniarían para derrotar a los nubios de Penehasy? Tanis, la ciudad entera, permanecía quieta y muda y él tuvo la amarga sensación de que el faraón había ganado la partida. Quizás sería mejor quedarse en casa.

—Es hora de irnos —ordenó Herihor

Subió al carro, alargó la mano hacia Nodyme, la ayudó, esperó a que ella se agarrase con fuerza, y golpeó los caballos ligeramente con las riendas para que echasen a andar. Pianj y Uaraktir les seguían a pie y Heday, el criado mudo, se incorporó a la pequeña comitiva.

—¿Qué hace aquí Heday? —preguntó Herihor.

—¿Cómo quieres que regrese? Yo no sé conducir los caballos y, además, quiero darme una vuelta por el mercado.

¡Claro! Herihor asintió. Heday siempre acompañaba a Nodyme cuando iba al mercado. Entonces, miró a su nieto, que seguía triste.

—Pinedyem puede acompañarte —exclamó. Se volvió hacia el muchacho y dijo—: Mientras yo esté fuera, quiero que cuides de tu abuela. Eres el hombre de la casa.

La expresión de Pinedyem cambió radicalmente y adquirió vida. Corrió hacia su abuelo.

—¿Podré conducir el carro, a la vuelta? —preguntó.

—Con Heday a tu lado —respondió Herihor, y miró a Nodyme que asintió.

Podían haber llegado directamente a la explanada que había frente a las puertas del templo, pero Nodyme se empeñó en cruzar Tanis de punta a punta, por la gran avenida, pasando por la plaza que había a los pies de la terraza de palacio.

Herihor aceptó y le dedicó una sonrisa, aunque los que estuvieran muy cerca bien podrían distinguir en sus ojos la sombra de la preocupación. Aquél podía ser el último de los días de gloria de un brillante general. Sin embargo, él marcharía sobre Tebas y, con muchos o pocos hombres, se enfrentaría a Penehasy y que los dioses decidieran de qué lado tenía que caer la victoria.

Al llegar a la puerta de las columnas, la que daba a la avenida que dividía Tanis en dos partes, Herihor detuvo el carro unos momentos. Necesitaba respirar hondo para enfrentarse a un posible desastre. Más que posible, pensó y asintió lentamente, con la cabeza. Las noticias que le habían llegado sobre la cantidad de soldados que habían aceptado el pago del faraón daban miedo.

Nodyme se agarró a su brazo, con fuerza, y descubrió a un par de mujeres que les miraban desde una ventana. Cuando Herihor golpeó de nuevo los caballos, aquellas dos mujeres murmuraron unas palabras entre ellas y después salieron corriendo hacia el centro de la ciudad.

El sol ya empezaba a acortar las sombras.

De pronto, todos los habitantes, sin que faltase uno sólo, alertados por aquel par de mujeres, se asomaron a la calle para presenciar el desfile de un sólo carro con Herihor que lo conducía y los tres hombres que le seguían, mientras Nodyme alzaba la cabeza bien alta y manifestaba todo su orgullo.

En muy poco rato la gente se les unió hasta formar una larga hilera. Y a medida que avanzaban, de todos las portales aparecían rostros llenos de curiosidad. Ni en las más fastuosas celebraciones se había visto tanta gente.

Incluso el mismo faraón, alertado por los sirvientes, salió a la terraza para presenciar el espectáculo.

De pronto, alguien gritó el nombre del general y la gente comenzó a corearlo.

—Herihor, Herihor, Herihor... —se escuchaba por todas las calles de Tanis.

—¿Por qué pronuncian su nombre? —preguntó Ramsés.

—No lo sé, señor —respondió el mayordomo principal.

En aquel momento apareció Smendes. Ramsés se dirigió hacia él, lo agarró por el brazo y lo condujo hasta la terraza para mostrarle lo que estaba sucediendo.

—¿Qué significa todo esto?

—Los comerciantes se quejan. Sus negocios con el sur disminuyen y creen que cada vez será peor, si Tebas sigue en manos de Penehasy —explicó Smendes.

—Pero, tú me dijiste que si yo pagaba a los soldados...

—Tú me preguntaste qué podías hacer para detener a Herihor y yo me debo a mi faraón —Smendes inclinó respetuosamente la cabeza—. Sin embargo, parece que el pueblo ama mucho a Herihor y que los comerciantes lo apoyan.

—¿Y a mí, Tanis no me ama? —preguntó Ramsés, decepcionado.

—Tú eres su faraón, su luz y su alegría —dijo Smendes, mientras le dedicaba otra reverencia.

—Sí, pero todos siguen a Herihor —replicó Ramsés, en señal de protesta—. ¿Qué tengo que hacer, ahora? —preguntó.

—Lo que todo monarca haría: bajar hasta el puerto y despedir con todos los honores a un general que envía a Tebas para que eche a Penehasy y recupere aquellas tierras.

—¡Claro que sí! —exclamó Ramsés, y se le iluminó la mirada como si acabase de recibir una brillante inspiración—. Preparad mi vestido —casi gritó, y abandonó la terraza.

El desfile, con el carro de Herihor al frente, prosiguió hasta alcanzar la explanada.

Allí, la sorpresa fue magnífica. Miles de soldados le esperaban, estaban cargando los barcos y la ciudad entera se había congregado para presenciar el magno espectáculo.

—Todo eso se lo debes a Smendes —dijo Nodyme.

—¿Smendes? —se extrañó Herihor.

—Tentamón sabe muy bien lo que hay que hacer para que un higo madure —Nodyme le dedicó una amplia sonrisa—. Ahora te toca a ti ser generoso, si quieres dejarme en buen lugar.

—Se lo agradeceré en público, ante toda esta gente —dijo Herihor, y asintió con fuerza.

—Quizás deberías hacer algo más.

—¿Como qué?

—El cargo de comandante del ejército del norte aún sigue vacante... —Nodyme dejó la frase en el aire. No era necesario añadir nada más.

La guardia real se abrió paso entre la multitud para permitir que la litera del faraón llegase hasta allí. Junto a la litera caminaba Smendes, que saludó a su compañero de armas con una inclinación de cabeza.

—Querido Herihor, he venido para rogar a Amón que te guíe hasta su templo de Karnak y para que Mut te bendiga en tu viaje —dijo Ramsés en voz muy alta para que todos pudiesen oírle—. El faraón está muy contento porque su mejor general liberará Tebas de las manos del usurpador.

La gente gritó henchida de emoción y agitaron pañuelos.

—Agradezco tu deseo y juro por el mismo Amón que no regresaré hasta que Penehasy deje de gobernar en Tebas —respondió Herihor. Entonces miró a Nodyme, después a Smendes y finalmente de nuevo al faraón—. Antes de irme, quiero hacerte una petición. Necesitas un comandante para las fuerzas del norte y creo que Smendes es el único capaz de ocupar este puesto.

Ramsés puso cara de idiota. Smendes era quien le había proporcionado la idea de pagar a los soldados para humillar a Herihor, que ahora lo proponía para ocupar uno de los más altos cargos dentro del ejército. No entendía nada, pero como todos le miraban, evidentemente tenía que tomar una decisión.

—Te nombro comandante del ejército del norte —dijo el faraón.

De nuevo el griterío los envolvió. Entonces, Ramsés se dio cuenta de lo que acababa de hacer. Habadjilat se pondría como una fiera cuando se enterase de que había hecho caso omiso de sus sugerencias. Más que sugerencias, casi órdenes. ¡Bien! Le diría que se había visto obligado por las circunstancias.

—Nunca olvidaré lo que acabas de hacer y puedes estar seguro de que mi amistad será eterna —dijo Smendes, dirigiéndose a Herihor.

Hacia el mediodía habían embarcado todos los soldados. Nodyme abrazó a Pianj.

—Rezaré a los dioses para recordarles que tus hijos te esperan aquí —le dijo.

—Los dioses no pueden hacer otra cosa que escucharte —sonrió Pianj.

Después, Nodyme abrazó a Uaraktir y le dijo, al oído:

—Cuídales, que los dioses a veces tienen mala memoria y necesitan que les echemos una mano.

—Seré su sombra, noche y día —respondió Uaraktir—. Nada les sucederá: ni a Pianj ni a Herihor.

Finalmente, se dirigió a su marido, se quitó el collar con el escarabajo sagrado que llevaba al cuello y se lo colgó a él.

—Toma. Te protegerá —le dijo.

—Y mi espada, también —sonrió Herihor.

—Júrame por el amor que sientes por mí que no te lo quitarás nunca —dijo ella

—Si con ello te sientes más segura, te lo juro. No me separaré de él ni un instante.

Nodyme asintió lentamente, con los ojos entornados y lo abrazó con todas sus fuerzas.

—Si me ahogas, no podré irme —se quejó él, y añadió—: Tan pronto acabe, regresaré o enviaré a buscarte, como siempre he hecho.

—Tan pronto me pidas que vaya, iré, como siempre ha sido —respondió Nodyme—. Incluso no será necesario que me lo pidas.

—Y yo la acompañaré para protegerla —intervino Pinedyem.

Herihor sonrió, abrazó con fuerza a su nieto y dijo:

—Como si fueses yo mismo.

—Como si fuese tú —repitió el muchacho, orgulloso.

—Pero la última palabra la tiene ella —dijo Pianj, que también abrazó a su hijo—. ¿Lo has comprendido?

Pinedyem miró a su abuelo, que hizo un gesto de interrogación con las cejas. Después miró a Nodyme, que sonreía. Y finalmente miró a su padre y asintió con decisión, una sola vez.

Todos embarcaron, las velas se desplegaron y los barcos empezaron a abandonar el puerto y poco a poco se tornaron pequeños y desaparecieron Nilo arriba.

Les esperaba Tebas.

1.3 - PENEHASY

El dios Hapy es el espíritu del Nilo; el río constituye el centro de la vida de Egipto; y sus aguas permiten a los habitantes de aquellas tierras disfrutar de todo lo que la conjunción del elemento sólido y del líquido es capaz de producir. Es decir: la vida. De manera que era muy normal que a lo largo del año, sobretodo en la época de la crecida, las barcas llenasen las tranquilas corrientes con las velas desplegadas, mientras que los pescadores lanzaban las redes que se extendían en el aire simulando inmensas arañas que caen sobre el agua para sumergirse y atrapar todos los peces que nadan a su alcance.

Lo que ya no resultaba nada frecuente era contemplar la majestuosidad de toda una flota de barcos, en perfecta formación, que remontaba el río, obligaba a los pescadores a hacerse a un lado y espantaba a los peces.

Herihor abandonaron Tanis y sus naves remontaron el segundo brazo comenzando por el este, de los siete que componen el delta del Nilo, y desembocaron en el Gran Nilo justo para efectuar la primera escala en Menfis, que en otros tiempos, muy lejanos, había sido la capital de Egipto y que albergaba las pirámides de Giza y Saqqara. Allí Herihor, Pianj y Uaraktir visitaron el templo de Ptah para dar gracias y pedir que no les faltasen provisiones. Después el general ordenó llenar las bodegas de los barcos con víveres que compraron en aquella ciudad. Era la manera que había escogido para hacer una ofrenda a Ptah, dios de la ciudad y creador de todas las cosas que existen sobre la faz de la tierra.

Mientras cargaban las naves, se entrevistaron con Menherra, el nomarca de la región, y le preguntaron por Penehasy.

—Sabemos que ha descendido por el Nilo y que ha atacado Harday, donde han muerto muchos de sus habitantes. De eso ya hace dos estaciones, pero la gente lo recuerda como si acabase de suceder ahora mismo, porque sus bárbaros de piel oscura no hicieron distinción alguna entre viejos y jóvenes, hombres y mujeres, niños y adultos —explicó Menherra—. La gente que llega de más arriba del Nilo dice que Penehasy ya os aguarda y relatan que ha distribuido sus hombres entre las dos orillas, desde Tebas hasta pasado Cush.

Al día siguiente, una vez cargadas las provisiones, los barcos abandonaron el puerto y enfilaron hacia el sur, río arriba.

—Si Penehasy nos espera, no le impacientaremos —había dicho Herihor, justo antes de embarcar.

La segunda escala fue Jemenu, donde el general deseaba visitar el templo de Toth. Como dios de la sabiduría, de la ciencia y señor de los escribas que participa en el juicio de los muertos, tenía previsto solicitar su ayuda y buen juicio para enfrentarse a Penehasy y vencerle o misericordia en el juicio final, si el resultado de la batalla le era desfavorable.

Después, ya no recaló en ningún otro puerto hasta que alcanzar Abydos, antes de llegar a Dendera. Herihor prefirió detenerse en los dominios de Osiris, dios de los muertos, que no en el templo dedicado a Hathor, diosa del amor y del placer que fue amante de Horus. La disciplina del soldado exige que tenga muy presente que durante el combate Osiris siempre está junto a él, mientras que Hathor sólo le visita cuando ha obtenido la victoria. En Abydos, rogó a los sacerdotes que ofreciesen sacrificios a los pies de la gran estatua de Osiris para que les protegiese durante el asalto a Tebas y confundiese al enemigo.

Únicamente había previsto dos escalas. Sabía muy bien que los puertos ofrecen demasiadas oportunidades a los soldados para olvidar el objetivo final de aquella expedición, que era recuperar Tebas y echar al usurpador. Ya dispondrían de tiempo más que sobrado para gozar de la compañía de las mujeres y para celebrar la victoria llenando y vaciando sus buenas jarras de *shedeh* mientras cantaban y bailaban, una vez hubiesen cumplido con su deber y concluido el trabajo.

Dos días después de abandonar Menfis, los soldados ya no hacían caso de la gran cantidad de gente que se agolpaba en las orillas, junto a los campos de cultivo, para presenciar aquel magno espectáculo, ni de los niños que echaban a correr en un intento por ganar a los barcos, mientras agitaban los brazos saludando a la expedición y los padres se quedaban boquiabiertos y abandonaban momentáneamente las tareas y no volvían a trabajar hasta que la flota desaparecía en la lejanía.

Herihor estaba contento. Si el viento le era favorable, alcanzaría Tebas antes de lo previsto. Eso era una buena señal, porque Nuth, la diosa del cielo, estaba en buena armonía con Geb, el dios de la tierra, y ellos navegaban tan deprisa como la barca de Ra cuando atraviesa las azules aguas del firmamento. Pronto se enfrentaría a Penehasy y a su ejército de nubios. ¿Qué sucedería, entonces?

De pronto le vino a la mente la imagen de Heday, el criado sordomudo de Nodyme, que seguía a pies juntillas las instrucciones de su señora y que siempre que la acompañaba al mercado andaba ojo avizor para conjurar el menor de los peligros. ¿Por qué pensaba en él, ahora?, se preguntó. ¡Claro!, exclamó. Recordaba un viaje, años atrás, que hicieron a la isla de Elefantina, mucho más al sur de Tebas.

Durante aquel viaje, Heday, aquel hombre grande y fuerte, había permanecido todo el tiempo de pie, en cubierta, embobado, contemplando las extensiones de cultivos que las aguas habían inundado y que comenzaban a emerger de nuevo con la retirada del dios de la vida. Y ahora volvía a ser igual y más allá, donde las crecidas ya no alcanzan, aparecían las casas de los agricultores. En aquella ocasión, era la primera vez que Heday viajaba lejos de Tanis, y Nodyme, que siempre vivía pendiente de todo, explicó a su marido que había captado que el universo de silencio de Heday se inundaba con el caudal inagotable de nuevas sensaciones visuales y olfativas.

Cuando su esposa hablaba, Herihor tenía la sensación de que entre ella y el criado existía un lazo muy especial, porque desde que lo acogió en casa, Heday y Nodyme podían entenderse con una sola mirada, sin que ella pronunciase palabra alguna. Era poco menos que un prodigio.

—¿Te has fijado en que los perfumes del aire mudan con rapidez y que la temperatura aumenta a medida que navegamos hacia Ra, mientras que las aguas se deslizan perezosas y friegan los costados del barco? —había dicho ella, en aquel viaje. Y Herihor había respondido que no. Él era hombre de armas y no un poeta —. Pues, Heday lo vive intensamente, porque ha aprendido a desarrollar los sentidos que los dioses le han permitido conservar y es capaz de descubrir olores hasta el extremo que bien puede competir con cualquier animal salvaje y alzarse con el triunfo —le explicó Nodyme, mientras señalaba a Heday, que permanecía quieto en la proa del barco, recibiendo en su rostro la brisa de la mañana—. Liberado su cerebro de yugo de compartir la atención con los sonidos, que casi ni puede escuchar, sus ojos lo observan todo y su memoria almacena gran cantidad de imágenes.

—¿Quizás estás en su interior? —se había reído Herihor.

—No te lo tomes a broma —Nodyme casi se había enfadado—. Ha aprendido a utilizar la respiración con tanta sensibilidad que puede intuir presencias a su alrededor que la ausencia de oído le privaría.

Aquí ya no se había reído. Era más que cierto que todos, y él el primero, se sorprendían cuando Heday, de pronto, se volvía porque alguien venía por su espalda o, de noche y en mitad de la oscuridad, podía despertarse cuando tan sólo una sombra le pasaba por encima. Pero lo más sorprendente era su extraordinaria habilidad para moverse como un gato, sin hacer el menor ruido. A todo ello Herihor tenía que sumar que la percepción de Hedía, incrementada hasta el infinito, le permitía captar el humor de quien tenía frente a él, de la misma manera que haría un perro con su amo o con todo aquél que se acercase para acariciarlo. Y, además, igual que el perro, era fiel y moriría por defender a su ama. Herihor recordaba, años atrás, el día que Nodyme quiso ir al mercado con el carro y ordenó a un criado que la condujera. Pero escogió muy mal y tomó un sirviente que no sabía ni lo que era un animal de cuatro patas. En el momento de salir, aquel ignorante tiró de las riendas con demasiada violencia y los dos pobres caballos se asustaron y se encabritaron. No contento con aquel error, el muy estúpido aún los azotó con el látigo. Los animales pegaron un fuerte tirón, el criado cayó hacia atrás, Nodyme se agarró como pudo y el carro salió volando detrás de los caballos. Heday, que estaba cerca, con una habilidad impensable en un hombre con un pie malformado, saltó al cuello de uno de los animales y le mordió en la oreja hasta que se detuvo. El otro animal, al sentir que su compañero se calmaba, también se detuvo. Desde aquel día, Nodyme no quiso subir a ningún otro carro que no fuese conducido por su marido o por su fiel servidor.

¡En fin! Bien podía jurar que con Heday junto a ella, Nodyme disfrutaba de una protección que los mismos dioses envidiarían. Y, si iba más lejos, ningún general podría desear ejército más poderoso que uno que estuviese formado por unos cuantos miles de hombres como Heday. Entonces, ni siquiera se preguntaría qué podía suceder en Tebas, porque la victoria sería innegable.

Herihor respiró hondo. Desde cubierta contemplaba cómo poco a poco, a medida que seguían hacia el sur, el paisaje cambiaba. Egipto era un país bendecido por los dioses, rico e inmenso, y que había demostrado que podía ser poderoso, si disponía de un faraón grande y fuerte, pensaba el general. Pero, con Ramsés XI al frente del gobierno...

Afortunadamente él contaba con Pianj y Uaraktir, que se hacían cargo de los dos barcos que navegaban inmediatamente después que el suyo. Tanto su yerno como Uaraktir le habían demostrado con cr80eces que eran merecedores de su confianza. Ambos eran mucho más jóvenes que él. Quince años Pianj y veinte Uaraktir. Y ambos eran prudentes y juiciosos. Uaraktir también se había ganado el afecto de Nodyme, porque sabía escuchar y porque su esposa confiaba en que la devoción que aquel oficial sentía por su superior representaba la mejor garantía de seguridad para su marido. Uaraktir daría la vida por él. ¡Sin duda!

¡Bien! Una vez llegados a Abydos, y en función de las noticias que recibiesen de los sacerdotes de Osiris, Herihor ya decidiría el plan de batalla.

Hasta aquel momento las noches habían sido claras, con una buena luna que les había permitido navegar sin detenerse ni un instante. Los soldados limpiaban y preparaban una y otra vez las armas y se les veía decididos. Cada mañana los oficiales los despertaban y les ordenaban hacer ejercicio y entrenamiento y cada tarde limpiaban la cubierta, aunque ya estuviese limpia. Era preciso mantenerlos ocupados y no dejar que perdiesen el tiempo pensando. Dentro de pocos días la acción lo presidiría todo.

Durante aquel viaje Herihor tuvo tiempo sobrado para repasar y recordar los acontecimientos que le habían conducido hasta allí, todos los detalles que, si el faraón hubiese escuchado, no habrían desembocado en una situación como la que se encontrarían cuando llegasen a Tebas y que, seguramente, significaría la muerte de muchos soldados.

Penehasy, el hombre que había nacido en Aniba, en la lejana región de la parte más alta del Nilo, en Nubia, y que había llegado a Tanis tras servir en el ejército del faraón, tenía la piel morena, muy oscura, y exhibía una eterna y amplia sonrisa que siempre llegaba acompañada de un torrente de palabras. Todo el mundo decía que era capaz de hablar y hablar durante horas enteras sin callar ni un instante y sin que su conversación fuese aburrida, porque adornaba las explicaciones con multitud de anécdotas y de detalles llenos de colores y tenía una voz agradable y dulce capaz de enamorar o de adormecer, según le conviniese.

Herihor no dejaba de repetir, y Nodyme pensaba que no andaba muy errado, que le recordaba a una serpiente del desierto, cuando se levanta y danza frente a su víctima para embrujarla, antes de lanzarse sobre ella y morderla o darle el último abrazo mortal. En muy poco tiempo aquel curioso personaje consiguió entrar en palacio y que Ramsés le escuchase, hasta el punto que el faraón no dejaba de reír ante las ocurrencias de un oficial que poco después, a pesar de las protestas de Herihor, recibía el grado de general.

Una mañana Unamón, el hombre que Ramsés había ordenado ir en busca de madera para la Barca de Amón y que acababa de regresar de su viaje, hizo un relato espeluznante de lo que sucedía más allá de las puertas de Tanis.

—El alto Egipto no es una nación ni nada parecido, sino una triste amalgama de territorios mal gobernados por nomarcas que se creen dioses y que no obedecen al faraón —explicó Unamón.

Y dos meses más tarde llegaba la noticia de que los bárbaros de más allá de las cascadas habían atacado Tebas y habían hecho prisionero a Amenhotep, el sumo sacerdote de Amón que había fijado su residencia en Karnak.

Eso acontecía durante el año noveno del reinado de Ramsés XI.

Tiempo le faltó a Penehasy para regalar los oídos del faraón con dulces palabras que dibujaban un paraíso de paz y de prosperidad, si él se ponía al frente de las tropas que liberarían Tebas. Y, ante el desconcierto de Herihor, el faraón aceptó.

Unos meses después de la partida de Penehasy, llegaron los primeros informes. La paz había sido restablecida, Amenhotep había sido liberado y se confeccionaba un inventario de las desgracias que habían padecido Tebas, Karnak, Luxor, el Valle de los Reyes y el Valle de las Reinas, que parecían no tener fin: expoliaciones de tumbas, asaltos a los templos, robos en las casas de los nobles, caminos inseguros, cosechas quemadas, crímenes horrendos...

Evidentemente, el faraón hinchó el pecho y miró con superioridad a Herihor. La decisión de enviar Penehasy a Tebas había sido un gran acierto.

Las noticias explicaban que Penehasy había tomado la decisión de erigirse en juez, única manera de conducir una investigación para poder descubrir las causas del incremento de la violencia y de la degradación de las costumbres, y salir victorioso. Ramsés también aplaudió esta decisión.

—La gente del pueblo llano siente un gran respeto por la autoridad moral que representa el cargo de juez —dijo.

Aún no había transcurrido un mes que llegaba la noticia de la destitución de Amenhotep con motivo de la llamada guerra de los grandes sacerdotes, conflicto que había tenido lugar dos años antes, que había durado nueve meses y que, según Penehasy, era la causa principal y directa que había propiciado la entrada de los bárbaros, al ver que los mismos gobernantes de Tebas, de Karnak y de Luxor se peleaban entre ellos y se disputaban el poder.

—¿A qué viene ahora sacar a relucir un conflicto que ya se solucionó? —preguntó Herihor, que no veía clara aquella explicación.

—Hay que dar una lección a los que no hacen bien el trabajo que, como faraón que soy, les he encomendado —respondió Ramsés—. Amenhotep ya hace demasiados años que ostenta el poder en Tebas y es demasiado viejo. Seguro que chochea.

—Tú nunca has encargado nada a Amenhotep —se atrevió a decir Herihor, y añadió—: Y, si Amenhotep ha estado tantos años mandando en Tebas, es porque ya servía a tu padre y a tu abuelo. Ni Ramsés IX ni Ramsés X tuvieron la menor queja de él. ¿A qué viene, entonces, esta absurda decisión de Penehasy?

—Él es el juez y él ha tomado una decisión tras un juicio justo —replicó Ramsés.

—Penehasy es juez, porque él mismo se ha instituido en árbitro de la justicia. Tú no le has nombrado —dijo Herihor—. Sin embargo, te recuerdo que Amenhotep era el sumo sacerdote y que administraba la justicia porque recibió este encargo de tu abuelo, y que tú lo ratificaste. Por lo tanto, lo más lógico sería enviar a alguien que viese lo que está sucediendo y regresase con datos fidedignos.

—No. Penehasy realiza un gran trabajo y no es necesario intervenir para nada —sentenció Ramsés, y dio por zanjada aquella discusión.

—Espero que no tengamos que arrepentirnos y que Penehasy sea tan fiel como parece —contestó Herihor, atreviéndose a decir la última palabra.

—¿Acaso estás celoso de sus éxitos? —Ramsés se levantó de la silla, furioso.

Herihor agachó la cabeza y se fue. No se puede discutir cuando el único argumento de qué dispones es que presientes que las cosas no andan como esperas. Se necesitan pruebas, y él no las tenía.

Justo un año después de la llegada de Penehasy a Tebas se descubrió que el enviado del faraón con la misión de recuperar y pacificar la región se había proclamado virrey de Cush, escriba real, responsable de los graneros del faraón, hijo real de Cush, responsable del sur del país y comandante de las tropas del faraón.

Ésa era la prueba que Herihor esperaba. Todos aquellos títulos, sin que le hubiesen sido concedidos, perseguían un objetivo muy claro: hacerse con Tebas y proclamarse rey.

—Esto es una usurpación de las atribuciones reales —protestó de nuevo.

—Ha de imponer su autoridad —respondió Ramsés, y no quiso oír hablar más del asunto.

Aquella noche Herihor llegó furioso a casa y se lo contó a Nodyme, que al día siguiente, sin decir nada, fue a visitar a Baketourel, la Gran Esposa de Ramsés que, además, ostentaba el título de Esposa Divina de Amón. Nodyme sabía que Karnak representaba un espacio muy amado por ella y esperó con ansia la ocasión para sacar el tema a colación.

—¿Y dices que ninguno de esos honores le ha sido concedido por mi esposo? —preguntó la reina.

—Parece que no —respondió Nodyme.

Al día siguiente Baketourel se dirigió a las dependencias del faraón y habló con Ramsés. La conversación duró poco, pero fue muy intensa. La Esposa Divina de Amón, cuando discutía con su marido, tenía una lengua viperina y era capaz de tratarlo de idiota y dejarlo hecho un guiñapo.

—No tan sólo se proclamará rey de Tebas, sino que enviará a sus soldados nubios a Tanis —lo amenazó.

—Dispongo de suficientes hombres para defenderme —replicó Ramsés—. Además, Penehasy me es fiel.

—Reza para que Herihor viva muchos años. Él sí que te es fiel —dijo Baketourel, y añadió con una sonrisa de burla—: ¿Te imaginas lo que pasaría si aquellos animales llegan a ponerte las manos encima?

Ramsés tragó saliva y empezó a sudar. Finalmente decidió que lo mejor sería hacer caso del prudente consejo de Herihor y enviar a alguien para que averiguase lo que sucedía y que le redactase un informe. Y así lo hizo. Envió a un escriba para que tomase nota de todo lo que viera, y que regresó transcurridos unos meses con un informe bastante extenso y preciso. Según él, en Tebas la paz era absoluta, la gente estaba contenta y Penehasy había iniciado la gran tarea de recuperar todos los objetos robados de las tumbas de los faraones, de las reinas y de los nobles.

—¿Lo ves? —exclamó Ramsés, dirigiéndose a su esposa, en presencia de Herihor.

—¿Y quién te asegura que el escriba que has enviado te ha dicho la verdad? —preguntó Baketourel.

—Penehasy es muy hábil y puede embrujar a cualquiera. Y un escriba no es un dios. Todo esto que ha escrito en su informe, ¿lo ha visto él mismo o se lo han contado? —preguntó Herihor.

—Si lo ha escrito, significa que lo ha visto —respondió Ramsés, en tono de evidencia.

—Sigo pensando que Penehasy, tarde o temprano, te traicionará —dijo Herihor.

—No queréis aceptar que os habéis equivocado —sentenció Ramsés, terriblemente enfadado, se levantó de la silla y abandonó la sala.

A partir de aquel día nadie se atrevió a hacer el menor comentario sobre las noticias que llegaban del sur. Tampoco nadie, ocupados como estaban con lo que sucedía, se dio cuenta de que el escriba que había viajado a Tebas se compraba unas de las mejores tierras de cultivo y que las pagaba generosamente. ¿De dónde había salido el dinero?

Tres años más tarde, a comienzos del año 12 del reinado de Ramsés XI, llegó una lista completa de todos los bienes robados, que había que añadir a otra lista que se había confeccionado durante el reinado de Ramsés IX y que ya era muy extensa. Penehasy había escrito la nueva lista aprovechando la parte de atrás del papiro que contenía la primera. A la lista anexaba un escrito en el que manifestaba que, al contrario que la primera, de la que casi no se había encontrado nada, él recuperaría hasta la última pieza.

Ramsés se sintió inmensamente satisfecho, pero a Tanis empezaban a llegar otras noticias, rumores sobre el comportamiento de los soldados nubios de Penehasy, sobre la confección de una relación de las ciento ochenta y dos casas ricas que ocupaban el margen izquierdo del Nilo, gente que no vivía en los templos, y sobre la tortura sistemática de los hombres más acaudalados para que pagasen unas cantidades desmesuradas de dinero bajo la acusación de que se habían apropiado de bienes que pertenecían a los dioses.

Por aquellos días Herihor consiguió que Ramsés nombrase a Smendes nuevo general. Pensaba que, llegado el caso, era la única manera de poder plantear una posible campaña contra Penehasy. Para él resultaba más que evidente que aquella historia tenía mal final. Pero Smendes, que durante todo el tiempo que había servido a sus órdenes se había mostrado fiel, sumiso y colaborador, de pronto tomaba extrañas decisiones y apoyaba algunas de las iniciativas del faraón. ¡Oh, dioses!, exclamó Herihor. Ya sólo le faltaba sumar a sus desgracias el desastre de haberse equivocado de persona.

El tiempo pasó y no fue hasta el año 18 del reinado de Ramsés que quedó totalmente clara la posición de Penehasy. Todo sobrevino cuando el faraón envió a Tebas a su mayordomo para que obtuviese madera para acabar el palanquín de la gran diosa.

—El virrey de Cush me ha exigido un pago por todos los servicios que le he pedido y como no tenía suficiente dinero, he tenido que regresar con las manos vacías —explicó el mayordomo.

—Dije que tarde o temprano te traicionaría y ya lo ha hecho —recordó Herihor al faraón—. Penehasy toma sus decisiones al margen de tus instrucciones y ahora, por fin, ya sabemos que ha dejado de ser un servidor y, si le conviene, incluso será tu enemigo.

No obstante, lejos de aceptar las evidencias, Ramsés no quiso escuchar a su general y aquí se inició la batalla verbal que duró meses, antes de que el general convenciese al faraón de la necesidad de atacar Tebas y echar a Penehasy.

¿Cómo habían podido perder tanto tiempo?, se preguntó Herihor, apoyado en la barandilla del barco. La historia está cuajada de errores y a veces parece un prodigio que Egipto siga existiendo, meditó mientras asentía varias veces.

¡Bien!, exclamó y echó fuera de su cerebro todos aquellos recuerdos. Ya iba camino de Tebas, que era lo importante.

1.4 – LA DIVINA ADORATRIZ

La sirvienta guió a Nodyme hasta las habitaciones de Tentamón, hizo una reverencia y se retiró. Hacía días que su ama, la esposa del general Smendes, se mostraba alterada y tensa y cuando le había anunciado la visita de su tía casi había pegado un salto en la butaca.

—Hazla pasar ahora mismo —había ordenado Tentamón.

Justo cuando salía, la criada oyó la voz de Tentamón que decía:

—¿Qué? ¿Hay noticias?

Pero ya no escuchó nada más ni pudo ver que Nodyme sonreía, cogía las manos de Tentamón, la obligaba a sentarse y, en voz baja, le comunicaba:

—Mañana, Baketourel anunciará el nombre de la nueva Responsable de la Habitaciones Privadas de la Gran Esposa de Ramsés.

—¿Y...? —inquirió Tentamón arqueando las cejas.

—No creo que tengas la menor dificultad.

Tentamón suspiró largamente. Después se levantó, se dirigió a la terraza, se apoyó en el murete, dejó que su vista se perdiese en la lejanía y respiró hondo. Aquella noticia significaba escalar unos cuantos peldaños en la escala social y situarse en una posición de privilegio que toda mujer ambicionaría.

—¿Tienes noticias de Herihor? —preguntó, una vez se sintió pagada de sí misma y satisfecha.

—Aún no —respondió Nodyme con un deje de preocupación.

—Todavía es pronto —dijo Tentamón.

—Sí, pero es que esta noche he soñado que él estaba muy lejos y que no regresaba.

—Si él no regresa, ya irás tú.

Nodyme asintió y sonrió. Era cierto, que había soñado con su marido, pero no había explicado que en su sueño también aparecía una enorme serpiente que lo atrapaba, lo envolvía e intentaba ahogarlo.

*** ***

El quinceavo día del cuarto mes de *akit*, la estación de las inundaciones de las tierras que bordean el Nilo, del año 19 del reinado de Ramsés XI, la flota de naves llegó a las puertas de Cush y se detuvo.

El autoproclamado señor del sur de Egipto había dispuesto sus fuerzas repartiéndolas por las dos orillas del Nilo, convencido de que Cush representaba la puerta hacia la victoria, porque allá había previsto que tendría lugar el primer y último combate, en el que destruiría a toda la flota enemiga.

Penehasy observó los barcos. Herihor avanzaba en formación de combate tradicional, en forma de punta de lanza. Con esta estrategia del enemigo, ya tenía ganada la batalla, porque contaba con los mejores arqueros y con los soldados nubios más fieros que nunca se habían visto por aquellas tierras. Si Herihor decidía atacar por el agua, los arqueros alcanzarían a sus hombres bajo una lluvia cruzada de flechas y, si decidía desembarcar, Penehasy movería sus barcos y trasladaría parte de los soldados para situarlos detrás de las líneas de Herihor.

Los egipcios son idiotas, pensó y sonrió divertido. Ni Ramsés ni el gran Herihor habían llegado a sospechar que el ataque a Tebas por parte de los nubios había sido una hábil maniobra para conseguir que le enviasen a él con la orden de pacificar la región. Aquella estratagema le había permitido echar a Amenhotep del poder, nombrarse, con toda legalidad, virrey de Cush y ganar tiempo y más tiempo para hacerse fuerte. Ahora llegaba Herihor, el brillante general egipcio, pero lo único que sacaría de allí sería una vergonzosa derrota.

Feliz ante la perspectiva de una victoria rápida, se apoyó tranquilamente en la muralla de Cush para ver qué decisión tomaba el enemigo.

Transcurrieron las horas y en vista de que oscurecía y que los barcos de Herihor no se movían ni nadie desembarcaba, pensó que su oponente tenía previsto atacar de noche.

—Aquí me encontrarás —murmuró esbozando una sonrisa de superioridad.

Unas horas después, harto de esperar, creyó que lo que perseguía Herihor era sacarlo de su madriguera y que plantease batalla.

—No caeré en una trampa tan estúpida —exclamó con desprecio.

Al día siguiente, cuando ya despuntaba el sol, llegó a la conclusión de que el general egipcio quizás no era tan valiente como parecía o que sus hombres, nada más oír hablar de la brutalidad de los nubios, estaban muertos de miedo y habían corrido a esconderse, porque no se veía el menor movimiento sobre la cubierta de las naves.

Y así transcurrió otro día entero. Llegada la noche, decidió retirarse a descansar. Herihor jugaba con su paciencia. ¡Bien! Ya le despertarían si sucedía algo interesante.

Aún no hacía ni una hora que dormía cuando un oficial lo despertó. Acababa de llegar un hombre de Tebas y no traía muy buenas noticias.

—Tebas ha sido atacada —dijo el mensajero.

—¿Quién la ha atacado? —gritó Penehasy, poniéndose en pie de un salto.

—Los egipcios han llegado por detrás de la montaña Tebana. No los esperábamos, nos han atacado por sorpresa y han ocupado Medinet Habu y el *Rameseo*. Ni los colosos de Memnón han podido resistir su empuje y el templo de Amenofis III también ha caído en sus manos.

—¡No puede ser! Los barcos de Herihor están ahí delante, frente a las murallas... —exclamó, y de pronto calló.

Desde que sus vigilantes le alertaron de la llegada de las naves, nadie había visto movimiento en cubierta. ¡Claro! Ahora lo entendía. Herihor había desembarcado sus hombres en Dendera, había pasado por detrás de la montaña Tebana y había caído sobre Tebas, engañándole con unos barcos vacíos.

—¡Maldita sea! ¿Dónde está ahora?

—Cuando he salido de Tebas ya regresaba de Deir-el Bahari, dónde ha ocupado el templo de Hatshepsut y se dirigía al templo de Seti I.

—¡Tahme! —exclamó Penehasy, y cerró los puños con rabia.

—Hemos enviado soldados para proteger a la Divina Adoratriz y hacernos fuertes —explicó el mensajero.

—Oh, gran Ra, si no le detenemos, saltará a la otra orilla y Luxor y Karnak se perderán. ¡Embarcad inmediatamente a todos los hombres disponibles! —ordenó enloquecido—. Tenemos que llegar al templo de Seti antes de que sea demasiado tarde.

—¿Pero, y los barcos egipcios? —preguntó uno de sus oficiales, señalando hacia el norte.

—¿Aún no te has dado cuenta de que no hay ningún soldado en esos barcos? —gritó Penehasy.

En el otro bando, el oficial egipcio avisó a Pianj. En mitad de la oscuridad se adivinaba mucho movimiento. El yerno de Herihor, agachado detrás de la barandilla del barco, comprobó que los soldados nubios abandonaban Cush precipitadamente y subían a los barcos que les esperaban en el puerto. Un rato después, en la orilla izquierda del Nilo, se repetía idéntica operación con los arqueros que estaban escondidos.

—Herihor ya debe de haber atacado Tebas, Penehasy ha reaccionado tal como habíamos previsto y deja Cush sin protección —murmuró, y se volvió hacia el oficial—. Que todos se preparen, pero que nadie se mueva ni haga ningún ruido hasta que no os dé la orden. No deben vernos bajo ninguna circunstancia y tienen que creer que los barcos siguen vacíos.

Esperó pacientemente hasta que el último de los barcos nubios hubo desaparecido de su vista y entonces se puso en pie, ordenó avanzar las naves y atacó Cush.

Cuando el usurpador descubriese el inmenso error que representaba dejar aquella plaza sin protección, ya sería demasiado tarde para rectificar. De un sólo golpe, perdería Cush y Tebas, si todo iba según lo previsto.

*** ***

Las fuerzas egipcias avanzaron con tanta rapidez que cuando los soldados nubios llegaron a las puertas del templo de Seti I se encontraron con que el enemigo ya les esperaba en formación de combate y la batalla ni siquiera mereció este nombre. Apenas duró una hora y fue tan desigual que los nubios arrojaron sus armas y echaron a correr.

Entonces, Herihor se dirigió a las puertas del templo y ordenó que las abriesen.

Tras presenciar lo que sucedido ante sus narices, los guardias no dudaron ni un instante y obedecieron las órdenes del general, que entró acompañado por Uaraktir y por quince hombres y se paseó por sus dependencias como si fuera su propia casa.

—¿Qué escondéis en estas habitaciones? —preguntó Herihor al llegar al ala sur, donde había una puerta custodiada por dos guardias y otro hombre que se interponía en su camino.

—No podéis entrar —dijo aquel hombre de unos cuarenta años y vestido como un sacerdote—. Sería un sacrilegio.

—¿Quién eres tú? —preguntó Uaraktir, con la espada en la mano y una sonrisa divertida.

—Sahura, el camarlengo de la Divina Adoratriz —respondió aquel hombre.

Herihor hizo un gesto con la mano y diez arqueros cargaron sus arcos y apuntaron a los dos guardias, que temblaban de miedo. Entonces, el general se dirigió a Sahura, lo apartó de su camino, se detuvo frente a la puerta con las manos cruzadas a la espalda y miró a los guardias a los ojos. Primero a uno y luego al otro.

Uno de los centinelas se apartó y abrió la puerta para dejarle entrar.

Sahura se interpuso de nuevo en su camino.

—Es un sacrilegio —dijo—. Son las estancias privadas de la Divina Adoratriz.

—Si vuelve a abrir la boca, córtale la lengua —ordenó Herihor a Uaraktir—. Entraré solo —añadió.

—Pero... —exclamó Uaraktir.

—Se trata de estancias privadas. Únicamente hay mujeres —replicó Herihor con una carcajada—. Si me atacan, te llamaré para que también puedas gozar de la lucha.

—Vendré de inmediato —respondió Uaraktir mientras cogía a Sahura por el pescuezo y lo apartaba.

En el interior de la habitación, muy decorada y luminosa, halló mobiliario femenino. Entró y echó un vistazo. Allí parecía que no había nadie. Siguió andando hasta el fondo, donde una cortina escondía otras habitaciones. La descorrió y le sorprendió el grito de dos mujeres que echaron a correr para arrodillarse ante otra mujer que estaba sentada a los pies de una cama, mientras cuatro más la rodeaban con la intención de defenderla.

El general se detuvo a unos pasos de aquel pequeño ejército femenino. La mujer que ocupaba los pies de la cama era de origen nubio y joven. Como mucho, tendría dieciocho o diecinueve años.

Herihor había oído historias sobre la belleza de las mujeres nubias que contaban que eran las más hermosas del mundo, pero aquélla superaba con creces cualquier leyenda. Tenía la piel oscura y brillante como el marfil, un rostro equilibrado, la nariz recta y ligeramente respingona, los pómulos pronunciados, unos ojos grandes y negros que podían embrujar a cualquiera con una sola mirada, las cejas muy bien dibujadas, la barbilla finamente trazada y unos labios carnosos, sin ser exagerados, que Herihor pensó que pedían a gritos que fuesen mordidos. Al darse cuenta de ese pensamiento, sonrió divertido. No podía negar que era un soldado y que pensaba como un soldado. Un poeta habría imaginado mil cosas que hacer con aquellos labios, excepto morderlos.

—¿Quién se atreve a perturbarnos? —preguntó otra mujer de unos cincuenta años, que permanecía en pie junto a la cama, y que parecía ocupar un cargo por encima de las demás.

—Soy yo, quien pregunta —exclamó Herihor—. ¿Quién eres tú?

—La responsable de las estancias de la Divina Adoratriz —respondió aquella mujer, con la cabeza muy alta y la espalda bien tiesa.

El general echó a andar, la que había hablado hizo un ademán y dos de las mujeres que estaban junto a ella se adelantaron y le cortaron el paso. Herihor desenvainó la espada y las dos mujeres se detuvieron en seco. El general sonrió. Podía adivinar el miedo reflejado en los ojos de las sirvientas. La responsable de las estancias, la que había hablado, se adelantó con decisión, se plantó frente al general y lo desafió con la mirada.

—¡Nenhere! —se oyó que ordenaba la voz de la mujer sentada en la cama, y la que se había plantado frente a Herihor se volvió—. Apartaos un poco para que pueda verle.

Las tres mujeres se echaron hacia atrás, pero sólo medio paso, y Herihor pudo contemplar aquella belleza de piel oscura.

—No es necesario que digas quién eres —exclamó ella, tras mirarle un instante a los ojos—. Eres alguien que se enfrenta a unas mujeres indefensas y que se imagina que será una gran victoria.

Herihor se quedó mudo, incluso se sintió ridículo, envainó la espada e intentó apartar a las dos muchachas, que se resistieron.

—Dejadle pasar —dijo la mujer de los ojos oscuros.

Las muchachas que le cortaban el paso se apartaron, aunque no demasiado, y Herihor no tuvo más remedio que rozarlas cuando pasaba. Las que se habían arrodillado a los pies de la Divina Adoratriz no se movieron, sino que se abrazaron más a las piernas de su señora, sin que Herihor pudiera determinar si era para protegerla o para sentirse más seguras.

—Mi nombre es Tahme y soy la Divina Adoratriz —dijo la muchacha nubia—. Y ahora, seguramente, seré tu prisionera.

—Mi nombre es Herihor, general del ejército, enviado por el faraón y no he venido para hacer ningún prisionero, sino para liberar Tebas —respondió él.

—Hasta este preciso instante, nunca me había sentido prisionera de nadie y no necesito que nadie me libere de nada —replicó Tahme.

—He dicho que el faraón me ha enviado para liberar Tebas, no a la Divina Adoratriz. Aún así, regresaré cuando haya acabado para comprobar que estás bien —Herihor hizo una ligera reverencia con la cabeza y salió de allí, no sin antes dedicarle una larga mirada.

Tahme, sentada en el borde de la cama, con la espalda muy recta y el busto altivo, bien podía pasar por una estatua. Quizás la más perfecta que Herihor había visto jamás. ¡Lástima que no había podido contemplar toda su figura en detalle!, pensó.

Tan pronto se cerró la puerta de las habitaciones de Tahme, las mujeres rodearon a su señora para consolarla.

—Apartaos, que poca cosa habéis hecho para protegerla —exclamó Nenhere, y las echó para atrás.

Tahme se puso en pie. Su cuerpo, que Herihor no había podido admirar en todo su esplendor, era alto y esbelto, con una cintura estrecha, unas caderas muy marcadas y redondas, un pecho altivo y un cuello largo y delgado.

Apartó a las dos mujeres que permanecían arrodilladas a sus pies y se dirigió a la terraza. Desde allí observó de nuevo al general.

Cuando Herihor se encontró con Uaraktir, le explicó lo que había encontrado.

—Si es tan apetecible como dices, quizás no hallarás nada cuando regreses —dijo Uaraktir, con una sonrisa—. Alguien se la habrá comido.

—Puedo asegurarte que no hay demasiados hombres capaces de comerse una fruta como ésa, porque si quiere ser dulce, lo será hasta el infinito, pero si desea ser ácida, se te erizará todo el vello de tu cuerpo con sólo rozarla —respondió Herihor con una risotada—. Y también puedo decirte que para Penehasy es mucho más valiosa de lo que podemos imaginar. De manera que lo más probable es que primero venga aquí. Eso nos confiere una ventaja que tenemos que saber aprovechar. ¡Vamos!

*** ***

Una vez conquistada Cush, Pianj tomó la mitad de los hombres, mientras dejaba la otra mitad por si los nubios regresaban (no estaba dispuesto a cometer el mismo error que Penehasy), y embarcó para dirigirse al sur, hacia Karnak.

*** ***

A media tarde, en el margen izquierdo del Nilo, las fuerzas nubias bajo el mando de Penehasy marchaban en perfecta formación camino del templo de Seti I.

Cuando llegaron no encontraron a nadie que sitiara el recinto. Al contrario, unos soldados les observaban desde la parte más alta del pilón.

—¿No decías que Herihor también había atacado el templo de Seti I? —preguntó al hombre que había ido a buscarle.

—Anoche, cuando yo me marché, venía hacia aquí —aseguró el pobre desgraciado, medio muerto de miedo. Entonces miró hacia el otro lado de la explanada que tenían enfrente—. ¡Allí! —exclamó señalando con el dedo.

Penehasy dirigió los ojos hacia donde señalaba el soldado y vio los restos de la batalla que había tenido lugar entre los egipcios de Herihor y sus soldados nubios. Y por los cuerpos que se adivinaban y por las armas que habían quedado desparramadas, resultaba evidente que la victoria no le había sido propicia.

—¡Abrid las puertas! —gritó Penehasy a los soldados que aparecían sobre el muro, y añadió en voz baja—: Si la has tocado, juro por todos los dioses que te arrancaré la piel.

Las puertas se abrieron inmediatamente y Penehasy entró y se dirigió a las habitaciones de la Divina Adoratriz, que ya le esperaba.

—¿Buscas a alguien? —preguntó Tahme, al verle entrar.

—¡Oh, Tahme! He venido en cuanto he sabido que podías estar en peligro —respondió Penehasy, mientras se acercaba.

La abrazó, pero ella no respondió, y cuando iba a besarla, retiró el rostro.

—Ya hace mucho rato que Herihor ha entrado en estas mismas habitaciones, porque tus hombres no lo han detenido, y habría ultrajado a la Divina Adoratriz, si mis sacerdotisas no llegan a defenderla —dijo Nenhere, mientras Tahme se deshacía del abrazo y adoptaba una postura mayestática—. Ellas, siendo mujeres, han hecho el trabajo de los hombres —aún se burló Nenhere.

Penehasy la miró, enrojeció de rabia, se llevó la mano al puño de la espada e hizo ademán de desenvainarla. Nenhere levantó la barbilla y le dirigió una mirada desafiante. Entonces, Penehasy respiró hondo, dejó escapar todo el aire de sus pulmones, con energía, y soltó el puño de la espada. Algún día mataría a aquella maldita bruja. Quizás ya debería haberlo hecho mucho antes.

—¡Es un miserable que pagará esta ofensa con su vida! —gritó.

—Antes tienes que derrotarlo, ¿no crees? —le contestó Nenhere con un deje de desprecio—. ¿Y cómo lo conseguirás, si ya has perdido Cush y ahora estás perdiendo Luxor? —preguntó.

El comandante de los nubios miró a Tahme, que no decía nada. Después miró a Nenhere. Su interior era un volcán en erupción y en su rostro aparecieron un conjunto de pequeñas venas que amenazaban con reventar. La mataría en cuanto regresara. ¡Podía estar bien segura!

—Juro por todos los dioses que le arrancaré el hígado y os lo serviré en una bandeja de oro —sentenció, se dio la vuelta y abandonó la habitación.

—Preparad el baño de la Divina Adoratriz y llenadlo de perfumes, que dentro de muy poco vendrá el señor de estas tierras —dijo Nenhere, y sonrió. Después, se volvió hacia su señora—. Cuando Herihor regrese victorioso, seguramente tomará posesión del palacio de Ramsés III. Hablaré con Butehamón y le ordenaré que nos tenga al corriente de todo. Tenemos que saber qué piensa, qué siente, con quién se ve y si hay alguna mujer que pueda hacerle feliz.

—Sí —asintió Tahme.

Nenhere le dedicó una ligera reverencia y se fue, mientras las demás sacerdotisas deshacían los lazos del vestido de Tahme, que resbaló hasta caer al suelo para dejar al descubierto la perfección de su cuerpo.

*** ***

El sol declinaba cuando las tropas nubias embarcaban para dirigirse a Luxor y Penehasy empezaba a ser consciente de la gravedad de la situación en la que se encontraba. Si había perdido Cush y estaba perdiendo Luxor, significaba que Herihor había tomado el norte y el sur y que ahora esperaba que entrase en Karnak para ahogarlo, porque atacaría por todos lados, por tierra y por agua.

¿Cómo podía haber cometido tantos errores seguidos?, bramó en su interior.

—Seguid Nilo arriba y no os detengáis —ordenó cuando estuvo a la altura de Luxor.

—Pero... —protestó uno de los oficiales.

—¡He dicho que no os detengáis! —gritó furioso, fuera de sí.

LA GRAN CONCUBINA DE EGIPTO

*** ***

Los soldados nubios de Karnak tenían muy claro cuál sería su destino si el ejército egipcio entraba en el templo y opusieron gran resistencia, hasta que dos meses después, una mañana en que Herihor y Pianj descansaban y Uaraktir estaba al frente de las tropas, las grandes puertas del recinto amurallado se abrieron de par en par.

—Que se preparen los arqueros. Despertad a Herihor —ordenó Uaraktir.

Cuando el general llegó se encontró a su hombre de confianza hablando con unos sacerdotes del templo.

—Ayer, mientras los nubios defendían Karnak, pusimos unas hierbas en la comida para que se durmiesen profundamente y durante la noche nos hemos rebelado y hemos hecho prisioneros a todos los soldados de Penehasy —explicaba un sacerdote ya mayor, que parecía el superior de todos ellos.

—¿Dónde está Amenhotep? —preguntó Herihor.

—Penehasy ordenó encerrarlo en un almacén — informó el sacerdote.

—¿En qué condiciones?

—Ha sido tratado como un malhechor —dijo el sacerdote, y bajó la mirada.

—Liberadlo, ofrecedle una casa digna, agua, alimentos y vestidos. Y, si es necesario, llamad a un médico —ordenó el general—. Mientras yo esté fuera, que no le falte de nada. ¿Me habéis entendido?

El sacerdote asintió.

—¿De quién ha sido la idea de dormir a los nubios?

Todos los sacerdotes se volvieron hacia el que había hablado.

—¿Cuál es tu nombre? —preguntó Herihor.

—Halep, señor.

—Halep —Herihor repitió el nombre de aquel sacerdote para grabarlo en su memoria—. Te felicito Halep. Nunca había visto ganar una batalla adormeciendo al enemigo y puedo decir que es la mejor de todas las victorias, porque no he perdido ni un solo hombre —exclamó Herihor, con una sonrisa—. No olvidaré tu nombre ni lo que has hecho.

Para asegurarse de que todas sus órdenes se cumplirían, dejó a Uaraktir al frente del gobierno de Tebas y durante los tres meses siguientes, Herihor, acompañado por Pianj, acosó las tropas del usurpador hasta que llegó a Nubia, donde Penehasy, con ayuda de la población, se hizo fuerte. No en vano era la tierra en donde había nacido.

Entonces, una vez pacificados todos los pueblos que habían dejado atrás, Herihor consideró que el peligro se había alejado y que Penehasy se lo pensaría dos veces antes de regresar. La lección había sido demasiado dura como para olvidarla fácilmente. De manera que dejó una parte de sus hombres en los límites de los territorios liberados, al mando de un joven oficial llamado Mendyebet, y ordenó a los barcos poner rumbo al norte, en dirección a Tebas. Había llegado el momento de conceder a los hombres su merecido descanso.

Cuando llegó a Tebas, se dirigió al palacio de Ramsés III, que durante aquellos años había ocupado Penehasy, y preguntó por el responsable del servicio.

—Mi nombre es Butehamón y soy el mayordomo de palacio —se le presentó un hombre de unos cuarenta y cinco años.

—A partir de ahora, me servirás a mí —dijo Herihor.

Después envió un mensaje a Ramsés para comunicarle que todos los territorios del sur habían sido liberados y que podía venir cuando quisiera.

¡Por fin la paz volvía a reinar en aquellas tierras!

Al día siguiente, una vez hubo despachado todos los asuntos, se dirigió al templo de Seti I, donde encontró a Tahme que estaba en pie frente a la estatua de Nejbet, la diosa protectora del alto Egipto. Ahora, con calma, pudo contemplar su figura. ¡Oh, dioses! ¡Ni con toda la fuerza de su imaginación habría sido capaz de dibujar tanta belleza!

—Has tardado mucho en regresar —dijo ella, sin volverse, con voz dulce, los párpados entornados y las manos abiertas en señal de oración.

—Dije que volvería, pero no dije cuándo —respondió Herihor.

Tahme se dio la vuelta, bajó las manos, abrió lentamente los párpados, dio tres pasos y se quedó a muy poca distancia del general, casi rozándolo con su cuerpo, mientras le miraba directamente a los ojos.

Aquella mujer era terriblemente turbadora, Herihor ya llevaba demasiado tiempo lejos de casa, lejos de la vida, demasiado cerca de la muerte y... y... aquel perfume... cautivador...

1.5 – LA SOLEDAD DE LAS TUMBAS

La noticia llegó en un barco y corrió por todos los rincones de Tanis antes de entrar en palacio y alcanzar los oídos del faraón.

—Herihor ha vencido y Tebas ha sido liberada —informó el mayordomo real—. Toda la ciudad lo pregona y por todas partes cantan el nombre del glorioso general.

—¿Y el mío? —preguntó Ramsés.

—El tuyo más que ningún otro —se oyó la voz de Smendes, que acababa de entrar.

—¿De veras?

—Acompáñame hasta la terraza —respondió Smendes.

Ramsés se dirigió a la terraza y al asomarse a la avenida principal descubrió la multitud que se había congregado a las puertas de palacio y que arrancó en un gran griterío en el instante en que apareció la figura del faraón.

—¡Es cierto! —exclamó Ramsés, hinchando el pecho y alzando las manos para saludar.

El mayordomo observó la multitud. Juraría que muchos de los que vitoreaban al faraón eran soldados vestidos de comerciantes. Miró a Smendes, que le dedicó una sonrisa.

Mientras, en un extremo de Tanis, en la residencia de Herihor, Pinedyem corría como un loco. Había oído la noticia y quería ser el primero en comunicarla a Nodyme.

—Abuela, abuela... —gritaba cuando entraba en el jardín.

—¿Qué sucede? —preguntó Nodyme, un tanto asustada por el ímpetu de su nieto.

—El abuelo ha vencido y Penehasy ha sido expulsado de Tebas. Todos gritan el nombre de Herihor.

—¡Alabados sean los dioses! —exclamó Nodyme y se llevó la mano al corazón.

Aquella noche había vuelto a soñar con la gran serpiente que rodeaba a su marido y lo embrujaba con la mirada, mientras lo abrazaba con traición. Pero, seguramente, no era más que un sueño. Respiró hondo y abrazó a Pinedyem.

—¡Alabados sean los dioses! —repitió como si se tratase de una oración. Una de las muchas que en las últimas semanas les había dirigido para implorar protección para su marido.

—Ahora tenemos que ir —dijo Pinedyem.

—Cuando nos llame —respondió Nodyme.

—Tú dijiste que ni siquiera tendría que llamarte —replicó el muchacho.

—Tienes buena memoria —dijo Nodyme, y asintió con una sonrisa—. Tendremos que prepararnos.

Sí, tendrían que preparar el equipaje y dejarlo todo bien dispuesto para partir. Ya hacía muchos días que aguardaba aquella noticia y más días aún que pensaba en Herihor. Su corazón le gritaba que tenía que ir junto a él, y pronto. Tentamón ya había aprendido de ella cuanto precisaba para servir dignamente a Baketourel y Nodyme esperaba que la reina le concedería su permiso para viajar a Tebas.

*** ***

Desde la terraza este del templo de Seti I, Herihor contemplaba Tebas. ¡Cómo había crecido desde que él estuvo, años atrás!

Situada en la orilla izquierda del Nilo había sido durante muchos años la capital del sur de Egipto y era una ciudad grande y rica, con anchas calles que la cruzaban de un lado a otro y avenidas que desembocaban en el Nilo. Su territorio abarcaba toda la llanura que se extendía desde el río hasta la frontera natural que representaba la montaña Tebana. En aquel amplio espacio se alzaban las casas que servían de morada a todos los que no vivían en la otra orilla, donde habían edificado el templo de Luxor, cuyas puertas estaban flanqueadas por dos obeliscos que se levantaban delante de los colosos que Ramsés II ordenó plantar para proteger la entrada principal que daba al patio que llevaba el nombre del propio faraón. Más al norte, se hallaba el inmenso complejo de templos de Karnak, que comprendía el santuario de Amón, el de Mut y el de Montu, mientras que un largo trazado, muy recto, que partía del mismo pie de los dos obeliscos, constituía el camino obligado para que desfilasen las numerosas procesiones que tenían lugar durante todo el año y que recorrían los más de cuarenta *khets* de distancia que separaban los dos complejos religiosos que habían recibido el favor de Ramsés II y de Ramsés III, dos faraones que habían dejado su impronta en los templos, los pilones y los patios que llevaban su nombre. Así, Luxor había sido bendecido por Ramsés II con los obeliscos, los colosos, el pilón y el patio, mientras que Karnak había recibido la magnificencia desplegada por Ramsés III en los tres templos que había repartido entre los tres santuarios que conforman el complejo. Desgraciadamente, la devoción de los siguientes ramésidas había ido disminuyendo hasta el punto que Ramsés XI había escogido Tanis como centro de la vida de Egipto, mientras no estuviera edificada Pi-Ramsés, donde también quería ser enterrado, y si no llega a ser por la insistencia de Herihor, posiblemente Tebas ya no sería egipcia.

—La puerta del cielo —oyó que decía a sus espaldas la voz de Tahme.

El aire de la mañana, de toda la terraza, se llenó del perfume de aquella mujer, que también se había quedado prendido en la piel del general tras toda una noche durante la que el general perdió la conciencia del mundo y se sintió catapultado a las esferas más sublimes del placer.

—Debo tomar decisiones —dijo Herihor, apoyado en la barandilla.

—Sí —dijo ella, y apoyó su cara en la espalda de él, mientras le acariciaba el pecho con las manos—. Debes tomar decisiones. Grandes decisiones, porque tú serás quien gobernará estas tierras.

Herihor se volvió y se perdió en la inmensidad de aquellos ojos que parecían dos firmamentos de noche que brillaban cuajados de estrellas. Entonces vio que Nenhere aparecía por la puerta de la terraza y depositaba algo sobre la mesa.

—¿Qué hace ella, aquí? —preguntó con un toque de disgusto.

—Nenhere es la responsable de mis habitaciones privadas —respondió Tahme, con una sonrisa.

—De acuerdo, pero es omnipresente y he de soportarla en todo momento. Anoche la sentía tan cerca que me imaginaba que nos estaba observando, y hay cosas que un hombre... Ya me entiendes.

—No le hagas caso. Piensa que sólo es un mueble.

Ella se abrió el vestido y se pegó al cuerpo masculino sin dejar al aire ni una pulgada de piel. Entonces, él la besó con pasión y el mundo desapareció de nuevo.

—La cama está muy cerca, a unos pasos de aquí —dijo Herihor, cuando apartó ligeramente el rostro.

—Demasiado lejos —murmuró ella, al oído de él, y aprovechó para morderle el lóbulo—. No llegarás —añadió, mientras le miraba con una sonrisa picaruela y su mano descendía para buscar la ofrenda que el general tenía preparada para ella.

Sin dejar de mirarle a los ojos, Tahme lo tomó por las manos y tiró de él mientras se tendía sobre la mesa, con el vestido abierto, y se pasaba la punta de la lengua por los labios.

¿Qué hombre podría resistirse a la visión de aquel cuerpo de piel oscura y brillante, de todas y cada una de las curvas que lo definían? Evidentemente, Tahme tenía razón y Herihor tenía que aceptar que no llegaría a la cama.

En el instante en que le abría las piernas, ella lo detuvo y le mostró el objeto que Nenhere había dejado sobre la mesa.

—¿Por qué he de ponerme esta tripa de cabra? —se quejó Herihor.

—Lo sabes muy bien —respondió ella—. Soy la Divina Adoratriz, el templo de los dioses. Ningún hombre puede eyacular en mi interior. Sería un sacrilegio.

Herihor sonrió y tomó aquella bolsa hecha con la tripa de una cabra. No quería que los dioses se enfadasen con él.

*** ***

Era la primera vez que Uaraktir visitaba aquella región, de la que ya había oído hablar mucho, y tenía que admitir que ninguna descripción hacía justicia a la grandeza de sus monumentos, que lo impresionaron vivamente, o a la riqueza de los templos, que no tenían parangón, o la frondosidad de sus jardines, que el delta difícilmente podía superar. Los sacerdotes y los servidores de los templos siempre habían tenido sumo cuidado en buscar la perfección en todo lo que hacían, y los frutos de la gran cantidad de esfuerzos que dedicaban eran bien visibles.

Pero lo que más le sorprendió fue la inmensidad de las posesiones de los templos y del clero. Sólo en el *Rameseo* había unos almacenes con capacidad suficiente para guardar una cantidad de trigo que permitiría llenar más de quince mil estómagos durante todo un año.

Las sorpresas aumentaron cuando descubrió que las posesiones del clero no se limitaban a Karnak y a Luxor, ni a las tierras de los alrededores ni a Tebas ni a la suma de las orillas derecha e izquierda, sino que se extendían por todo Egipto y se comentaba, sin que nadie pudiera afirmarlo certeramente, que un tercio de la tierra cultivable le pertenecía y que la quinta parte de los habitantes del país trabajaban de una manera u otra para los templos.

Quizás para el pueblo llano los sacerdotes eran la garantía y los depositarios del conocimiento y de la relación con los dioses, pero para alguien como Uaraktir significaban algo más: el poder económico, que en el fondo es el que acaba tomando las decisiones.

Estos datos le impresionaron tanto, que enseguida entendió que Penehasy procurase quedarse con todo y que acusara a Amenhotep de cualquier cosa para poder destituir el Alto Clero y nombrarse él mismo virrey de Cush.

¡Dioses! Habían llegado al paraíso. ¡Sin duda! Exclamó mientras respiraba el aire de la mañana.

*** ***

El mensajero desembarcó de una nave que procedía del norte. La carta traía el sello real. Pianj la abrió y leyó el contenido. Ramsés les anunciaba su visita a Tebas. Pianj llamó a Uaraktir y rápidamente llevaron la carta a Herihor, que se encontraba en las habitaciones de Tahme.

—Preparadlo todo para recibirle —dijo el general— Encargaos vosotros dos que yo, después de tanta lucha, necesito reposar.

—¿De qué lucha estás hablando? —preguntó Uaraktir—. Ya hace muchos días que regresaste del sur.

—Sí, pero aún me siento cansado —dijo Herihor.

—Pues, no sé si has escogido la mejor manera para reponerte —replicó Pianj, y le dedicó una sonrisa de complicidad, mientras dirigía sus ojos hacia la cama que presidía aquella habitación.

—Confío plenamente en vosotros —respondió Herihor, y le devolvió la sonrisa.

—Amenhotep desea hablar contigo —dijo Pianj.

—Me imagino que ha intentado recuperar su cargo de Primer Profeta —dijo Herihor y asintió varias veces, lentamente.

—Así ha sido, pero los sacerdotes, siguiendo tus órdenes, le han dicho que antes tiene que hablar contigo.

—Ya hablaré con él cuando haya descansado.

Pianj y Uaraktir se fueron y se repartieron el trabajo. Pianj se encargaría de pensar en la ceremonia de bienvenida y en la visita y Uaraktir haría un inventario de todo para determinar qué habían robado y quién lo había hecho. Había que presentar resultados al faraón...

Los sacerdotes se extrañaron cuando Uaraktir les ordenó hacer un inventario completo de todas las posesiones y pertenencias de los templos y del clero. Nunca nadie había hecho una cosa parecida.

—Las riquezas de los dioses son muchas y no es necesario contarlas, porque ellos ya saben lo que es suyo —le dijo uno.

Sin embargo, Uaraktir dejó muy claro que lo quería todo perfectamente inventariado, sin que quedase nada por remover. Los sacerdotes aún le advirtieron que resulta peligroso desafiar a los dioses, pero ante su insistencia obedecieron.

Dos semanas más tarde, lo que empezó casi como una diversión que tenía que durar unos días, según había previsto Uaraktir, se reveló como un trabajo de titanes. Los sacerdotes no paraban de traerle documentos y más documentos de propiedad, que un pequeño ejército de escribas y contables procuraba ordenar, clasificar e inventariar. En poco tiempo se vio obligado a habilitar una sala de generosas dimensiones y hacer que trajesen más mesas para poder tratar toda la documentación que no cesaban de amontonar.

Cuando Herihor se sintió plenamente satisfecho del descanso que se había tomado en compañía de Tahme, decidió hacer una visita y comprobar si Uaraktir y Pianj habían tenido cuidado de todo.

—¿Qué es tanto jaleo? ¿Qué hacen todos estos escribas y sacerdotes? —preguntó al visitar las dependencias del templo de Amón en Karnak y encontrarse con el espacio que Uaraktir había habilitado como sala de trabajo.

—He ordenado hacer un inventario de todas las posesiones y pertenencias del clero para descubrir qué han robado y poder redactar un informe para el faraón —explicó Uaraktir.

—¿Quieres decir que no existe ya, este inventario? —se extrañó Herihor.

—Nadie ha sido capaz de decirme si lo hay —exclamó Uaraktir.

—¿Dónde está Halep? —preguntó Herihor.

—Que venga Halep —ordenó Uaraktir.

Dos sacerdotes fueron en busca del viejo sacerdote que había sido el instigador y artífice de la revuelta que abrió las puertas de Karnak a las fuerzas egipcias.

—Nunca se ha hecho ningún inventario, porque siempre se ha considerado que es un trabajo inútil —explicó Halep—. La clase sacerdotal, con todos sus funcionarios, constituye un cuerpo altamente adiestrado y maravillosamente ordenado. Cada uno tiene asignada una tarea que se transmite de unos a otros. Cada cual tiene que rendir cuentas a su superior y los de más arriba sólo tienen que preocuparse de que toda esta compleja organización siga funcionando. Es el resultado de siglos y siglos que han ido mejorando una estructura que ya es perfecta. No necesitamos inventariar nada, porque su inventario es permanente. No necesitamos saber cuánto hay, sino simplemente preguntarnos si pueden cubrir o no las necesidades, y hasta el presente siempre las han cubierto.

—¿Y si alguien decide quedarse algunas posesiones de los dioses? —preguntó Uaraktir.

—Todos son conscientes de que los dioses, tarde o temprano, recuperan lo que les pertenece y, si alguien lo ha tomado sin permiso, pasan factura por el tiempo que estuvieron privados, que evidentemente cobramos los demás sacerdotes —Halep se pasó la mano abierta y plana por el cuello, como si fuese una espada—. Por otro lado, los templos aplican una política que convierte en absurdo cualquier intento de enriquecerse ilegalmente. Cuando alguien alcanza el grado de sacerdote recibe unas tierras, más que suficientes, para que las cultive. La mitad de lo que saque será para el templo y la otra mitad para él. De esta manera, si es trabajador, diligente e inteligente, dejará a sus hijos unos buenos beneficios. Cuando muere, las tierras vuelven a poder del templo. Puedo asegurarte que, desde hace muchos años, nunca hemos tenido el menor problema.

—Pero ahora tenemos que rendir cuentas al faraón de cuanto ha sucedido durante estos años que Penehasy ha estado aquí y de quién ha robado qué —dijo Uaraktir.

—Si queréis saber qué ha sucedido durante estos años, dirigid vuestros ojos hacia las tumbas, porque los vivos sabemos guardar muy bien nuestras pertenencias, mientras que los muertos no pueden —Halep le dedicó una sonrisa—. Hallaréis mucha más luz si ordenáis un informe exhaustivo de todo lo que haya podido pasar en las tumbas del Valle de los Reyes y del Valle de las Reinas que si ordenáis hacer un estudio de la acumulación de riquezas que la clase sacerdotal ha sido capaz de atesorar desde el inicio de los tiempos hasta hoy.

—¡Bien! Ya sabemos por dónde hay que empezar —dijo Herihor, y dirigiéndose a Halep, exclamó—: ¿Y quién mejor para esta tarea, que alguien que la conoce bien? Ponte a las órdenes de Uaraktir.

Halep se dirigió hacia la puerta.

—Amenhotep... —dijo Uaraktir.

—Sí, ya sé. Hablaré con él. Hazle pasar —respondió Herihor.

Poco después entraba un hombre que pasaba de los setenta años, delgado y con el rostro arrugado. Andaba lentamente, apoyado en un bastón. Recorrió los quince pasos que le separaban del general y se plantó frente a él, mirándole directamente a los ojos y sin agachar la cabeza.

—Ha pasado mucho tiempo, desde la última vez —dijo Amenhotep.

—Por lo menos, quince años —respondió Herihor.

—Seas bienvenido a Tebas, Herihor —saludó Amenhotep.

—Seas bienvenido a la libertad —respondió el general.

—Libertad que construiremos juntos —replicó Amenhotep.

—Libertad que ya no hay que construir, porque ya existe, y de la que tú puedes disfrutar desde ahora mismo, porque te has ganado un merecido descanso tras todo lo que has padecido y todo lo que has tenido que soportar.

—Soy el Primer Profeta de Amón...

—Eras el Primer Profeta hasta que Penehasy te desposeyó del cargo y del título —le interrumpió el general.

—De manera ilegal —puntualizó Amenhotep.

—Te equivocas. Fue bajo la autoridad del faraón, porque en aquellos días Penehasy era juez y aún no se había rebelado.

—¿Quieres decir que no me devolverás lo que es mío? —Amenhotep se puso tenso.

—Tú perdiste lo que se te confió y ahora el faraón tiene la última palabra.

—Entonces, le escribiré.

—No es necesario —dijo Herihor, se volvió hacia la mesa, tomó el papiro que había recibido de Tanis y se lo enseñó—: Dentro de muy poco lo tendrás ante ti. Sin embargo, yo te aconsejaría que seas prudente y que te conformes con lo que tienes, que es mucho más de lo que Penehasy te dejó. Ramsés no está muy contento contigo y podría ordenarme que te retire todo lo que te he ofrecido en recuerdo de los viejos tiempos.

Amenhotep hizo un silencio, que Herihor no rompió, sino que se quedó mirándole a los ojos. ¡Pobre hombre! Ya era viejo y no tenía suficiente fuerza para luchar.

—Tengo esposa e hijos —dijo, finalmente, con la cabeza baja, derrotado.

—Tanto ellos como tú podréis vivir dignamente. Se os asignarán tierras. Mientras yo esté aquí no os faltará de nada y cuando me marche todas las tierras que os haya asignado quedarán en vuestro poder y las heredarán vuestros descendientes —respondió Herihor.

—Que los dioses te bendigan —saludó Amenhotep con una reverencia.

—Y a ti te concedan el descanso que mereces.

*** ***

El valle de los Artífices era un pueblo que fue construido durante la época de Tutmosis I con el objeto de proporcionar una vivienda a la gran cantidad de picapedreros, obreros, pintores, escultores y artesanos que iniciaron la construcción de las tumbas del Valle de los Reyes y del Valle de las Reinas. En aquella época, a cada uno de aquellos hombres se le proporcionó una pequeña casa de una sola planta, que constaba de una sala para recibir las visitas, una cocina y otra habitación mayor que servía de dormitorio.

Con el tiempo se decidió que aquellos hombres, todos ellos trabajadores de las tumbas reales, habían tenido acceso a los secretos mejor guardados, y por lo tanto no podían abandonar aquel lugar, porque todos los escondrijos, pasadizos y trampas saldrían a la luz pública. De manera que Tutmosis I ordenó encerrar el pueblo con una muralla y cada mañana, escoltados por soldados, sus habitantes recorrían la distancia que les separaba del Valle de los Reyes y del Valle de las Reinas para ir a trabajar. La jornada laboral duraba ocho horas durante nueve días seguidos. El décimo día podían descansar o dedicarlo a construir y decorar su propia tumba, máxima aspiración de todo egipcio que tiene claro que la vida al otro lado de las Grandes Aguas es más importante que ésta, que sólo es un paso hacia la dimensión infinita.

—¿Qué ha sido de ese pueblo de trabajadores? —preguntó Herihor cuando Uaraktir le comunicó que en el Valle de los Artífices sólo quedaban quince artesanos, a lo sumo.

—Según explica Halep, son los que no han podido irse, porque el resto, el inmenso ejército de trabajadores que en otros tiempos ocupaban todos los talleres, huyó para escapar de la cólera y de las bestialidades de los soldados nubios —contestó Uaraktir.

Ahora Herihor entendía muchas cosas. Había sido de esta manera que la mayor parte de los secretos celosamente guardados durante siglos había alcanzado hasta el último rincón de Egipto. Y, a causa de este desastre, numerosas tumbas habían sido abiertas y saqueadas.

—¿Cuándo se produjo el robo de tumbas? —preguntó a Halep.

—Siempre, de una manera o de otra, ha habido gente que ha expoliado tumbas, pero el mayor libertinaje y el absoluto desenfreno tuvo lugar durante los últimos tiempos de Penehasy, el usurpador del título de virrey de Cush, que tras torturar a buena parte de los habitantes del Valle de los Artífices para arrancarles la información de las cámaras secretas y de los escondrijos, se dedicó al pillaje de las tumbas de Seti I y de Ramsés II, de las que poca cosa o nada ha quedado —dijo Halep—. Entonces, los supervivientes del Valle de los Artífices, antes de que viniese a buscarlos, decidieron tomar todo cuanto pudieran llevarse consigo y huyeron. Perseguidos y acosados, no resulta extraño, por ejemplo, que el sarcófago de oro de la reina Habadjilat fuese roto en mil pedazos y repartido entre los propios artesanos.

—Buscaremos a todos los responsables y pagarán por su crimen —dijo Pianj, que también participaba, de la conversación.

—Cuando un hombre ve que su familia está en peligro de muerte, toma ciertas decisiones de las que no se le puede considerar responsable —dijo Halep—. ¿Quién no haría lo mismo que ellos?

Herihor asintió lentamente.

—Quiero que hagas correr la noticia de que ninguna mujer ni ningún hombre ni ningún niño, de los que vivían en el Valle de los Artífices, será castigado —dijo—. Que sepan que pueden regresar libremente, que serán admitidos de nuevo y que volverán a trabajar como antes y que, en compensación por lo que han tenido que padecer, se les pagará la cuarta parte del salario que deberían haber cobrado durante todo el tiempo que han estado lejos de aquí.

El acierto de aquella medida se reveló en toda su dimensión cuando, poco a poco, los artesanos que habían huido fueron regresando. La noticia de que nadie les haría el menor daño y que serían recompensados había corrido por ambas riberas del Nilo, hacia el norte y hacia el sur.

Tal como ordenó Herihor, no hubo interrogatorios, sino conversaciones; no hubo deseo de venganza, sino afán de perdón; no tuvo lugar ningún juicio, sino una oferta de colaboración. Y a través de las palabras de los artesanos, que se sintieron seguros y hablaron, se enteraron, no sin horror, del extremo hasta dónde había llegado la barbarie durante el último año del poder opresor de Penehasy.

De las palabras de aquella gente se desprendía que prácticamente todas las tumbas conocidas habían sido expoliadas en un momento u otro por los mismos hombres del usurpador. El desastre, el abandono de aquel lugar sagrado y la degradación de los soldados que tenían que hacer guardia habían adquirido proporciones tan grandes que cinco ladrones consiguieron entrar en la tumba de Ramsés VI y se quedaron dentro cuatro días sin que nadie les molestase. Con total impunidad y absoluta tranquilidad, lo vaciaron todo, pero, curiosamente, ni siquiera tocaron el sarcófago. Y lo mismo había sucedido con muchos otros féretros.

—Pasearse entre las tumbas excavadas en la roca, en medio del silencio más sepulcral, donde sólo el viento arranca lamentos de la tierra, representa una experiencia indescriptible —explicaba Herihor a Tahme, una tarde—. He ordenado abrir la puerta de la tumba de Seti I, que más que una puerta ya es una pequeña montaña de escombros. ¡Oh, gran Amón! He descendido el primer tramo de escaleras hasta alcanzar el primer pasillo, que he recorrido lentamente contemplando la figura de Seti en presencia de Ra. Después he bajado el segundo tramo y no me he detenido en el segundo pasillo. Una fuerza invisible me empujaba a seguir. Cuando he llegado a la sala de los cuatro pilares me he visto a mí mismo en presencia de Osiris y de Toth, que me ha hablado y me ha dicho: sigue y busca. Yo le he preguntado: ¿Qué he de buscar? Pero él sólo ha dicho: sigue. Y después ha enmudecido para siempre. Entonces he descendido hasta el tercer pasillo y he tenido la extraña sensación de que llegaba a las profundidades de la tierra, muy lejos del cielo. Finalmente he desembocado en la habitación de los seis pilares y he bajado los dos escalones que conducen hasta la habitación del sarcófago, detrás de la que se esconde el recinto sagrado. Allí dentro, en las entrañas de la tierra, he respirado un aire enrarecido que se mantiene quieto. He rezado frente al sarcófago de Seti que aún permanece intacto y he sentido la presencia de espíritus que me rodeaban, mientras que una voz interior me ha dicho: une todas las almas y hazlas tuyas para que encuentren el descanso eterno.

Tahme lo abrazó con ternura, lo besó en los labios y después se quedó mirándole a los ojos.

—He rezado a Nejbet y ella me ha revelado que tú serás el más grande entre los grandes. Serás el tronco de un árbol muy poderoso —le dijo.

Herihor se quedó contemplando aquel rostro y un pensamiento cruzó por su mente: forzosamente tenía que ser verdad todo lo que decía aquella mujer, porque los dioses sólo pueden bendecir tanta belleza.

Al día siguiente Herihor llamó a sus dos hombres de confianza: Pianj y Uaraktir.

—Esta noche me he despertado en mitad de la oscuridad. Acababa de tener un sueño en el que las almas de nuestros antepasados vagaban perdidas y buscaban un lugar donde reposar, mientras me pedían que las uniese para que pudiesen encontrar el camino que atraviesa las Grandes Aguas —les dijo, apoyado en la repisa de la terraza de las habitaciones de Tahme, contemplando el horizonte.

Uaraktir se dio cuenta de que el general pronunciaba estas palabras en un estado de éxtasis diferente del que ya le había notado en otras ocasiones.

Pianj salió de allí con una orden muy concreta. Cerraría el Valle de los Reyes y el Valle de las Reinas y pondría soldados de su absoluta confianza para que nadie entrase. Después ordenaría a los sacerdotes que sacasen todos los sarcófagos de todas las tumbas, harían un inventario y los depositarían en la gran sala hipóstila del templo de Ramsés III, pero no el de Karnak, sino el que había delante del Valle de las Reinas, en Medinet Habu.

Así se hizo y los almacenes del templo de Ramsés III se llenaron de sarcófagos, hasta un total de cuarenta.

Aquella noche, cuando todo el trabajo ya había concluido, Herihor no fue al templo de Seti I para acostarse con Tahme, ni durmió en toda la noche, sino que permaneció despierto y sentado en las habitaciones que habían servido de residencia a Penehasy en el palacio de Ramsés III.

En mitad del más absoluto silencio, se levantó, se dirigió al cofre que había ordenado traer de Karnak, lo abrió y sacó el collar del sumo sacerdote, cerró el cofre y lo contempló durante un rato.

Casi nunca somos conscientes de la fuerza que esconde un objeto. Y puede llegar a tener proporciones incalculables. Sobre todo si se trata de una joya que ha pertenecido y ha colgado del cuello de quien ha ocupado un cargo de tanta significación como el de sumo sacerdote, que implica la participación en todas las grandes ceremonias y en todos los acontecimientos del país, siendo el intermediario entre los dioses y los seres humanos. Parece como si todas aquellas ceremonias, la gran cantidad de oraciones que ha presidido y las vibraciones de todas las almas que lo han rodeado, hubiesen quedado grabadas en el oro y en las piedras preciosas, pensaba Herihor.

De pronto, notó que aquel collar adquiría vida y le hablaba sin palabras, directamente a su corazón, mientras una extraña fuerza lo arrastraba a salir de allí y dirigirse al templo.

Extrañado porque Herihor, por primera vez, llegada la noche no se dirigía al templo de Seti I, sino que se quedaba en el palacio de Ramsés III, Butehamón no se había retirado a descansar y permanecía despierto por si el general precisaba de sus servicios.

Muy entrada la noche, el mayordomo vio que se abría la puerta de las habitaciones de palacio. Hizo ademán de acercarse, pero se detuvo. De hecho, aún nadie le había llamado. Entonces se fijó en que Herihor abandonaba las habitaciones con el collar de sumo sacerdote en las manos. Recordando las instrucciones de Nenhere, decidió seguirle.

El general cruzó la sala del trono, donde los cinco centinelas se cuadraron, después la sala hipóstila, donde había cuatro soldados más, y finalmente salió por la puerta de las columnas hasta alcanzar el primer patio, justo entre el primer y el segundo pilón, encima de los que los guardias paseaban y vigilaban sin detenerse. Allí respiró el aire fresco de la noche y observó el cielo claro y sereno, sin luna y cuajado de estrellas. Buscó la estrella Sirio y le dedicó una corta oración para pedirle fuerzas.

Antes de cruzar el segundo pilón, Herihor se detuvo para leer las primeras líneas del jeroglífico que explicaba las gestas militares del gran faraón que había dado nombre a todo aquel conjunto arquitectónico, cuya perfección resistiría cualquier comparación y saldría vencedora.

Se frotó los ojos y cruzó el segundo pilón para adentrarse en el patio de Ramsés III, que quedaba iluminado por las antorchas que colgaban de los muros. Allí no se entretuvo, sino que, con decisión, dejó atrás los seis pilares osiríacos y se plantó frente a la puerta que guardaba la gran sala hipóstila, donde había ordenado meter todos los sarcófagos que habían rescatado del Valle de los Reyes y del Valle de las Reinas. Los dos sacerdotes de guardia, al ver quién era, la abrieron inmediatamente y le dedicaron una profunda reverencia.

Butehamón le había seguido a distancia, amparado por las sombras, y allí, al ver que los sacerdotes volvían a cerrar las puertas, se quedó escondido detrás de las columnas y esperó pacientemente. ¿Con qué excusa habría entrado?, se preguntaba.

La gran sala permanecía en silencio. Herihor se paseó por entre las columnas. Sus pasos resonaban y los techos multiplicaban aquel sonido por todas las veces que el eco lo devolvía. Lentamente, sorteó algunos de los sarcófagos, se dirigió al centro y depositó en el suelo el collar que llevaba en las manos.

Entonces se apartó unos pasos, abrió los brazos y allí, entre los cuarenta sarcófagos perfectamente ordenados en hileras, cerró los párpados y respiró la paz y la quietud de los muertos, que le llenaron, le inundaron y le colmaron de una tranquilidad absoluta.

—¡Oh, gran Amón, ilumina a tu sirviente y muéstrale el camino! —rogó, y su voz viajó por toda la sala y se agrandó tornándose más grave.

Allí, en la sala hipóstila, sólo había almas. El resto, los cuerpos, incluso el suyo, no eran más que envoltorios. Así lo había aprendido muchos años antes. Somos almas que caminan pegadas a un cuerpo. Sus maestros, en el templo, cuando era niño, le explicaban que la mente es el gran engaño y que la lógica es la cadena que nos mantiene atrapados en este mundo. Con la lógica nace el deseo de poseer, porque ella se adelanta al tiempo y construye un futuro imaginario donde la desgracia nos acecha y nos llena de miedo ante la inseguridad que significa vivir en la ignorancia de cuanto el futuro nos depara. Entonces, la mente busca los elementos que nos aportan una ilusoria seguridad ante los peligros, aplicando la lógica de los contrarios. «Como temo volverme pobre, la mente me ordena acumular riquezas. Pero, mi temor es tan grande que amontono mucho más de lo que necesitaría en toda una vida y acabo por caer en la avaricia, en el egoísmo y en el afán de poder y de gloria. No tengo en cuenta que la seguridad y la inseguridad no son más que engaños de mi mente. Y, menos todavía, tengo presente que los dioses nos pusieron sobre la tierra y nos dotaron de la capacidad de vivir».

Herihor respiró hondo, por la nariz, oliendo los perfumes que habían esparcido por toda la sala. «¿Cómo puede el pensamiento entender al espíritu? Es imposible, porque el pensamiento es la herramienta que nos mantiene sobre la tierra.», reflexionaba. «Pero la lógica es un arma tan poderosa que llega un instante en que olvida que sólo es una herramienta y se convierte en el centro de nuestra existencia, hasta el punto que acabamos viviéndonos dentro de nuestra mente, buscando el placer de sentirnos seguros, enganchados al limitado y pequeño universo de nuestros pensamientos, y perdemos la capacidad de sentir la inmensidad de las dimensiones del amor sin límites para convertirlo en egoísmo. La mente nos aprisiona y nos confunde haciéndonos creer que todo fue creado para nosotros, para nuestro deleite, y que podemos poseerlo todo».

Herihor soltó todo el aire de sus pulmones, hasta que no quedó ni una gota. Entonces, escuchó el silencio.

«El cuerpo es materia bajo el imperio de la mente. La mente no puede comprender, de ninguna manera, al espíritu, que es la energía que arranca del alma y se extiende en todas direcciones para abarcarlo todo con el amor. Los sacerdotes ordenan a los embalsamadores que desprecien el cerebro, que lo saquen a pedazos por la nariz del cadáver que será momificado. Sin embargo, también ordenan que guarden cuidadosamente las vísceras en los vasos sagrados porque en ellas, en las vísceras, habitan los sentimientos.»

Alzó los ojos hacia el techo, sin mirar nada en particular, sin permitir que ningún detalle estorbase su atención.

«El alma no piensa, sino que contempla y siente. No hace preguntas, no busca respuestas ni razona. Simplemente observa, siente y aprende. Es decir: crece constantemente. La mente, el cerebro, es un lastre que impide que se expanda nuestro espíritu. Las enseñanzas, desde hace siglos, dicen que un cerebro nunca podrá surcar las Grandes Aguas para entrar en el cielo. Por esa razón se elimina antes de iniciar la travesía, para asegurarnos de que ha muerto definitivamente. En caso contrario, los deseos de la mente llenarían el corazón y pesarían tanto sobre la balanza que la pluma de Maat siempre sería más ligera y todos seríamos condenados a la oscuridad eterna. El ser humano tiene que llegar a la prueba final con el corazón lleno de espíritu, que flota y que no pesa, y completamente despojado y limpio de cualquier deseo, que pesan porque sólo sirven para mantenernos atados a la tierra. ¿Y cómo puede mantenernos atados a la tierra, si no es pesando mucho para tirar de los pies y mantenernos lejos del cielo?»

Contempló los sarcófagos. Allí, dentro de ellos, no había pensamientos.

«La muerte es el fin de la oscuridad y es el inicio del sentimiento puro, de la ascensión hacia la luz clara y limpia. Lo único que muere es la mente, es el pensamiento, es la lógica que enciende el deseo y nos hace perversos.»

Sin darse cuenta, poco a poco, Herihor dejó de sentir los pies, las manos, las piernas, los brazos, la frente, los ojos, la nariz, la barbilla, el cuello, los hombros... y así continuó hasta que no sentía ninguna parte de su cuerpo, excepto la respiración.

El pensamiento fue diluyéndose hasta desaparecer y todo él se convirtió en... todo él era... ¡Oh! Todo él se había transformado en un aliento que parecía flotar en el ambiente. ¿Qué mejor manera había para definir aquel estado que no parecía...? ¡Exacto! ¡Ya no era él! Ésta era la gran realidad. De pronto acababa de abandonar el mundo mortal para elevarse hasta un universo desconocido, y a partir de aquí todo era sorprendente y nuevo.

Cruzó una puerta imaginaria e invisible, intentó andar y se encontró con que las piernas no le obedecían; de pronto, la tierra se abrió a sus pies, el mundo dejó de ser una superficie firme y creyó que caía en un pozo muy profundo. Primero se asustó, casi sentía pánico ante la posibilidad de que aquella caída no se detuviese nunca o, peor aún, que acabase en el mundo de las tinieblas. Sin embargo, se calmó y siguió respirando pausadamente; la caída se detuvo y se descubrió en un lugar que no era ninguna parte, pero que lo abarcaba todo. No había sonidos ni gente ni luz ni suelo ni techo... ¡No había nada de nada! Era el vacío absoluto, la ausencia de toda materia. Y él se sentía colgado de nada y abandonado de todo y de todos. Aquello representaba la más dura y absoluta de las soledades. ¡La soledad de las tumbas!

«¡Oh, gran Amón! Únicamente poseo una mente que puede preguntarse sobre el espíritu, pero no consigo respuestas, porque las respuestas del alma pertenecen a otra esfera, lejos del mundo mortal. ¡Ayúdame! Te lo suplico. Mira con compasión a este siervo, dale a conocer tu deseo y él te obedecerá».

«No tememos a la muerte, sino al dolor», pensaba Herihor, convencido de que aquello era un adelanto de lo que podía significar abandonar este cuerpo mortal. Nada más que un adelanto, porque seguía respirando. Por lo tanto, cuando menos, había aire, pensó con una sonrisa. Por lo menos, seguía vivo.

«No sufrimos con la muerte de los demás, sino con el vacío que su ausencia deja en nosotros. No somos capaces de adentrarnos en nuestra alma y buscar el camino del espíritu para descubrir que ellos siguen presentes, aunque no les veamos».

Poco a poco dejó de pensar y continuó sintiendo la respiración, la respiración, la respiración...

Poco a poco el entorno se tornó claro, aunque continuaba sin haber nada, excepto la luz, que no podía decir de donde surgía, sino que simplemente le rodeaba, sin más, sin ningún soporte, sin colores, sin brillos... Únicamente era luz, una luz cálida y agradable que no producía sombras. Y nadie le habló, ni oyó la voz de los dioses ni de las almas de los muertos que ocupaban los sarcófagos que lo rodeaban ni de los mortales ni de los habitantes de las tinieblas. Pero sintió miles, ¡millones!, de palabras contenidas en el silencio. Y todo aquello duró... ¿Cuánto tiempo había transcurrido...?

No sería capaz de precisar la duración de aquella visión. ¿O no había sido una visión? ¿Cómo podía decir que era una visión, si no había visto nada, excepto luz.?

Al regresar al mundo humano no estaba cansado, nada le dolía. Seguía con los brazos abiertos, tal como había empezado la oración a Amón. Movió las manos para comprobar que aquello era real; dobló los brazos, lentamente; se palpó los ojos, que abrió también muy lentamente para recuperar la visión del entorno; después bajó las manos frotándose el rostro, estiró el cuello y...

¿Qué es esto?, se extrañó cuando sus manos tropezaron con un objeto que antes no estaba.

—¡Oh, rey de los dioses, Amón! —exclamó al descubrir que llevaba el collar de sumo sacerdote alrededor del cuello.

¿Cómo había llegado hasta allí, aquel collar? Él no era consciente de haberlo tomado del suelo ni de habérselo puesto. ¿Y por qué había nombrado a Amón como el rey de los dioses?, se preguntó, confuso.

Butehamón se fijó en que Herihor, cuando salía, llevaba el collar del sumo sacerdote alrededor del cuello. Lo siguió de nuevo hasta la sala del trono, donde vio que el general se quitaba el collar, lo contemplaba un rato y finalmente lo guardaba y se dirigía a las habitaciones privadas.

Pero, lo que le tenía verdaderamente sorprendido eran los ojos del general, su mirada, que no sabría describir en palabras. Únicamente podía decir que nunca había visto unos ojos como aquellos, grandes, fijos en el collar, que casi lo iluminaban en mitad de la oscuridad y que parecían haber contemplado las almas de los muertos, sin que ello significase que reflejaban el menor sentimiento de miedo, sino todo lo contrario. Veía en ellos paz y serenidad. La serenidad que proporciona una fuerza imposible de medir, pero, sin duda, capaz de conquistar el mundo entero.

1.6 – EL MENSAJE DE LOS DIOSES

Tahme se levantó temprano, a pesar de que la noche anterior se había acostado tarde porque no le había hecho ninguna gracia que por cuarta vez Herihor no hubiera venido a dormir con ella. Y menos aún que no la hubiese avisado, tal como había sucedido los cuatro días anteriores.

Las sacerdotisas que la maquillaban, la peinaban y la vestían le trajeron la bata y se la pusieron. Entonces salió a la terraza, contempló Tebas y respiró el aire de la mañana, pero no disfrutó de nada de ello, ni del espectáculo del sol que se levanta en la otra orilla del Nilo y calienta las terrazas de las casas ni de la pureza de un aire que aún conserva el frescor de la noche. Seguía pensando en Herihor. ¿Qué podía ser tan importante que le impidiese buscar sus brazos?, no dejaba de preguntarse.

Abandonó la terraza, entró en el dormitorio, se sentó frente a la mesa donde reposaban los perfumes, los peines y todos los enseres que le permitirían alcanzar la perfección y alargó la mano.

Una muchacha se arrodilló a sus pies y empezó a hacerle las uñas.

Tahme apretó los labios, respiró hondo, soltó todo el aire de los pulmones, de una sola vez y con energía, y se relajó. Es preciso saber mantener fría la cabeza aunque el corazón abrase, le había repetido muchas veces Nenhere, pero no resultaba tan sencillo.

Detrás de ella, una de las sacerdotisas preparaba la peluca mientras que otra escogía los peines, los pinceles, los colores y los perfumes.

—¡Ay! ¡Ve con cuidado! —exclamó Tahme, de pronto, y retiró la mano.

No estaba de humor para aguantar la menor contrariedad y a aquella estúpida se le había escapado la lima y la había pinchado ligeramente en la punta del dedo.

La muchacha agachó la cabeza, escondió la lima a la espalda y se quedó quieta y en silencio, procurando que su presencia pasara desapercibida.

—Perdona —dijo Tahme, y acarició la mejilla de aquella muchacha, que no tenía culpa de nada.

En aquel instante apareció Nenhere, se dirigió hacia la mesa, tomó un cepillo, apartó a las demás sacerdotisas, bajó el cuello de la bata de Tahme y le cepilló el cabello mientras le daba un masaje en la nuca. La Divina Adoratriz echó hacia atrás la cabeza y soltó pequeños gemidos de placer. Aquello la relajaba de veras.

—Ha llegado un sirviente de Butehamón —oyó que decía la voz de Nenhere, tierna, junto al oído, mientras le llegaba el aliento cálido.

Tahme abrió los ojos, volvió la cabeza y la miró.

—¿Por qué no me lo has dicho inmediatamente? ¡Que pase! —exclamó, después de comprobar que Nenhere le transmitía, sin palabras, que el mensaje tenía que ser importante.

La sacerdotisa encargada de las dependencias privadas de la Divina Adoratriz dejó el cepillo sobre la mesa y dedicó una pequeña reverencia a su señora.

Tahme se cerró la bata y adoptó una postura mayestática. Entonces, Nenhere dio un par de palmadas y la puerta se abrió para dejar paso a un hombre que llegaba precedido por Sahura. El hombre era joven y vestía como un sacerdote, con el torso desnudo. Caminó detrás del camarlengo, con la cabeza baja. Sahura se detuvo y señaló el suelo apuntando con el dedo. Entonces, el joven sacerdote se tendió en el suelo sin atreverse a mirar a la Divina Adoratriz.

—¿Qué tienes que decirme? —preguntó Tahme, mientras contemplaba su imagen reflejada en el espejo de cobre, sin dirigir ni un instante sus ojos hacia el mensajero.

—Butehamón me envía para que te dé esto —dijo el sirviente, y, sin alzar la mirada, alargó la mano con el rollo de pergamino.

Sahura tomó el rollo para entregárselo a Tahme, pero Nenhere se lo quitó de las manos y lo trasladó hasta la Divina Adoratriz, que lo desplegó y leyó el contenido.

A medida que avanzaba en la lectura, los labios de la Divina Adoratriz se alargaban en una amplia sonrisa, las cejas dejaban de estar tensas y la mirada se le endulzaba.

—Da las gracias a Butehamón —dijo.

—Retírate —ordenó Nenhere, e hizo un gesto con la mano, como si se lo quitase de encima.

El sirviente se levantó del suelo y salió andando hacia atrás, sin darle la espalda, pero sin mirarla.

—Tú también puedes irte, Sahura —dijo Nenhere.

El camarlengo se puso tenso, pero no protestó, sino que dedicó una reverencia a Tahme y se marchó. Tiempo atrás, con Nedyemge, la anterior Divina Adoratriz, alguna vez, cuando lo que tenía que comunicarle era muy importante, se le había permitido quedarse mientras las sacerdotisas la lavaban y la vestían. Pero, desde que Penehasy había nombrado a Tahme la nueva Divina Adoratriz, él había perdido mucho poder y muchas prerrogativas. Aquella bruja de Nenhere lo dominaba todo y él tenía que conformarse con las migajas.

Una vez Sahura hubo salido, Tahme pasó el rollo a Nenhere, que simuló leerlo. ¡De sobra conocía su contenido! Había hablado con Butehamón...

—Ya te dije que no había ninguna otra mujer. ¿Quién puede rivalizar con tu belleza? —dijo Nenhere.

—Los muertos, según parece —respondió Tahme.

—Si alguien pudiese hacerlo, en todo caso serían los dioses, porque Herihor tiene aspiraciones espirituales —replicó Nenhere.

La Divina Adoratriz asintió lentamente, con una sonrisa de complacencia.

—Tenemos que reflexionar sobre lo que acabamos de leer, porque lo que ha visto Butehamón representa una información que bien utilizada nos proporcionará grandes beneficios —dijo Nenhere, y guardó el rollo en un cofre de madera. Después se volvió hacia las otras sacerdotisas—. ¿Qué hacéis ahí paradas? —exclamó, y las sacerdotisas se apresuraron a ponerle la peluca a Tahme —. ¿Y tú? —se volvió hacia la muchacha que le hacía las uñas.

La muchacha se acercó arrastrándose y se arrodilló de nuevo para coger la mano de la Divina Adoratriz.

No hay nada mejor que una ocupación manual para poder meditar, pensaba Nenhere, mientras Tahme volvía a centrarse en su imagen reflejada en el espejo. Entonces, Nenhere le bajó de nuevo el cuello de la bata para dejarle al descubierto los hombros y retomó el masaje, que extendió por el cuello y por el pecho, mientras la Divina Adoratriz entornaba los ojos y se abandonaba con una ancha sonrisa en los labios.

Nenhere cuidaría de ella y de que todo estuviese a punto. Como siempre había sido, desde que ella llegó procedente del sur, de las tierras altas del Nilo, de más allá de las cascadas, y aquella mujer la acogió como a una hija, la vio crecer, la preparó, la presentó a Penehasy y consiguió que la nombrase Divina Adoratriz.

—Escucha con mucha atención mis consejos y serás reina —le había dicho mucho tiempo atrás.

*** ***

Hacía dos semanas que Herihor andaba tan atareado, arriba y abajo, que no visitaba el templo de Seti I. Dedicaba buena parte del día a hablar con Halep, con quien mantenía largas conversaciones sobre los dioses, la religión y el más allá, y le solicitaba datos y más datos sobre las tumbas, la forma cómo se guardaban los sarcófagos, los escondrijos...

Después de que aquel bárbaro de Penehasy hubiese sido expulsado, quedaban tantas cosas por hacer..., no paraba de repetir el general. Tenían que reorganizar de nuevo la mayor parte de los servicios de los templos, rehacer el gobierno de la ciudad, nombrar nuevos jueces y reponer los numerosos cargos de una administración compleja que Penehasy había desmantelado: desde el consejero real hasta el escriba del tesorero, sin olvidar el mayordomo del palacio real, el escriba real, el astrónomo de Amón, el inspector de los jardines de Amón, el inspector de los graneros, el contable de los graneros, el jefe de los escribas, el jefe de los intendentes... ¡En fin! Que había que tomar un montón de decisiones.

Uaraktir primero se había sorprendido. Verle llegar una mañana, dos semanas atrás, con aquella expresión en el rostro y aquellos ojos que parecían ver más allá de lo que miraban... y aquella energía que desplegaba... Todo eran órdenes, todo eran instrucciones, como si todo hubiera que solucionarlo en un sólo día. Y el día siguiente y el otro y el otro y el otro... fueron idénticos.

Pianj, por su lado, no decía nada. Simplemente obedecía. Se le veía contento.

—Herihor ya vuelve a ser el mismo de siempre —había respondido, cuando Uaraktir le había hecho algún comentario.

¡Bien! Uaraktir no estaba tan seguro de que el general volviese a ser el mismo, pero, por lo menos, afortunadamente, su historia con Tahme había concluido.

Y eso ya era motivo de alegría. Él ya había dicho de buen principio, nada más conocerla, que aquella mujer era muy absorbente. Tanto, que con ella de por medio nadie era capaz de hacer nada de provecho, como no fuese estar pendiente de sus caprichos. Evidentemente, no se quejaría por el trabajo que se le venía encima. Era bueno que Herihor hubiese recuperado el mando y dejase de lado las batallas sobre una cama que era más peligrosa que el Nilo plagado de cocodrilos.

Por eso, cuando vio llegar a Nenhere, que solicitaba hablar con el general, se le puso la piel de gallina, apretó los labios con preocupación e hizo una señal a los guardias para que la detuviesen. Si Herihor había dicho que no era momento para dedicarse al placer y que no quería ser molestado bajo ningún concepto ni circunstancia, aquella orden se extendía a cualquiera, fuese quien fuera y viniese de donde viniera.

—Me envía la Divina Adoratriz —dijo Nenhere.

Uaraktir sonrió. No era necesario que dijese de parte de quien venía, ni que pronunciase el cargo de quien la enviaba como si se tratara de un salvoconducto que podía abrirle todas las puertas.

—El general ha dado instrucciones precisas para que nadie le moleste. Está muy atareado. Dile a tu señora que ya irá cuando pueda —respondió Uaraktir, intentando cortar el paso a aquella sacerdotisa, que había recibido el cargo y el título por la gracia de Tahme, que, si era Divina Adoratriz no se lo debía precisamente a los dioses ni a sus dotes espirituales, sino a otras virtudes mucho más terrenales.

—Traigo un mensaje muy importante y de la máxima urgencia para Herihor y no me iré sin habérselo dado —dijo Nenhere.

—Dámelo a mí y me encargaré de que lo reciba —replicó Uaraktir—. Tienes mi palabra.

—No. Tengo que entregarlo personalmente a tu general —respondió Nenhere con insolencia, recalcando que Herihor era su general, para dejar muy claro que ella no hablaría con un subalterno. E intentó pasar.

—Ya te he dicho que no puedes hablar con él —repitió Uaraktir, y la detuvo de nuevo.

—¿Y quién me lo impedirá? ¿Tú? —lo desafió Nenhere.

El hombre de confianza de Herihor vio la determinación en los ojos de la sacerdotisa, pero no se sintió impresionado. Al contrario, la agarró por el brazo, con energía, y la obligó a dirigirse hacia la salida.

Ya iba a echarla, cuando en el fondo del patio se abrió la puerta de la sala del trono y apareció Herihor.

¡Ya es mala pata!, exclamó Uaraktir en su interior y se apresuró a empujar aquella serpiente venenosa, tal como la calificaba él.

Nenhere, antes de que Uaraktir la obligase a cruzar el pilón de entrada, pudo ver de refilón la figura del general y forcejeó para escaparse de la zarpa que la inmovilizaba, pero Uaraktir la asía y tiraba de ella con rabia. Entonces, ella se revolvió y le mordió en la mano.

Uaraktir la soltó con un fuerte empujón que la derribó y la dejó tendida en el suelo. En aquel instante Nenhere empezó a gritar como una loca, llenando el patio de alaridos, como si la estuviesen matando.

—¡Calla, maldita! —exclamó Uaraktir y la agarró por el pescuezo.

—¿Qué sucede? —se oyó que gritaba la voz de Herihor, que se acercaba alertado por los gritos de Nenhere.

—Nada. Una loca, que no quiere irse —dijo Uaraktir, mientras levantaba a la mujer y la agarraba con mayor fuerza por el pescuezo para impedir que volviera a morderle.

—La Divina Adoratriz tiene un mensaje urgente para ti y quiere que vayas a visitarla —soltó Nenhere, de corrido, con la poca voz que le permitía la mano que la atenazaba por el cuello.

—Ahora no tengo tiempo —contestó Herihor, y se dispuso a marcharse.

—Estoy muy preocupada por ella —dijo Nenhere, mientras intentaba deshacerse de las manos de Uaraktir —. Hace tres noches que no duerme, vive recluida en el templo y apenas come.

El general se detuvo y la miró, mientras alzaba la mano para que Uaraktir la dejase hablar.

—Le he llevado alimentos, pero ella los rechaza y no cesa de repetir que tiene que hablar contigo.

Herihor se quedó pensativo.

—Seguro que no es tan grave. Ya comerá cuando tenga hambre —dijo Uaraktir, con una sonrisa quebrada por causa del esfuerzo que representaba aguantar aquella culebra que no paraba quieta ni un instante.

—Tienes que venir o me temo que morirá —insistió Nenhere, sin hacer caso de las palabras de Uaraktir.

—Ya seguiremos hablando luego —dijo Herihor, dirigiéndose a Halep, que había salido con él y que esperaba a unos pasos.

—No le hagas caso —exclamó Uaraktir— Si quieres voy yo y...

—No —le cortó Herihor—. Iré, veré qué sucede y regresaré enseguida.

—Si vas, no te dejará escapar tan fácilmente —dijo Uaraktir.

—¿Qué crees que hará conmigo? ¿Quizás atarme de pies y manos?—Herihor soltó una carcajada.

—Una mujer como ésa no necesita cuerdas para atar a un hombre —dijo Uaraktir, mirando a Nenhere, que se soltó de sus manos y lo miró con odio.

—¡No seas infantil! —Herihor siguió riendo, tomó a Nenhere por el brazo y se fue.

Durante todo el camino Nenhere no había dejado de hablar y hablar. No hacía más que repetir una y otra vez que estaba muy preocupada por la vida de Tahme.

Llegados al templo de Seti I, Nenhere lo condujo hasta la sala que albergaba la estatua de Nejbet, la diosa buitre, protectora del Alto Egipto, y ella se quedó en la puerta.

Herihor entró. La sala estaba iluminada por una luz tenue que procedía de unos candiles colgados de las columnas y que creaban una atmósfera de intimidad y de recogimiento. El general tuvo que aguardar unos instantes, hasta que sus ojos se habituaron a la ausencia de la claridad del poderoso sol de Egipto. Entonces, pudo discernir las figuras que llenaban todos los rincones y la que presidía el centro.

Tahme permanecía arrodillada ante la diosa Nejbet. Herihor se acercó y la miró. Ella tenía los ojos entornados e iba cubierta sólo por un vestido de hilo, muy ligero. Tanto, que incluso en la penumbra de la sala se podía ver claramente que se pegaba a su cuerpo como una segunda piel, hasta al extremo que Herihor creía poder adivinar cada pliegue de sus pezones.

—Te he rogado que vinieras porque los dioses me han enviado un mensaje —dijo Tahme, moviendo los labios con sensualidad, dejando que temblasen y suspirando como si padeciese escalofríos.

De pronto arqueó el cuerpo hacia atrás y soltó un gemido producido por un dolor imaginario que sus manos localizaron a la parte baja de su vientre.

Herihor se sintió trastornado, se arrodilló junto a ella y la abrazó para evitar que cayese de espaldas. El cuerpo de Tahme se desmayó en sus brazos y su boca quedó a muy poca distancia de la del hombre. Tan poca que los alientos se confundían. Él no pudo resistir la tentación y la besó. Ella respondió al beso, pero sólo con los labios, porque sus brazos permanecían inertes y todo su cuerpo desmayado. Después, cuando él apartó un poco el rostro, ella abrió lentamente los ojos, subió la cabeza y escondió la cara en el pecho de él, simulando una debilidad extrema, producto de la falta de alimentos.

—Los dioses te llaman, pero tú no les escuchas —dijo, casi un murmullo—. Entonces me torturan a mí porque saben que mi amor por ti es infinito. Y yo lo acepto de buen grado.

—¿Cuál es el mensaje? —preguntó Herihor, aún más trastornado por las palabras de aquella mujer que se ofrecía en sacrificio por él.

—Te han escogido para servirles desde el lugar más alto —dijo Tahme, con un hilo de voz.

—¿Desde la silla del sumo sacerdote? —preguntó Herihor—. ¿Un soldado convertido en la cabeza visible de los sacerdotes? ¡Es absurdo!

Tahme se llevó la mano a la frente y lentamente recuperó la energía, abrió los ojos e incorporó la cabeza.

—Los dioses no dejan de repetirme que han intentado hablarte y que tú los rechazas, y me ordenan que te haga llegar su mensaje.

—Me piden un imposible. ¿No lo entiendes? —respondió él con vehemencia.

—Los dioses nunca piden imposibles. Lo que sucede es que, a veces, tenemos miedo de hacer lo que debemos —dijo ella.

—He luchado contra ejércitos muy poderosos y nunca he retrocedido ni he sentido miedo, pero no puedo pretender ocupar el lugar de sumo sacerdote.

—¿Y por eso trabajas día y noche, incansable, para escapar de tu destino?

—No es cierto. No es mi destino, sino un honor que no merezco.

—Yo tampoco te merezco y sin embargo me he entregado a ti —dijo Tahme, y hundió el rostro en el pecho de Herihor, mientras lloraba.

El general, absolutamente emocionado, sin saber qué responder ni qué hacer, se quedó en silencio, abrazándola con fuerza.

Finalmente, la tomó en brazos, se levantó y salió de allí. Era ligera como una pluma y tan flexible que se adaptaba a su pecho como una segunda piel, cálida y agradable.

Una vez fuera, Nenhere se les unió.

—¿Cómo está? ¿Se pondrá bien? —preguntó con una voz que denotaba una profunda preocupación.

Herihor asintió en silencio y llevó a Tahme hasta sus habitaciones, donde la depositó sobre la cama. En el momento de soltarla, ella lo abrazaba con tanta ansia que él quedó arrodillado a su lado.

—Me quedaré aquí —dijo Herihor.

Entonces, Tahme lo soltó, pero siguió cogiéndole las manos.

—No puedes quedarte aquí —dijo la Divina Adoratriz, e hizo además de empujarlo con las manos hacia la puerta, pero sin soltarlo—. Tienes un deber que cumplir.

—No me iré hasta que te hayas repuesto y hasta estar bien seguro de que los dioses ya no te torturan —respondió él, apretó las manos de la muchacha y la besó en los labios con ternura.

Nenhere, a unos pasos de ellos, se volvió hacia las sacerdotisas e hizo un gesto con la cabeza para indicarles que allí había demasiada gente. Cuando todas hubieron salido, ella cerró la puerta, abrió el cofrecillo que guardaba sobre una mesa, sacó una de las bolsas de tripa de cabra, se acercó quedamente hasta la cama de Tahme y la dejó al alcance de la mano de la Divina Adoratriz. Después se retiró, se sentó en un rincón desde donde podía verlo todo y sonrió mientras se frotaba las manos.

*** ***

Pianj sopló con fuerza. Él también estaba preocupado.

—¡Tres días! Tres días enteros, con sus noches. Y había dicho que iría a ver qué quería y que regresaría de inmediato —gritó Uaraktir.

—El tiempo pasa y Ramsés pronto estará aquí —dijo Halep—. No podemos dormirnos.

—Iré a buscarle y lo arrancaré de sus brazos —intervino Pianj.

—No será necesario —se oyó que decía la voz de Herihor, desde la puerta de la sala.

—¿Por fin te has escapado? —exclamó Pianj, enfadado.

—Lo que contó Nenhere era cierto. Me necesitaba y ahora ya se encuentra bien —respondió Herihor.

—No creo que... —iba a replicar Pianj.

—¿Por dónde íbamos? —preguntó Uaraktir, cortando de raíz una discusión que se adivinaba larga y difícil.

Ya habían perdido demasiado tiempo y ahora que todo parecía retornar a la normalidad tenían que darse prisa.

—Busca el mejor arquitecto y tráemelo. Pero, sobre todo, asegúrate de que es el mejor en todos los sentidos —ordenó Herihor.

—¿Qué has pensado? ¿Quizás, un monumento para conmemorar la venida del faraón...? —preguntó Uaraktir.

—Busca el arquitecto y tráemelo al templo de Seti I —repitió Herihor.

—¿Vas a regresar a...? ¿Aún no has tenido bastante? —preguntó Pianj, abriendo las manos con las palmas hacia arriba.

—Cuando has probado el cielo, la tierra te parece insulsa —respondió Herihor, enfadado. Y se fue.

—El cielo... —dijo Pianj, y asintió lentamente. Entonces, murmuró—: El *shedeh* primero levanta el ánimo, pero si sigues bebiendo, al día siguiente no sabes ni dónde tienes la cabeza. Y Tahme es peor que cincuenta noches de celebraciones, una tras otra.

Uaraktir recorrió Tebas entero preguntando a todo el mundo quién era el mejor arquitecto de aquellas tierras, y siguió buscando por todas partes hasta que las voces coincidieron. Si quería el mejor de todos los arquitectos, tenía que buscar a Sharek, un sacerdote del templo de Amón, en Karnak. Aquel hombre tenía fama de ser muy inteligente y de haber contribuido a la construcción de muchos monumentos. Él era la persona que buscaba. Sin duda alguna.

No fue difícil localizar a Sharek. Todos le conocían. Uaraktir interrogó a los hombres que ocupaban la explanada que había entre el templo de Jonsu y el de Amón, donde centenares de obreros, en medio del polvo, picaban la piedra que después colocarían, y le fueron indicando dónde tenía que buscar.

Se desplazó entre aquel ejército de operarios, escuchando el sonido cadencioso de los martillos, hasta que alguien le señaló un hombre de unos cuarenta años, alto, delgado y con un cráneo bien dibujado. Se acercó y descubrió que tenía unos ojos profundos, una nariz ligeramente curvada, unos labios carnosos y una barbilla que daba idea clara de su firme voluntad. Estaba de pie en un rincón de la sala hipóstila con unos papiros en la mano, observando las columnas que estaban restaurando.

—¿Eres tú, aquél a quien llaman Sharek, y que es arquitecto? —preguntó Uaraktir.

—Me llaman Sharek. Es cierto —respondió el hombre con una sonrisa—. Pero no soy arquitecto.

—¿No? —exclamó Uaraktir, con extrañeza.

—Hago de arquitecto. Porque el hacer es circunstancial, mientras que el ser es sustancial —dijo Sharek.

Uaraktir miró aquel hombre a los ojos. No era momento para andarse con discusiones filosóficas.

—¿Eres tú o no eres tú, quien dirige estas obras? —preguntó.

—Sí, soy yo —afirmó Sharek.

—Entonces, siendo o haciendo de arquitecto, me es igual, tú eres la persona que busco. Acompáñame —ordenó Uaraktir.

Mientras se dirigían camino del templo de Seti I, a las habitaciones privadas de Tahme, donde el general parecía hacer más vida que fuera, no hablaron, pero Uaraktir no dejó de observar a aquel hombre. Caminaba con seguridad y sus movimientos eran elegantes. Aunque el paso que llevaban era vivo, juraría que no necesitaba hacer el menor esfuerzo, porque su respiración no se alteraba.

Cuando llegaron a presencia de Herihor, Uaraktir vio que Sharek era un poco más alto que el general. Y también se dio cuenta de que ambos tenían una barbilla cuadrada y poderosa que denotaba una voluntad firme y decidida. Uaraktir tuvo la sensación de que aquellos dos hombres se entenderían enseguida.

—Si tuvieras que construir un escondrijo para almacenar todos los sarcófagos que hemos encontrado, ¿Qué lugar escogerías: el Valle de los Reyes o el de las Reinas? —preguntó Herihor.

—Ni uno ni otro —respondió Sharek—. Los escondería detrás del templo de Hatshepsut. Allí excavaría un pozo muy profundo, en la roca, y al final dispondría una sala grande.

—¿Por qué detrás del templo de Hatshepsut?

—Supongo que ya te has dado cuenta de que para preservar el Valle de los Reyes debes situar soldados en las puertas y sobre cada colina que lo rodea. En caso contrario, los ladrones llegarán y se lo llevarán todo. Y lo mismo sucede con el Valle de las Reinas. No hay ningún muro que lo impida y cualquiera puede acceder a él dando un simple rodeo por la montaña —explicó Sharek—. En cambio, el templo de Hatshepsut tiene a su espalda una muralla natural que pueden bajar, pero que difícilmente subirán, y menos cargados. De manera que bastaría con sólo poner guardias en la puerta para guardarlo.

Sharek parecía inteligente, escuchaba con mucha atención y respondía con precisión, pensó Herihor.

—Haz construir ese pozo y mete los sarcófagos que hemos encontrado y que hemos reunido en el templo de Ramsés III, y tu recompensa será grande —dijo Herihor.

—¿Si es necesario, puedo escoger hombres que no sean de aquí para hacer el trabajo?

—¿Por qué quieres escoger hombres que no son de aquí?

—Imagino que deseas que el trabajo se haga deprisa. ¿No es así?

—Empezará ahora mismo y estará concluido lo más rápido posible —respondió Herihor—. Antes de que llegue el faraón —añadió.

—Si quieres que lo haga deprisa, no tendré suficientes hombres con los que hay en el Valle de los Artífices, que aún tardará algún tiempo en volver a llenarse. De manera que debo buscar más brazos, Pero, si después no quieren quedarse y, siguiendo la costumbre, tengo que matarlos para preservar el secreto, no quiero tener a mis espaldas el odio de nadie de aquí y verme obligado a dormir el resto de mi vida con una espada al alcance de la mano —respondió Sharek.

Herihor lo miró a los ojos y sonrió.

—Eres prudente e inteligente, pero no sé si te das cuenta de que acabas de darme una idea que, incluso, puedo utilizar contigo.

—Si te he dado una buena idea, puedo darte otras. Si has venido a buscarme, significa que posiblemente tengo alguna virtud que te es útil y grata. ¿Mataría un hombre inteligente a quien le es útil y puede ofrecerle más ideas? —Sharek le devolvió la sonrisa.

—No, a menos que no pueda confiar en él.

—La obra que me pides no se hará en dos días. Por lo tanto, dispongo de un poco de tiempo para demostrarte mi lealtad. Después, quien manda decidirá con justicia y con prudencia.

Tenían razón los que decían que Sharek era un hombre inteligente. Sin duda, Uaraktir había encontrado al mejor de todos los constructores. Sólo quedaba una prueba por pasar. Lentamente, Herihor se volvió hacia el rincón desde donde Tahme les observaba en silencio.

Herihor anduvo unos pasos hacia el rincón, como si reflexionase, y al llegar frente a Tahme, la miró e hizo un movimiento con los ojos, sin mover la cabeza, señalando a Sharek. Acto seguido arqueó las cejas y se quedó aguardando una respuesta. La Divina Adoratriz sonrió, miró a Sharek, después volvió a mirar a Herihor, entornó los párpados e hizo un ligero y casi imperceptible movimiento afirmativo con la cabeza. El general se volvió, simulando que había recibido una inspiración.

—A partir de ahora y hasta que no decida lo contrario, en este asunto mandas tú —dijo Herihor—. Puedes escoger a quien quieras. Como muy bien has dicho, al final seré yo quien decida.

—Gracias —Sharek le dedicó una reverencia y abandonó la sala.

—Te felicito, Uaraktir —dijo Herihor, dirigiéndose a su hombre de confianza, mientras contemplaba a Sharek que se marchaba—. Este hombre nos será muy útil para poder desterrar antiguas costumbres y crear una nueva administración.

—Amenhotep quiere hablar contigo —informó Uaraktir—. ¿Le digo que estás ocupado?

—No. Es un hombre muy mayor, ha acumulado mucha experiencia y ahora, a pesar de que su cabeza ya no es lo que era, merece todo nuestro respeto. Hazle venir.

—Podrías restituirlo en el cargo y así, cuando llegue el faraón, ahora que Tebas ya está pacificado, podremos regresar a Tanis.

Herihor sonrió.

—Respecto a ese punto, ya hablé con Amenhotep y nos entendimos muy bien. Él se ha retirado y, a pesar de que venga el faraón, aún quedará mucho trabajo por hacer. Lo que ahora quiere pedirme Amenhotep es que le cambie las tierras que le he asignado. No le acaban de agradar —dijo Herihor, y sonrió.

Uaraktir asintió y también abandonó aquellas habitaciones. Él sí que había reparado en la mirada que se habían cruzado Tahme y el general.

El hombre de confianza de Herihor era muy consciente de que aquella historia ya duraba demasiado. Sin embargo, tenía muy claro que su superior podía hacer lo que le viniese en gana y que no era de su incumbencia si se calentaba en una u otra cama. Lo que le preocupaba era que el general, para tomar una decisión, consultase con una mujer. Nunca lo había hecho. ¡Ni con Nodyme! De manera que aquello podía resultar sumamente peligroso, porque Tahme no se conformaría con las migajas y poco a poco extendería su poder.

*** ***

En Egipto, la retirada de las aguas marca el inicio del cultivo de los campos. La tierra, tras haber permanecido sumergida durante unos meses, aparece fértil y cualquier semilla fructifica. Es una época en que todos los trabajos se retardan y finalmente se detienen para permitir que todas las energías se dediquen a conseguir el grano, la fruta y las verduras que llenarán los almacenes a rebosar.

Herihor vio que la gente abandonaba las obras para dirigirse a los campos. Sin embargo, también descubrió que algunas obras proseguían sin interrupción, aunque a un ritmo más lento. Entonces llamó a Uaraktir y a Sharek y los recibió en la terraza de las habitaciones de Tahme, con la Divina Adoratriz sentada junto a él.

—¿Por qué la mayor parte de los obreros que trabajaban en el pozo se han ido? —preguntó.

—Ha llegado la hora de labrar los campos, hay trabajo para todos, es al aire libre y pagan un buen jornal —dijo Sharek.

—¡Claro! —exclamó Herihor, aceptando la explicación del arquitecto.

—¿Entonces, cómo es que hay tumbas en el Valle de los Nobles que siguen construyéndose? —intervino Nenhere, que permanecía de pie junto a Tahme.

El arquitecto la miró, y después miró a Herihor, que arqueó las cejas en demanda de una respuesta.

—Hay nobles que pagan muy bien —respondió Sharek—. Y los obreros quieren cobrar.

—Todos el que no trabaje en el campo, trabajará para mí. Pagaré lo mismo que estén cobrando ahora —dijo Herihor—. Hazlo saber.

—¿Y si los nobles suben el precio...? —preguntó Sharek.

—No puedo ni quiero entrar en un regateo de precios —meditó Herihor.

—Ni siquiera tienes que perder el tiempo —dijo Tahme, con una sonrisa— Sería tanto como aceptar que un noble puede discutir las órdenes de quien manda de veras.

Herihor se quedó mirando a Tahme. La Divina Adoratriz tenía razón: gobernar significa que todos saben quién manda y todos saben cuándo hay que obedecer.

—Si el que tiene los obreros sube el precio, cortadle una mano. Y si vuelve a subir el precio, cortadle la otra. Entonces, sin manos, no podrá pagar. Hazlo saber a todo el mundo —dijo el general, tomó la mano de Tahme y la besó.

Sharek dedicó una reverencia a Herihor, después otra a Tahme y finalmente una mirada a Nenhere.

Uaraktir captó el gesto de Sharek. Aquella mujer, que antes se sentaba en un rincón y no despegaba los labios, ahora se sentaba junto a Herihor e incluso su sirvienta se permitía el lujo de hablar. No era de extrañar que Sharek le hubiese dedicado una reverencia. Cada vez todos tenían más claro que, si todo seguía por el mismo camino, las que acabarían mandando de veras serían la Divina Adoratriz y su serpiente venenosa.

Sin embargo, Uaraktir, por su lado, aunque dirigió una mirada muy significativa a Nenhere, no dedicó ninguna reverencia a Tahme. Una cosa es percibir un peligro y otra, muy distinta, aceptarlo como un mal inevitable.

Aquella tarde Uaraktir habló con Pianj, que también le confesó su preocupación. Pensaba como él y también había llegado a la conclusión de que aquella relación resultaba más que peligrosa.

—Quizás habrá que hacer algo al respecto —dijo Pianj.

Uaraktir asintió en silencio. ¡Por supuesto, que hay que hacer algo!, exclamó en su interior. El problema era saber qué podían hacer.

Las órdenes de Herihor se cumplieron a rajatabla y los soldados fueron en busca de todos los obreros que no trabajaban en el campo, les preguntaron cuánto cobraban y se los llevaron.

Ningún noble protestó, los obreros aceptaron la oferta de Herihor y los trabajos se reemprendieron con celeridad. Cada vez estaba más cerca la llegada del faraón. Las noticias apuntaban que su salida de Tanis era inminente.

1.7 – EL VIAJE DEL FARAÓN

No hay nada peor que una estúpida mujer caprichosa que, además, es reina.

Así razonaba Nodyme cuando se dirigía a casa de Tentamón. Andaba deprisa, con energía y ciertamente furiosa. Baketourel, en el último instante, había decidido que no acompañaría a Ramsés en aquel viaje Nilo arriba, hasta Tebas. Todos los barcos cargados, todo a punto para desplegar las velas y la reina, que se había levantado de mal talante, ordenó que desembarcaran su equipaje. Simplemente porque así lo había decidido.

—Prometiste que iríamos —había recordado Pinedyem a Nodyme, con tristeza en su rostro.

¡No era necesario que el muchacho se lo recordase! Tenía muy presente lo que había prometido. ¡Y muchas más cosas, tenía presentes!

Se detuvo un instante para respirar y recuperar el aliento. ¡Estúpida reina! ¿Cómo se las ingeniaría, ahora, para viajar hasta Tebas? Porque, evidentemente, si la reina no iba, ni Tentamón ni ella irían. Tenían que quedarse para hacerle compañía. ¿Compañía...? ¿A aquella idiota...?

Hablaría con Tentamón y le diría que... ¡No! No podía insultar a una reina. Una cosa era hablar de su hermano y decir cuanto le viniese en gana, pero otra cosa, muy distinta, era emplear según que palabra para definir o calificar a Baketourel. Aquí se imponía la diplomacia.

Quizás Ramsés era corto de entendederas, pero no alcanzaba el grado de imbécil. Su cara había reflejado la gran satisfacción que le había producido la decisión de la Gran Esposa. Y no tardó nada en ordenar que desembarcasen el equipaje de la reina. Viajaría sólo. ¡Y más ancho!

Tentamón le ayudaría a convencer a la reina, meditaba Nodyme. Su marido acompañaba al faraón y esos viajes llevaban aparejadas grandes celebraciones que requerían presentarse en consonancia, que había que traducir por regalos, vestidos y joyas. No podría negarse.

Llegó a la puerta de la casa de Smendes mientras recordaba la promesa que había hecho a Pinedyem:

—De una forma u otra, pero iremos. Puedes estar cierto.

Y para dejar muy claras cuáles eran sus intenciones, había dado orden de que no deshicieran el equipaje

*** ***

156

La carta del faraón llegó unos días más tarde. En ella anunciaba que cuando la recibiesen ya habría salido rumbo a Tebas.

Herihor tan pronto la leyó se reunió con Pianj y Uaraktir para comprobar cómo avanzaban los preparativos y para determinar dónde y cómo tenían que recibir a Ramsés.

Tras analizar las diversas alternativas, convinieron que lo más acertado sería que desembarcase frente al templo de Luxor, donde le estarían aguardando para obsequiarle con todos los honores debidos a un representante de los dioses. Allí pondrían a su disposición todo lo necesario para que realizase la ofrenda a Amón-Ra.

Aquella misma tarde partió un mensajero hacia el norte con una carta en la que se explicaban los pormenores de la ceremonia. Seguramente alcanzaría los barcos del faraón antes de que hubiesen realizado un tercio del viaje, porque Ramsés remontaría el río lentamente y se detendría en todas las ciudades que hallase en su camino. Hacía tanto tiempo que no visitaba el país que no podía privar a sus súbditos de la alegría de gozar de su presencia. Además, podría hacerlo sin tener que aguantar la presencia de Baketourel. En la carta decía que viajaba sin la reina.

Fuera como fuese, lo cierto es que ya no disponían de mucho tiempo. Herihor ordenó que parte de los obreros abandonasen sus tareas y se dedicasen a limpiar y a pintar el primer pilón de Luxor, a restaurar la sala hipóstila y a repasar los colosos de Ramsés II; otra grupo de obreros limpiarían el camino que conducía hasta Karnak para que un carro pudiera pasar sin ningún problema; un tercer grupo se afanaría en preparar el templo de Amón en Karnak; la población contribuiría limpiando sus casas y calles y buscando motivos de decoración y de bienvenida; y, finalmente, el último contingente de obreros seguiría las instrucciones de Sharek para acabar la cueva que estaban excavando detrás del templo de Hatshepsut.

A partir de aquel momento, la ciudad entera, desde un extremo al otro, se volcó en los preparativos de lo que sería el mayor acontecimiento de las últimas décadas y la paz y el silencio de las calles de una ciudad dedicada al culto fueron sustituidos por un bullicio tan grande que parecía que todos los mercados de Tanis se habían trasladado a Tebas.

Herihor acababa muy tarde y muchas noches se quedaba a dormir en el palacio de Ramsés III. Tahme había intentado convencerle para que trasladase su despacho a las dependencias del templo de Seti I, pero el general quería tomar sus decisiones cerca del lugar donde tuvo la visión, en la sala hipóstila del templo de Ramsés III, entre los sarcófagos que habían rescatado del Valle de los Reyes. Y ante este argumento, Tahme no pudo hacer nada para evitar que la cantidad de visitas por parte de Herihor disminuyese de forma ostensible.

—¿Por qué no puedo ir yo a vivir al palacio de Ramsés III? —preguntó Tahme una noche.

—No debes hacerlo nunca —respondió Nenhere, negando con la cabeza—. ¿Qué habría sido de ti, si no llegas a seguir mis consejos cuando lo traje al templo?

—No creo que fuese necesario engañarle de aquella manera, haciéndole creer que los dioses me habían hablado.

—¿Pero, qué dices, criatura? ¿No te das cuenta de que esta representación teatral te ha permitido dominarlo? Sigue así y no te rebajes nunca ante ningún hombre.

—Me siento muy sola sin él —se quejó Tahme.

—¿Quieres que me quede contigo esta noche? —preguntó Nenhere.

—No —contestó Tahme.

Nenhere se acercó por detrás y puso sus manos sobre los hombros de la Divina Adoratriz para iniciar un masaje, pero Tahme se la quitó de encima y salió a la terraza. Entonces, Nenhere frunció los labios, cruzó las manos por delante del pecho y abandonó las habitaciones.

Una mañana la Divina Adoratriz ordenó que preparasen la litera. Quería acercarse al templo de Hatshepsut. Sabía que el general lo visitaba cada día para comprobar la marcha de los trabajos que tenían lugar detrás, donde Sharek dirigía la excavación de la cueva que sería la morada que acogería los sarcófagos que reposaban en el templo de Ramsés III.

Tahme y Nenhere iban sobre la litera, mientras que las demás sacerdotisas y los sirvientes marchaban detrás. Cuando ya estaban cerca, Tahme ordenó a uno de los sirvientes que se adelantase para comunicar su llegada.

El criado echó a correr, subió las dos rampas hasta desaparecer y regresó enseguida.

—Herihor ha venido una hora antes de lo que tiene por costumbre y ya se ha ido —informó entre resoplidos.

Tahme se sintió muy contrariada y dio orden de regresar al templo de Seti I. Sin embargo, Nenhere bajó de la litera.

—¿Qué haces? —preguntó Tahme.

—Yo vendré más tarde —respondió Nenhere, con una sonrisa muy significativa.

Tahme la miró y no dijo nada. Sólo asintió y después ordenó levantar la litera e irse.

Nenhere llegó a la puerta de los jardines.

—¿Dónde está el arquitecto? —preguntó a los guardias.

—Ocupa una pequeña dependencia junto a la capilla de Anubis —le informó uno de los soldados.

Nenhere atravesó los jardines, subió la primera rampa, torció a la derecha nada más pasar junto al primer estanque y enfiló hacia el norte para dirigirse a la zona de los despachos del templo. Justo en la puerta, preguntó a un obrero que salía en aquel momento. El hombre le indicó el camino de la sala donde trabajaba Sharek.

Se trataba de una habitación que daba al primer patio del templo, el que albergaba los tres estanques, no muy espaciosa pero muy bien iluminada. En medio había una mesa llena de papiros y de dibujos.

Nenhere entró y Sharek, al verla, se apartó de la mesa y le dedicó una pequeña reverencia con la cabeza.

—Estás haciendo un gran trabajo —dijo Nenhere, tras echar una ojeada a los dibujos.

—Siempre procuro seguir las órdenes de quien manda lo mejor que puedo —respondió él.

—Antes no era exactamente así —sonrió ella.

—La experiencia enseña y Herihor no es Penehasy —le devolvió la sonrisa.

—Cierto. No son iguales. Con esa idea de excavar una tumba para guardar los sarcófagos, Herihor parece más un sacerdote que un guerrero —dijo Tahme.

Sharek no respondió, a pesar de que era muy evidente que Nenhere aguardaba una respuesta.

—Me han dicho que a veces se comporta de una manera harto curiosa, cuando baja a la cueva para controlar los trabajos. Dicen que se queda mucho rato y que respira de una forma extraña, como si estuviese midiendo cada rincón y comprobando que el lugar sea agradable. También dicen que un día, en palacio, los guardias le vieron entrar en la sala hipóstila del templo de Ramsés III, donde se guardan los sarcófagos reales, y después le vieron salir andando con lentitud, como un sacerdote —siguió explicando Nenhere—. Y, además, cuentan que lucía alrededor del cuello el collar de Amón.

—Si tú lo dices, seguro que es cierto —respondió Sharek.

—Si él fuera sumo sacerdote de Tebas, se convertiría en Primer Profeta de Amón y necesitaría un Segundo, un Tercer y un Cuarto Profetas —reflexionó Nenhere en voz alta, calló un instante, desvió la mirada, como si contemplara los muros de piedra de la montaña, y bajó la voz—: Yo podría sugerirle algún nombre... si... supiera que quien ha de recibir tal honor ha aprendido la lección y ahora es alguien agradecido.

—La experiencia enseña que en esta vida hay que saber quien puede hacerte un favor y a quien hay que estar agradecido —respondió Sharek.

Nenhere asintió, sonrió y se fue, tras dedicarle una larga mirada muy significativa que Sharek aguantó sin pestañear.

Dos días antes de la llegada de Ramsés, Herihor durmió en el templo de Seti I, pero a pesar de que Tahme se encargó de que acabase suficientemente satisfecho como para dormir profundamente, a la mañana siguiente se levantó inquieto. Algo no andaba cómo era debido, no cesaba de repetir.

—La cueva está casi a punto, nunca había visto la ciudad de Tebas como ahora, Luxor luce en todo su esplendor, los trabajos de Karnak han avanzado más de lo que podías desear y el palacio de Ramsés III está preparado para recibir al faraón. Nadie, en todos estos años pasados, ha hecho tanto como tú. ¿Qué es lo que te preocupa, entonces? —le preguntó Tahme, mientras Nenhere ordenaba que preparasen el vestido de la Divina Adoratriz.

—He tenido un sueño muy extraño —explicó él—. Verás: me encontraba en medio de la ciudad y las calles estaban llenas de gente, el faraón estaba lejos y sonreía, mientras que yo me sentía cansado, agotado y con la respiración alterada, como si hubiese corrido una larga distancia. Allí, en mi sueño, he intentado seguir avanzando, pero las piernas no me respondían y me resultaban muy pesadas, casi imposibles de mover. No obstante, aún he hecho un esfuerzo, que me ha parecido inmenso, y he conseguido dar unos pasos. Sin embargo, de pronto la luz se ha oscurecido, la gente se ha ido y me he quedado solo. He levantado la vista y he descubierto un gigante que tapaba la luz del sol y que se dirigía hacia mí. Cada vez me sentía más y más pequeño y he sabido que el gigante quería aplastarme. He intentado zafarme, pero las piernas no me respondían y cada vez me pesaban más. Cuando su enorme pie caía sobre mi cabeza, que yo intentaba protegerme con las manos, me he despertado sudando.

—¿Y qué crees que significa? —había preguntado ella, muy preocupada.

—No lo sé.

Nenhere, de pie junto a Tahme, seguía el hilo de la conversación sin decir nada.

Durante la mañana se recibieron noticias que corrían entre los pescadores. Decían que ya habían visto la escuadra del faraón que subía por el Nilo para detenerse en Dendera, última etapa de su viaje antes de llegar a Tebas. De manera que todo iba según lo previsto y en un par de días, a lo sumo, le tendrían allí.

Por la tarde Herihor fue a ver a Sharek. Tal como le había ordenado el general, había conseguido acabar el trabajo antes de lo previsto. Visitaron la cueva y después se reunieron en la sala donde Sharek guardaba los dibujos para acabar de discutir los detalles de la ceremonia que, si todo iba bien, al día siguiente al anochecer, antes de que llegase el faraón, serviría para que los sacerdotes de Amón transportasen los cuarenta sarcófagos rescatados de las tumbas profanadas, hasta depositarlos en la habitación que había al final del pozo. Aquello constituiría el gran regalo de bienvenida para Ramsés XI.

Justo habían empezado a hablar, cuando un guardia entró.

—La Divina Adoratriz está aquí, señor —anunció.

—Hazla pasar —ordenó el general.

Tahme apareció acompañada de su sombra Nenhere. Él la recibió con un abrazo y un beso en la mejilla.

—Sharek ha conseguido acabar la cueva —anunció Herihor, mostrándole el dibujo que había sobre la mesa.

—Es un hombre muy diligente —dijo Tahme, y dirigió una ancha sonrisa a Sharek, que se lo agradeció con una ligera reverencia.

—Un gran arquitecto —alabó Herihor.

—Que también fue discípulo de Nadhetep —dijo Tahme, sin darle mayor importancia.

—Fue un gran maestro para mí —respondió el arquitecto, mirando de soslayo a Nenhere.

—Según tengo entendido, tú demostrabas unas aptitudes más que dignas y eras capaz de interpretar cualquier sueño —prosiguió Tahme, y Sharek se puso tenso.

—¿Es cierto? —preguntó Herihor.

—Quizás lo era, pero ya hace mucho de tiempo de ello y puede que haya olvidado muchas cosas —dijo Sharek.

—Esta noche he tenido un sueño muy curioso, y no soy capaz de interpretarlo —dijo Herihor—. ¿Querrías escucharlo?

—Seguro que sí —exclamó Tahme.

Sharek la miró, después miró a Nenhere y finalmente miró a Herihor y asintió. No le quedaba más remedio.

El general le explicó el sueño y, al acabar, Sharek le hizo algunas preguntas sobre detalles que al general le parecieron banales, pero que procuró responder con la máxima precisión.

—Que las calles estuviesen llenas de gente se puede interpretar como el recibimiento que Tebas ha previsto para el faraón. Es simplemente el reflejo de tu preocupación porque todo sea perfecto —dijo Sharek—. Pero que el faraón estuviese lejos es un detalle que, posiblemente, significa que él y tú estáis distanciados por alguna razón —Sharek hizo un corto silencio y vio que Herihor asentía lentamente—. Sin embargo tú quieres reconciliarte con él y has hecho muchos esfuerzos para conseguirlo. Los cuarenta sarcófagos que mañana depositaremos en la cueva que hemos excavado en la montaña Tebana es la prueba más evidente de tu deseo de acabar con una situación que te incomoda. Pero, por más que lo intentas, parece que te resulta imposible y ya te sientes agotado, hasta el punto de que tus piernas se niegan a seguir caminando. A pesar de ello, aún te esfuerzas, sin darte cuenta de que la reconciliación no está en tus manos, porque alguien, a quien tú ves como un gigante, pero que posiblemente sólo lo es en tu imaginación, se interpone entre ti y la claridad, lo oscurece todo y poco a poco te hace más y más pequeño a los ojos del faraón y, si puede, ese gigante te aplastará.

—Una excelente interpretación —dijo Nenhere, dirigiendo a Sharek una sonrisa—. Nadie lo habría podido hacer mejor.

En aquel instante entró un sirviente para anunciar que habían llegado unos sacerdotes de Amón.

—Les he dicho que vinieran a avisarme cuando todo estuviese a punto. Ahora, si me lo permites, me iré con ellos para comprobar que mañana no fallará nada y que podremos proceder al traslado de los sarcófagos sin mayor problema ni dilación —se disculpó Sharek, y se fue.

Cuando Sharek había salido, Tahme miró a Herihor a los ojos y pronunció una sola palabra:

—Smendes.

Y el general asintió una sola vez, mientras fruncía los labios. A veces creía que aquella mujer era capaz de leerle los pensamientos.

Tahme miró a Nenhere, que sonreía beatíficamente. Todo había salido a pedir de boca.

*** ***

La larga procesión de sarcófagos recorrió la distancia que separaba Medinet Habu del templo de la reina Hatshepsut y llegó a la avenida de las esfinges y de los obeliscos que apuntaba hacia el oeste justo cuando el sol empezaba a esconderse tras la montaña Tebana, momento que habían escogido porque significaba el paso de la luz del sol a la oscuridad de la noche, del mundo de los vivos al universo de los muertos.

Halep marchaba al frente. Detrás de él caminaban Herihor, Pianj y Uaraktir e inmediatamente después la Divina Adoratriz y las sacerdotisas del templo de Seti I que entonaban cánticos. Finalmente venía la larga procesión de sacerdotes que cargaban a hombros los cuarenta sarcófagos.

Con estudiada lentitud, la procesión cruzó el fastuoso jardín y se dirigió hacia la rampa que ascendía hasta a la primera terraza, donde los pequeños estanques de agua permitían purificar las almas y ponerlas en armonía con el más allá. Después la larga hilera de sacerdotes accedió a la segunda terraza, pero no entró en el patio porticado que era la antesala del santuario de Amón, sino que Halep torció a la derecha y se dirigió hacia la rampa de madera que Sharek había ordenado construir para acceder al pie de la montaña, donde habían excavado una puerta que justo permitía pasar a los sacerdotes arrastrando los sarcófagos, ante la que les esperaba el arquitecto.

Todo había sido perfectamente calculado para disponer del espacio útil justo y necesario. Ni más ni menos.

Tahme y el coro de sacerdotisas se quedaron fuera, entonando melodiosos cánticos, mientras los sacerdotes introducían los sarcófagos, de uno en uno, por el estrecho agujero.

Una vez traspasada la puerta, los sacerdotes podían enderezar la espalda, porque la altura ascendía hasta cuatro *mehs*. Entonces aparecía una habitación cuadrada de siete *mehs* de lado, al fondo de la que, en el suelo, se encontraba la boca de un pozo de dos *mehs* de ancho por seis de largo. Sobre el agujero, cinco maderas en forma de caballete permitían que cuatro sacerdotes, con la ayuda de dos cuerdas y una tabla, pudiesen bajar los sarcófagos por la boca del pozo hasta otra habitación de generosas dimensiones, donde otros cuatro sacerdotes iban depositando los sarcófagos en perfecto orden.

Sharek dirigía el proceso, pero Herihor seguía con todo detalle cada una de las operaciones y descendió hasta la habitación del fondo del pozo para comprobar que todo se había hecho según sus órdenes y no quedó satisfecho hasta que pudo contemplar los sarcófagos alineados sobre los pedestales que los obreros habían dejado sin excavar, en forma de mesas que emergían de la tierra. Uaraktir, junto a él, parecía cansado.

Una vez instalados todos los sarcófagos, Halep inició el ritual de la ofrenda y depositó las jarras de agua y los recipientes cargados con cereales a los pies de cada uno de los pedestales. Después, lentamente, recorrió los estrechos pasillos que los obreros habían excavado entre los pedestales y en cada cruce rezó una oración para pedir la protección de Osiris, de Anubis, de Isis, de Nejbet, de Maat y de Toth. Finalmente, cuando ya había acabado el recorrido, se detuvo en la boca de la cueva y rogó la protección de Amón.

—Que salgan todos —ordenó Herihor.

Halep y los sacerdotes fueron izados con la tabla que habían atado a las cuerdas y dentro de la habitación sólo quedaron Uaraktir y Herihor.

—Haz que salgan todos y después regresa. Yo me quedaré aquí y ya te avisaré cuando quiera salir —dijo el general.

—Ten en cuenta que el faraón llega mañana y que tienes que descansar —recordó Uaraktir.

—No te preocupes, que habrá tiempo para todo —le contestó Herihor y lo empujó con suavidad hacia la tabla atada a las cuerdas.

Uaraktir asintió, se sentó en la tabla y tiró ligeramente de una de las cuerdas. La tabla se puso en movimiento y lo izó hasta la boca del pozo. Cuando llegó, salió al exterior.

—Herihor se queda aquí —anunció.

—Le esperaré —dijo Tahme.

—Me temo que pasará toda la noche en la cueva. Ha ordenado que Sharek te acompañe y que después se retire a descansar —explicó Uaraktir.

—Es mejor que nos retiremos a dormir. Mañana será un día muy atareado —dijo Nenhere, y se llevó a la Divina Adoratriz.

Todos se fueron, excepto Uaraktir, los cuatro sacerdotes que había dentro de la primera habitación y los soldados que hacían guardia delante de la puerta de la cueva.

Uaraktir se sentó en un rincón, muy cerca de la boca del pozo, y se dispuso a esperar. Lo único que podía hacer era rezar para que la noche no resultase demasiado larga.

Al día siguiente, a primera hora de la mañana, cuando despuntaba el sol, oyó la voz de Herihor que surgía del fondo del pozo. Uaraktir, que se había adormecido, se despertó y vio a los cuatro sacerdotes tendidos en el suelo, también dormidos. Bostezó con fuerza, se desperezó, se levantó, despertó a los sacerdotes y les ordenó que subiesen la tabla.

—Has tardado mucho —se quejó cuando vio aparecer la cabeza de su general—. El sol ya ha salido y Ramsés llegará a mediodía.

—A veces las voces de los dioses no se escuchan con claridad y hay que repetir la misma pregunta hasta que la respuesta aparece diáfana —respondió Herihor.

Uaraktir captó en los ojos del general un brillo como nunca había visto. Seguro que no había dormido en toda la noche y, sin embargo, no parecía cansado, sino que incluso juraría que había rejuvenecido. Entonces se dio cuenta de que Herihor lucía alrededor del cuello el collar de sumo sacerdote de Karnak.

De pronto, sintió un escalofrío, como si una ráfaga de *hawa*, el viento fresco del desierto, se levantase de improviso y lo rodease, y observó las paredes de aquella cueva buscando por dónde podía haberse colado aquel aliento de la naturaleza.

—¿Te encuentras bien? —preguntó Herihor, cuando ya estaba a su lado.

—Sí —respondió Uaraktir, pero sin demasiado convencimiento—. ¿Y tú? —preguntó.

—Vamos, que queda mucho por hacer —ordenó Herihor y se agachó para pasar por la pequeña puerta y alcanzar la luz del día.

Una vez fuera, se dirigieron a Palacio. Uaraktir caminaba junto a Herihor y procuraba seguir el ritmo, pero el general andaba muy deprisa. Los soldados les seguían más atrás. Ellos tampoco habían dormido en toda la noche y se sentían cansados.

—Ve a buscar a Pianj y venid a palacio. Tenemos que hablar de lo que sucederá hoy —dijo Herihor.

Uaraktir obedeció y fue en busca de Pianj. Cuando llegaron a la sala del trono, lo encontraron reunido con Sharek, que en aquel instante tomaba notas de lo que le dictaba el general. Y se sorprendieron sobremanera. Herihor no iba vestido como un soldado, sino como un sacerdote y Uaraktir vio que aún llevaba el collar de sumo sacerdote.

—El pilón contendrá una pequeña habitación que... —explicaba Herihor cuando entraron Pianj y Uaraktir.

Parecía que nada tenía importancia, excepto aquel nuevo proyecto del que hablaba con el arquitecto.

Pianj se acercó.

—Tenemos que prepararnos. El faraón está a punto de llegar —dijo.

Herihor dejó de hablar con Sharek y miró a su yerno. Entonces, apartó los dibujos que tenía delante y que Uaraktir ya había adivinado que se trataba del templo de Jonsu, en Karnak.

—Os he llamado para comunicaros que habrá algún cambio en la ceremonia de bienvenida del faraón —dijo.

Sharek recogió los papiros e hizo ademán de irse.

—Quédate. Lo que voy a decir, tú también puedes oírlo —dijo Herihor, y después se dirigió a los otros dos—: Cuando llegue Ramsés, tú, Pianj, le recibirás en Luxor y lo conducirás a Karnak, donde le estaremos aguardando Tahme, Uaraktir y yo.

—Esto no es lo que está previsto —protestó Pianj.

—¿Y qué? —replicó Herihor.

—No podemos modificar el trayecto...

—No modificamos ningún trayecto. Simplemente somos nosotros, que cambiamos de lugar —sonrió Herihor.

Sharek permanecía en silencio y con la mirada baja.

—Si no le recibes personalmente, Ramsés se sentirá terriblemente ofendido —apuntó Uaraktir.

—No estoy tan seguro de ello —respondió Herihor con una sonrisa—. Previo a su llegada, quiero que toda la gente de Tebas ocupe un lado y otro del camino que une Luxor y Karnak, como si fuesen los árboles o, mejor aún, pequeños colosos o esfinges que guardan los pasos del faraón. Que traigan hojas de palmera y que las agiten a medida que pasa Ramsés, a quien Pianj hará subir a un carro. Cuando el faraón vea que lo conducimos en un carro, mientras la multitud lo aclama y agita las hojas de palmera, y que yo le espero de pie ante las puertas del templo de Amón para darle la bienvenida, teniendo junto a mí la Divina Adoratriz... —Herihor dejó la frase colgada, esperando la reacción de sus hombres de confianza.

—¿No sería mejor comunicarle los cambios? —dijo Uaraktir.

—El factor sorpresa es muy importante, porque sobre el carro sólo iréis el faraón y tú, Pianj.

—¿Y qué hago con Smendes? —preguntó Pianj.

—Nada. Que camine todo lo largo del pasillo humano detrás del carro del faraón —contestó Herihor, y se quedó callado, mirando a Pianj con las cejas arqueadas.

—Quizás soy duro de mollera, pero me resulta un juego absurdo y no hallo ninguna razón por este cambio imprevisto —dijo Uaraktir—. Tampoco encuentro ningún beneficio en ello. Al contrario: únicamente atisbo una fuente de problemas que podríamos ahorrarnos.

—A mí tampoco me agrada demasiado —intervino Pianj—. Me preocupa la reacción de Ramsés.

—El faraón no me preocupa en absoluto —respondió Herihor.

—No querría imaginar que has perdido el juicio, pero tus palabras me resultan extrañas —dijo Uaraktir

—. Quizás te ha afectado quedarte toda una noche en aquella cueva.

—¿Qué cueva? —preguntó Pianj.

—La que Sharek ha construido y dónde hemos permanecido toda la noche —respondió Uaraktir—. ¿O quizás crees que esta cara es por causa de alguna mujer?

Herihor miró alternativamente a Pianj y a Uaraktir y, finalmente, apoyó los puños sobre la mesa y volvió el rostro hacia el arquitecto y sacerdote de Amón.

—¿Qué piensas tú, Sharek? —preguntó.

Sharek se había quedado con los ojos entornados y parecía meditar.

—Si lo que me pides es que juzgue si has obrado con cordura, yo no soy nadie para decir nada —respondió, lentamente, sin abrir los párpados—. Ahora bien, si lo que quieres es que intente hallar una explicación lógica a tus decisiones...

—¡Justo! Eso es lo que te pido. Ayer interpretaste mi sueño y ahora quiero saber si de veras resulta tan difícil seguir mi razonamiento o si, tal como sugiere Uaraktir, he perdido el juicio —dijo Herihor, invitando a Sharek a hablar.

Entonces, el arquitecto y sacerdote abrió los ojos y miró a Herihor.

—Si, tal como has dicho, el faraón no es quien te preocupa, quizás significa que hay otro que es motivo y causa de tus decisiones. Tal vez alguien del entorno inmediato de Ramsés... —apuntó Sharek, y esperó para ver la reacción de Herihor.

—Vas por buen camino —aceptó Herihor con una sonrisa.

—¡Smendes! —exclamó Uaraktir.

—¡Exacto! —Herihor asintió con energía. Después se volvió de nuevo hacia Sharek y arqueó las cejas para dar a entender que esperaba un final.

—Has comunicado al faraón que le recibirás en Luxor, pero le esperarás en Karnak, que se encuentra antes porque ellos vienen por el norte, remontando el río —dijo Sharek, lentamente, midiendo cada palabra—. Si llegan hasta Luxor, Smendes no podrá decir nada porque el paseo triunfal halagará a Ramsés. Si pusieses sobre aviso del cambio al faraón, Smendes aún dispondría de suficiente tiempo para hablar con él y convencerle de que es una ofensa —calló un instante, y aclaró—: Quizás no en la forma, pero en el fondo yo diría que puede tomarse por una ofensa muy premeditada.

—Sigue —pidió Herihor.

Evidentemente, faltaba la parte más interesante, y Sharek se tomó su tiempo de reflexión antes de continuar.

—Podrías recibirle directamente en Karnak, pero le has dicho que llegue hasta Luxor —dijo lentamente, y añadió—: Por lo tanto, crees que existe la posibilidad de que Smendes sugiera al faraón que desembarque en Karnak, porque está más cerca. En ese caso, si tú no estuvieras allí, tendrías que ir y Smendes estaría por encima de ti, porque el faraón se sentiría muy satisfecho después de que Smendes le hubiese proporcionado una idea que le permitiría dejar claro que él es quien manda y que tú, a pesar de que eres un brillante general, sigues estando por debajo de su persona. Y eso, a los ojos de todos, constituiría una ofensa para ti y un triunfo para Smendes. De manera que, para evitar esta circunstancia, escoges esperarle en Karnak. Si llega hasta Luxor, tú le harás viajar por tierra para venir a verte, pero le has preparado un paseo triunfal, con lo que Smendes habrá entendido tu mensaje; pero, si Smendes lo convence para que desembarque en Karnak y obligarte a ti a ir, se encontrará con que tú ya estás allí y quedará en ridículo cuando expliques al faraón todo lo que habías previsto para él. Es decir: que haga lo que haga, Smendes recibirá un mensaje claro y contundente.

Se hizo el silencio. Herihor sonreía y Pianj y Uaraktir valoraban las explicaciones de Sharek.

—Reconozco que no has perdido el juicio —exclamó Pianj, asintiendo, pero añadió—: Aunque también creo que eres muy enrevesado. No sé de dónde sacas que Smendes tenga previsto desembarcar en Karnak. Él sabe que eso representaría una ofensa para ti, que difícilmente podrías olvidar. Te recuerdo que cuando salíamos de Tanis, él te manifestó eterna amistad.

—Hace ya largo tiempo que hemos abandonado Tanis, no tenemos ni la menor idea de lo que ha podido suceder durante nuestra ausencia y la ambición es un monstruo muy hambriento, capaz de comerse las mayores devociones y las más firmes lealtades —reflexionó Uaraktir—. Si Smendes ya ha iniciado el camino hacia el trono, hemos de tener en cuenta que no es débil, como Ramsés, sino orgulloso y ambicioso. Eso significa que reclamará estas tierras y la única manera de detenerlo es una ofensa que ni él mismo pueda replicar. Entonces, no le quedará otro remedio que negociar. ¿No es así?

Herihor asintió en silencio.

—Quizás tengas razón, pero sigo pensando que es demasiado complicado y no creo que haya nadie capaz de imaginar una situación tan absurda —dijo Pianj.

—No tendremos que esperar mucho para averiguarlo —replicó Herihor—. Hoy mismo, cuando el sol aún no haya llegado a lo alto, tendremos la respuesta.

*** ***

Desde la parte más alta del primer pilón del templo de Luxor, Pianj distinguía la escuadra de barcos, que con todas las velas al viento parecía un pavo real en el instante de máximo esplendor, cuando se siente observado por todos.

Pianj recordaba cada palabra de la conversación que había tenido lugar poco antes y se preguntaba cuál sería la decisión del faraón. O mejor dicho: la de Smendes, si hacía caso de Herihor. Y rezaba para que viniesen hasta Luxor. Sólo para poder seguir creyendo que la gente no es tan retorcida en sus razonamientos como quería hacerles ver Herihor. Quizás la estancia dentro de la cueva le había afectado al cerebro. ¿A quién se le ocurre quedarse sólo, bajo tierra y con cuarenta muertos? O, tal vez, Tahme ya había empezado a sorberle los sesos, que al general se le iban deshaciendo y se le escapaban por la punta de...

¡Dioses!, exclamó.

El sol emblanquecía aún más las telas de las velas, que seguían avanzando. Las primeras naves llegaron a la altura de la bocana del pequeño puerto que daba a la puerta de Karnak. Pianj contuvo la respiración hasta que vio que no se detenían y que seguían río arriba.

—Te has equivocado, Herihor —murmuró, e incluso sonrió.

Sin embargo, torció el gesto cuando distinguió que una de las velas, no la primera ni la segunda, torcía al este y se adentraba en el canal que conducía al pequeño puerto de Karnak.

¡Maldito!, exclamó con rabia. El faraón no navegaba al frente de la flota, sino que había escogido un tercer lugar. Los primeros barcos llegarían a Luxor y él se quedaría en Karnak.

¡Por supuesto que era un mal nacido! Así el engaño y la burla aún serían más sangrantes.

—No te has equivocado, Herihor, sino que yo soy idiota —exclamó entre dientes.

1.8 – EL PACTO DE DOS GENERALES

Para Smendes la sorpresa fue doble y difícilmente podía decir qué parte era la más dura, porque ambas, bien analizadas, tenían las dimensiones de un coloso. Por un lado, encontrarse a Herihor delante de la puerta de Karnak representó una sorpresa que no podía ni imaginar, a la que tuvo que añadir las sucesivas bofetadas que representaron las explicaciones sobre todas y cada una de las ceremonias que el faraón escuchó en boca de quien también detentaba la aureola de haber liberado Tebas y que no escatimó esfuerzos en exponer con exquisito detalle todo lo que había preparado y la bienvenida que el pueblo había reclamado poder ofrecer a su señor, con el desencanto que había representado que Ramsés se hubiese detenido antes de alcanzar Luxor.

Por otro lado, verle vestido con la falda blanca y la capa, luciendo el collar de sumo sacerdote... Aquello fue la gota que colmaba el vaso. ¡Pero es que el faraón ni siquiera protestó!

Allí, frente a todo el pueblo de Tebas, en público y teniendo junto a él a la Divina Adoratriz... ¡Dioses!. Aquel acto no era otra cosa que la confirmación del cargo que Herihor acababa de usurpar, porque todos interpretaron que Ramsés aceptaba de buen grado y él, desbordado por las circunstancias y hábilmente separado del faraón, no pudo alertarle del desastre y no le quedó otro remedio que contemplar, impotente, cómo Herihor lucía el maldito collar, símbolo del cargo más alto dentro del clero que, por si fuera poco, le daba acceso al poder de Tebas y al control de las inmensas riquezas contenidas en todos los templos de Egipto. A partir de aquel momento, si descontaba al faraón, no había hombre más poderoso en todo el país.

Smendes tuvo que soportar una larga jornada de ofensas sin límite, hasta el punto que casi estuvo tentado a echarse al cuello de su rival y ahogarlo con aquel collar, única pieza que veía cada vez que miraba a Herihor. Sin embargo, consiguió superar la prueba que los dioses le presentaban hincándose las uñas cuando tenía que sonreír. ¡Nunca, en toda su vida, había sufrido una humillación como aquélla!

Herihor, durante toda la jornada, condujo al faraón por todas y cada una de las dependencias del templo de Amón, y alargó la visita cuanto se le antojó, regalando los oídos de Ramsés con la explicación pormenorizada de las mejoras que estaba llevando a cabo, deteniéndose en cada detalle de cada pintura de cada columna de cada sala...

¡Oh, gran Amón! ¿Cuándo acabará esta tortura?, se preguntaba Smendes. Pero el héroe del día no parecía muy dispuesto a concederle tregua ni cuartel.

Después Herihor acompañó a Ramsés al templo de Jonsu donde le mostró las obras que había iniciado para acabar el pilón de la sala hipóstila; después traspasaron la muralla, donde ya les aguardaba el carro para realizar el trayecto que les separaba del templo de la diosa Mut; después tomaron el camino de Luxor y Ramsés recibió el baño de multitudes prometido por Herihor; después...

¡Maldito seas! ¿Hasta cuándo va a durar esta representación?, seguía preguntándose Smendes. Y todo aquel recorrido, ¡inmenso e inacabable recorrido!, tuvo que hacerlo a pie, detrás del carro que conducía Herihor, como un criado, tragándose el polvo que levantaban los caballos. ¡Oh, gran Osiris! ¡Cómo se puede soportar tanta ofensa!

Al atardecer, cuando ya creía que todo había concluido, Herihor comunicó al faraón que tenía para él una grata sorpresa y le invitó a visitar el escondrijo que había ordenado excavar en la roca de la montaña Tebana para acoger dignamente los sarcófagos que él mismo había inventariado con etiquetas. Y lo hizo con tanta elocuencia que Ramsés ordenó que todos les acompañasen. Una obra como aquélla merecía el reconocimiento de todos los que habían venido con él.

¡Almas de las tinieblas! Otra caminata tras el carro y más polvo que tragarse, pensó Smendes, con rabia y con odio.

Por fin, cuando la noche se cernía sobre ellos, Smendes pudo retirarse a descansar a las habitaciones que le habían preparado en el palacio anejo al templo de Ramsés III.

—¡Difícilmente olvidarás esta lección! —murmuró Herihor, entre dientes, cuando le vio marchar.

*** ***

Ya hacía algunas semanas que el faraón estaba en Tebas y acabada la estación del *peret*, cuando las semillas ya han germinado y las plantas brotan con fuerza, llegaron dos barcos procedentes del norte.

Pianj se encontraba en el puerto y los vio atracar. Los marineros echaron la pasarela y el pasaje empezó a desembarcar. De pronto, descubrió a Tentamón que descendía de uno de ellos seguida por un pequeño séquito de sirvientes, a los que no dejaba de dar órdenes sobre cómo tenían que tratar todo el equipaje. Pianj sonrió divertido. Seguramente, tras el fracaso que había representado la tentativa de dejar en ridículo a Herihor, Smendes habría ordenado a su esposa que viniese a consolarle mientras durase la estancia del faraón en aquellas tierras.

Sin embargo, se le heló la sonrisa cuando vio a Heday que aparecía por un costado del barco. Si Heday estaba allí... quería decir que...

—¡Pianj! —oyó una voz femenina que pronunciaba su nombre.

Se volvió y se encontró con Nodyme que sonreía y que lo abrazó. Acababa de descender del otro barco, que había atracado un poco más arriba. Entonces, oyó el otro grito.

—¡Padre!

Aquélla era una mañana de sorpresas. Pinedyem saltó por la borda del segundo barco, despreciando la pasarela, para ir más rápido y abrazar a su progenitor.

—¡Oh, excelsa Bastet, diosa de la alegría! Mi corazón no puede ser más feliz. ¡Cómo has crecido! —exclamó Pianj, abrazó a su hijo e intentó levantarlo del suelo, como siempre hacía.

Sin embargo, Pinedyem, que sólo contaba catorce años, se resistió con todas sus fuerzas, intentando ser él quien levantase a su padre.

Tras un rato de infantiles esfuerzos, Pianj agarró con fuerza el cuerpo de Pinedyem para obligarle a deshacer el abrazo y entonces lo levantó del suelo.

—Has crecido y estás mucho más fuerte, pero aún no puedes conmigo —sonrió orgulloso.

Que su hijo se le enfrentase era una buena señal. Significaba que el lobezno ya quería ser lobo y empezaba a reclamar su puesto en la manada.

—Ha sido un largo viaje —se quejó Tentamón.

Pianj le dedicó una reverencia y ella le abrazó.

—¡Con cuidado! —gritó Nodyme, y se apartó de Pianj para acercarse a los sirvientes—. He dicho que esto es muy delicado —exclamó, señalando un paquete atado con cuerdas.

—Las piezas más valiosas ya están en Tebas —dijo Pianj, mirando a Tentamón a los ojos.

En aquel momento Heday, sin que nadie le diese ninguna orden, se hizo cargo del paquete que preocupaba a Nodyme.

—Veo que sigue siendo un animalillo que vive pendiente de la menor inquietud de su ama —dijo Pianj con una sonrisa divertida.

—Durante todo el viaje no se ha apartado ni diez pasos de ella —replicó Tentamón—. Ya me gustaría a mí tener un sirviente con su misma devoción —añadió, con un pellizco de envidia.

—¿Cómo es que no vinisteis con el faraón? —preguntó Pianj.

—Dos días antes de partir el faraón, Baketourel y Ramsés tuvieron una... conversación —explicó Tentamón. No era necesario entrar en detalles. Y menos ella, que ocupaba el puesto de responsable de las habitaciones privadas de la Gran Esposa—. De manera que... acordaron... que vendría sólo. Pero, después, la Gran Esposa decidió que ella también quería visitar Tebas.

—No permite que su marido se lleve toda la gloria —dijo Pianj, con una sonrisa, pero Tentamón volvió la cabeza interesándose por el equipaje, como si no hubiese oído nada—. ¿Dónde está Baketourel?

—Me ha enviado a mí, como responsable de sus habitaciones privadas, para que me haga cargo personalmente de que todo esté a su gusto cuando llegue —respondió Tentamón.

—Y yo he aprovechado el viaje de Tentamón para venir —intervino Nodyme, y preguntó—: ¿Y Herihor?

—Tendrá una inmensa alegría al verte aquí. Nadie te esperaba, pero siempre hemos guardado unas habitaciones en el palacio de Ramsés III, que ahora es su residencia y donde también vive el faraón durante su estancia en Tebas.

Mientras hablaba, Pianj pensaba en la mejor manera de prevenir rápidamente al general. Aquella sorpresa podía resultar más sorprendente de lo que alguien o... alguna... podía imaginar.

—Los dioses han atendido mis ruegos y han ordenado que los vientos soplen con fuerza para que llegues antes —se oyó que decía la voz de Herihor.

Nodyme, Tentamón y Pianj se volvieron y descubrieron la figura alta del general. No había cambiado nada. Estaba igual, pensó Nodyme. No. ¡Mejor!, corrigió, porque parecía más fuerte y sus ojos desprendían aquella luz tan especial, aquel brillo de sus momentos de inspiración, de cuando tenía una idea en la cabeza y la estaba realizando.

Nodyme lo abrazó con mucha energía.

—¿Qué dios puede negarse a escuchar las súplicas de una mujer que ama a su marido? —exclamó ella, en voz baja, procurando que cada palabra surgiese acompañada del convencimiento.

—¿Cómo es que la reina se ha adelantado a mi deseo de enviar a buscarte? —preguntó él.

—La Gran Esposa siempre vive pendiente de la felicidad de quienes la rodeamos —intervino Tentamón—. De manera que, cuando decidió enviarme a mí, ordenó a Nodyme que me acompañase. Nuestros respectivos maridos están aquí.

Herihor también la abrazó y después se volvió hacia Pinedyem.

—¿Ya estás preparado para vivir en Tebas? —preguntó.

—Te serviré como el más fiel de tus soldados —respondió el muchacho, henchido de orgullo.

Su abuelo lo agarró por los hombros y lo atrajo hacia él en un fuerte abrazo. El muchacho se sintió arrastrado y a punto estuvo de caerse, pero se lanzó contra aquel cuerpo que le sobrepasaba casi una mano y también lo abrazó con todas sus fuerzas.

—Queda mucho por hacer. De manera que no nos vendrán mal un par de brazos que parecen fuertes —dijo Herihor. Entonces se volvió hacia los soldados—: Haceos cargo del equipaje y llevadlo a palacio —Después se dirigió a las dos mujeres—: ¿Me acompañáis?

—Que no se rompa nada —dijo Nodyme y ordenó a Heday, con gestos, que no quitase ojo a los soldados.

Nodyme, Tentamón, Pianj, Pinedyem y Herihor se dirigieron hacia los dos carros que les aguardaban.

—En Tanis me pediste que te llevase al puerto en un carro. Ahora te conduciré a palacio de idéntica forma —dijo Herihor, añadiendo una sonrisa y una ligera reverencia y tocándose el pecho con la mano en un gesto delicado y elegante.

Nodyme le devolvió la sonrisa y alargó su mano vuelta hacia abajo, desmayada, esperando que él la tomase y la ayudara a subir al carro.

Una vez arriba, Herihor fustigó los caballos con las riendas y el carro se puso en marcha.

—Imagino que Smendes te espera, porque Herihor debe de haberle prevenido —dijo Pianj, y ayudó a Tentamón a subir al otro carro.

—¿Puedo conducirlo yo? —preguntó Pinedyem.

—Te has adelantado a mis deseos. Quiero ver qué has aprendido en este tiempo que he estado fuera, para saber qué tareas puedo encomendarte —dijo Pianj, con una sonrisa.

Pinedyem se encaramó de un salto y agarró las riendas. Tenía prisa por demostrar que ya podían contar con él para luchar.

—Ve con cuidado que llevamos a una mujer —le advirtió su padre.

¡Oh, grande y poderoso Ra!, exclamó Pinedyem, para sí, sin despegar los labios. Ahora no podría mostrar a su padre cómo dominaba los caballos y cómo los obligaba a obedecerle en todo.

Uaraktir, enterado de la llegada de Nodyme, envió un mensajero para decirle que le disculpase por no haber ido al puerto para darle la bienvenida. Asuntos urgentes le habían retenido en Karnak. Sin embargo, aquella misma tarde se acercaría al palacio de Ramsés III para saludarla.

Quien no puso muy buena cara cuando vio a las dos mujeres, y menos aún cuando le comunicaron que Baketourel ya venía de camino, fue el faraón.

—¿Y cuándo tendremos el placer de recibir la visita de la Gran Esposa? —preguntó visiblemente contrariado.

Se lo estaba pasando en grande recibiendo continuas muestras de afecto por parte de la población de Tebas, que no le conocía ni estaba acostumbrada a vivir pendiente de los rumores sobre las disputas de palacio.

—La tendremos aquí con la llegada de la próxima luna, padre —informó Tentamón.

¡Vaya! Así que le quedaban tres semanas para gozar de la popularidad, pensó. Luego tendría que compartirla con aquella mujer. ¿Cómo pudo caer en la trampa que le había preparado y convertirla en Gran Esposa? Sin duda el peor error de su vida, reflexionó. Pocos meses después de haber tomado aquella absurda decisión, descubrió que toda la dulzura desaparecía y dejaba paso a un autoritarismo que no podía ni imaginar.

Smendes, por su lado, estuvo muy amable, saludó a Nodyme efusivamente y se retiró con su esposa.

El resto de la mañana Nodyme decidió tomar posesión de lo que a partir de aquel instante serían sus dominios y llamó al mayordomo.

Butehamón se presentó de inmediato y se deshizo en sonrisas y amabilidades. Rápidamente le presentó a todo el personal y la acompañó para mostrarle el palacio, preguntando cada dos por tres si todo estaba a su gusto o si había algo que hubiera que modificar o mejorar. El mayordomo tenía muy presente que una mujer es muy distinta de un hombre y que, en lo referente al hogar, pueden tomar muchas más decisiones. Entre ellas, naturalmente, la de confirmarlo en su puesto o prescindir de sus servicios.

Afortunadamente para él, Nodyme quedó muy complacida con la visita.

Evidentemente, aunque lo había disimulado muy bien, al faraón le había caído como una jarro de agua fría la decisión, precipitada bajo su punto de vista, de su Gran Esposa (la llamaba así cuando hablaba de ella, con un deje de burla, mientras balanceaba la cabeza) y llegado el momento de más calor del día se encerró en sus habitaciones. Para echar una siesta, dijo. Sin embargo, todos eran conscientes de que su humor había variado y comentaban que la influencia de la reina era tan grande que Ramsés, a tres semanas vista, ya empezaba a sudar.

Smendes, por la tarde, invitó a Tentamón a visitar el templo de la reina Hatshepsut, mientras que Herihor se hacía cargo de asuntos pendientes.

Uaraktir se presentó cuando el sol declinaba y Nodyme salió a recibirle, lo abrazó y lo besó en la mejilla.

—Es una gran alegría verte aquí, de nuevo entre nosotros —dijo él.

—¿Tan grave es? —preguntó Nodyme.

La esposa de Herihor había estado todo el día pensando en aquel encuentro y no podía alargar más el motivo de su ansiedad, también muy bien disimulada. Uaraktir la miró a los ojos. La comprendía perfectamente. Más aún cuando conocía el verdadero alcance del peligro. Respiró hondo y soltó todo el aire de los pulmones. No sabía por dónde empezar.

—Siempre nos hemos entendido muy bien, tú y yo —dijo Nodyme, acompañando sus palabras con una sonrisa entre triste y forzada—. Tu carta estaba repleta de detalles aparentemente insignificantes que habían de ser leídos lentamente y con suma atención, y confieso que me dejó muy preocupada. Sobre todo cuando leí que me pedías que mi marido no supiera que tú me rogabas que viniese a Tebas.

—Se trata de Tahme, la Divina Adoratriz, una mujer joven y embrujadora como pocas he visto, que durante los últimos meses ha acaparado poder y protagonismo, hasta el extremo que Herihor ya ha empezado a consultarle alguna decisión —explicó Uaraktir de una sola tirada, con un gesto grave.

—A mí también me consulta muchas decisiones sobre la casa —replicó Nodyme.

—A ella le consulta decisiones que afectan al gobierno de Tebas —dijo Uaraktir, con cierto temor.

Nodyme asintió con movimientos muy mesurados. Herihor nunca solicitaba su parecer sobre asuntos que afectasen al ejército o al gobierno, sino que siempre había tomado sus decisiones y ella, si quería participar, no tenía más remedio que adelantarse a los acontecimientos. Por lo tanto, que consultase con otra mujer, representaba un gran peligro. ¡Por fuerza!

—Afortunadamente, la llegada del faraón... ¡En fin! Que ahora que estás aquí, ya me siento más tranquilo —dijo Uaraktir, procurando aportar un rayo de esperanza.

—Sí —Nodyme asintió de nuevo, y añadió—: Tú ya has cumplido con tu deber y ahora me toca a mí hacer lo necesario para enderezar lo que pueda haberse torcido.

Cuando Uaraktir se fue, Nodyme ya disponía de toda la información que necesitaba, por el momento. Recordaba que, en Tanis, Tentamón se ofreció a hablar con la reina. Sin embargo, Baketourel no quería ni oír una sola palabra sobre Tebas ni sobre su marido. Afortunadamente, Nodyme se mostró muy hábil.

—¿Permitirás que el faraón se lleve toda la gloria cuando tú eres la esposa de Amón y Tebas es tu casa? —le había dicho.

Baketourel se puso tensa, abrió desmesuradamente los ojos, presa de rabia, frunció los labios hasta convertirlos en una línea y negó lentamente.

—Que hagan el equipaje —había ordenado.

—Quizás fuese interesante que alguna de nosotras se adelantase para preparar el alojamiento —sugirió Tentamón, tal como había convenido con Nodyme, si se daba el caso. Y dirigió a la reina una mirada harto significativa.

—Sí —había respondido Baketourel, y había asentido.

Sabía muy bien que su marido incluso perdería el color y el gusto por la comida cuando se enterase de que ella ya estaba en camino.

De buena mañana, Nodyme se fue a visitar el templo de Seti I. Quería rezar ante la imagen de Nejbet y darle gracias por haber protegido a su marido. Claro que no había escogido la diosa protectora del alto Egipto por casualidad.

Llegó al templo y entró acompañada por Butehamón.

No estuvo mucho rato. El suficiente como para poder ver a Tahme, aunque sólo fueron unos instantes, cuando se cruzaron en la sala hipóstila. A pesar de que no la conocía, bastó una mirada para saber que era ella. Alta, esbelta, de elegantes formas, perfectamente maquillada y peinada, con un vestido muy apropiado para resaltar lo que conviniese y más, respondía punto por punto a la detallada descripción que le había hecho Uaraktir.

Tahme pasó por su lado con el aire majestuoso de una reina, sin siquiera mirarla. Detrás de ella, las sacerdotisas que la seguían parecían encogidas ante su presencia. Todas excepto una, que andaba sólo medio paso por detrás y que sí que se fijó en Nodyme y después dirigió una mirada furtiva a Butehamón.

—¿Quién es? —preguntó Nodyme.

—Es Tahme, la Divina Adoratriz —informó el mayordomo.

—Yo me refiero a la que te ha mirado —replicó Nodyme.

—¡Ah...! Es Nenhere, la responsable de las habitaciones privadas de Tahme —dijo Butehamón, desconcertado. Aquella mujer era más lista de lo que había imaginado.

Cuando ya se marchaban, un sacerdote delgado y con cara de pocos amigos se cruzó con ellos y saludó a Butehamón con una inclinación de cabeza y una media sonrisa.

Nodyme se detuvo un instante y miró al mayordomo.

—Es Sahura, el camarlengo de la Divina Adoratriz —dijo enseguida Butehamón.

—No parece muy feliz —comentó Nodyme.

—Nenhere prácticamente lo ha anulado y podríamos decir que de camarlengo sólo ostenta el título, porque las atribuciones... —Butehamón negó con la cabeza.

Nodyme salió de allí muy preocupada. Tahme era mucho más atractiva de lo que había podido deducir de las palabras del bueno de Uaraktir, que a causa de su animadversión hacia aquella mujer, no le había hecho justicia. Pero ella, sólo con una mirada a aquel rostro y la contemplación de cómo se movía y cómo mantenía la cabeza erguida mientras andaba pisando fuerte, ya sabía todo cuanto necesitaba conocer: tenía ante ella a una mujer ambiciosa, consciente de su poder con los hombres, joven, hermosa y... en edad fértil.

¡Dioses, en edad fértil! Ese último detalle la convertía en una rival difícil de batir en condiciones normales. Sin embargo, su intuición femenina le decía a voz en grito que no era precisamente de Tahme, de quien había de temer lo peor, porque la experiencia suple con creces la falta de muchas otras cualidades físicas. No, pensaba. La otra mujer, la que caminaba a su lado: Nenhere. De aquélla sí que tenía que preocuparse de veras. Y necesitaría poco menos que un prodigio, para ganar aquella partida.

Al día siguiente Nodyme se levantó con mal sabor de boca. No había digerido bien la cena. Se había esforzado para que nadie, y menos Herihor, notase su estado interior. Anoche, su marido fue a visitarla a su habitación, pero sólo para desearle buenas noches.

—No quiero estorbarte —le había dicho él—. Has hecho un largo viaje y aún no te he permitido descansar ni un instante.

Ella quiso retenerle, pero no se atrevió. Tampoco sabía cómo se habría sentido en la cama, teniendo que fingir que no estaba al corriente de nada de lo que sucedía, pensando todo el rato en que Herihor la compararía con Tahme y seguramente (¡Y bien seguro!) saldría derrotada de una batalla que se había encontrado y que no había planteado. Y prefirió tomarse aquella manifestación como un delicado detalle por parte de él.

Ahora, de buena mañana, cuando el sol despuntaba y las sirvientas la ayudaban en sus abluciones, se arrepentía por no haber insistido y ya no quería seguir engañándose. El pensamiento que había tenido en Tanis, poco antes de separarse de su marido, regresaba cada vez con mayor fuerza. Era evidente que su cuerpo ya no despertaba el deseo y la pasión de Herihor, pensó mientras las sirvientas la liberaban del camisón para vestirla. ¡Por supuesto que no! Sus pechos empezaban a colgar, el cutis ya no mantenía la tersura ni la firmeza de otros tiempos y había parido tantos hijos que los masajes ya no podían recuperar nada de lo que todos tenían que dar por perdido, porque la curva de sus caderas había desaparecido y la cintura ni existía. Es el ocaso del mundo físico y la constatación de que alguien que llega desde atrás empuja con energía y nos dice que ha llegado la hora de apartarnos y de dejarlas pasar.

—¡No! —gritó de pronto, y las sirvientas se quedaron quietas.

¿Qué es lo que no está bien?, se preguntaban.

—No es con vosotras —dijo Nodyme, sonriendo.

Las muchachas continuaron con su labor sin despegar los labios, pero a ninguna de ellas se le había escapado que su ama sonreía.

¡Por supuesto que sonreía! Acababa de recordar un detalle sumamente importante. Herihor, anoche, cuando fue a visitarla a su habitación, llevaba al cuello el escarabajo sagrado. Aquello significaba que aún la amaba y, por lo tanto, disponía de una oportunidad para poder vencer.

Después de comer un poco, Nodyme salió al jardín rodeado de muros. Necesitaba meditar y se estaba bien a aquella hora de la mañana, cuando el sol empieza su ascensión y las sombras aún son largas. Anduvo lentamente entre los árboles frutales y buscó el banco que había junto al estanque de agua limpia y pura que presidía la zona este del jardín, el lugar más guarecido de las miradas ajenas.

—¿Qué haces aquí? —exclamó, sorprendida ante la presencia de Tentamón.

—Necesitaba un poco de intimidad —respondió la esposa de Smendes.

—Buscaré otro lugar —dijo Nodyme.

—No te vayas. Quédate. Te lo ruego —replicó Tentamón, haciendo un gesto con la cabeza para indicarle que había bastante espacio en el banco para las dos.

—¿Sucede algo? —preguntó Nodyme cuando ya se había sentado.

—Smendes consiguió que Ramsés diese permiso a Herihor para venir aquí, pero ahora... —comenzó Tentamón, y calló.

—Cuando tú y yo hablamos, nos entendemos muy bien —dijo Nodyme, invitándola a continuar.

Tentamón dudó, se mordió los labios y, finalmente, le contó lo que su marido le había explicado sobre lo sucedido desde la llegada del faraón a aquellas tierras y cómo Herihor aprovechaba la menor ocasión para ofender a Smendes.

—A veces parece que los dioses ponen frente a nosotras pruebas insuperables, pero sólo es una visión irreal producto de nuestra falta de confianza en ellos y en nosotras mismas —reflexionó Nodyme tras escuchar las palabras de Tentamón, porque una idea estaba naciendo en su cerebro. Tal vez era la idea que necesitaba para poder enfrentarse a Tahme en igualdad de condiciones. De manera que miró a Tentamón y sonrió—: Tú me escuchaste cuando yo vine a pedirte ayuda. Ahora, quizás, volvemos a tener la fruta demasiado verde y hay que hacer algo al respecto —dijo, y asintió varias veces.

—¿Hablarás con Herihor?

—Lo haré por ti —respondió Nodyme, acompañando sus palabras de un nuevo asentimiento. ¡Naturalmente, que lo haría!—. Y tú hablarás con Smendes. Pero, antes tú y yo pensaremos con mucho tiento lo que vamos a decirles a nuestros respectivos maridos para que ellos sepan exactamente lo que uno tiene que decir al otro y lo que el otro tiene que responderle. Y, lo que aún es más importante: tenemos que precisar el momento oportuno.

*** ***

Pinedyem había crecido, sin duda, en todos los aspectos. Era más prudente y no tan impaciente, sabía escuchar y callaba cuando era necesario. Pianj, su padre, pensó que sería bueno asignarle alguna responsabilidad, se fue a ver a Herihor, a quien encontró hablando con Nodyme, y le planteó la situación.

—Siento por Pinedyem un gran amor —dijo Herihor—. Es el más inteligente de mis nietos y creo que su educación ha de tener lugar en el templo, entre los sacerdotes que aprenden a obedecer, a callar, a meditar, a sentir, a reflexionar y a tomar decisiones prudentes.

—Pero él quiere servir en el ejército —dijo Pianj—. Y yo le prometí, cuando aún estábamos en Tanis, que aquí todo sería distinto.

—No —exclamó Herihor, negando con la cabeza—. Yo siempre he servido en el ejército y ahora me doy cuenta de que la experiencia dicta que hay otras maneras más adecuadas para iniciar un camino. Tiempo habrá para que conozca el arte de la lucha y la grandeza de la muerte. Pero, ahora, quiero que cada mañana vaya al templo de Amón y ayude a contar las cosechas para poder determinar qué parte corresponde a los que trabajan la tierra y qué parte hay que dar al templo. Así aprenderá a administrar.

—Ahora mismo hablaré con él y se lo comunicaré —respondió Pianj, y se fue.

—Perdona. He cometido la indelicadeza de tomar esta decisión sin solicitar tu opinión —dijo Herihor, mirando a Nodyme.

—No era necesario —respondió ella, con una sonrisa—. Yo ya lo eduqué cuando me correspondía y en muchas ocasiones tampoco pedía tu parecer.

Sin embargo, detrás de esta disculpa, Nodyme escondía su tristeza. Era la primera vez que su marido, teniéndola tan cerca, no la consultaba sobre un hecho que afectaba a la familia. Tendría que darse prisa porque cada día que pasara mermaría sus posibilidades de victoria.

Poco después regresó Pianj. Esta vez venía acompañado por el joven Pinedyem, que se arrodilló a los pies de su abuelo, que estaba sentado.

—Mi noble padre me ha comunicado tu decisión —dijo el muchacho, mirando al suelo—. No es el puesto que hubiera deseado, porque mis ojos se me escapan tan pronto veo tropas y barcos, pero considero que tu decisión, como siempre ha sido, es la más acertada de todas y quería darte las gracias.

Herihor se levantó, lo tomó por los hombros, lo puso en pie y lo abrazó con energía.

—Llegarás a ser muy grande —exclamó.

Nodyme también se acercó y besó a su nieto en la mejilla. Pinedyem sonrió y se fue. Pianj miró a Herihor, que apretó los labios y asintió. Aquel muchacho era un gran proyecto de hombre.

Cuando Pianj les dejó solos, Herihor descubrió que los ojos de Nodyme estaban húmedos. Y la abrazó.

Nodyme se dio cuenta de que podía aprovechar el instante de inmenso orgullo que Herihor sentía en aquellos momentos, tras haber recibido una muestra tan clara de la grandeza de su nieto.

—Ya que tocamos temas domésticos, querría que hablásemos de Tentamón y de Smendes —dijo.

Herihor la miró con recelo, pero como estaba de muy buen humor, se dispuso a escuchar.

—Las mujeres, al contrario que los hombres, siempre buscamos el acuerdo y huimos de las peleas —dijo Nodyme—. Quizás porque somos más débiles que vosotros y juzgamos que nuestro enemigo nos aplastará. Por eso, cuando vemos que los hombres os enfrentáis, padecemos. Y no es que no tengamos confianza en el valor de nuestros maridos, sino que sabemos a ciencia cierta, porque es innegable, que uno de los rivales ha de perder para que el otro se erija en vencedor —entonces sonrió—. Yo estoy plenamente convencida de que tú, en cualquier circunstancia, serías el vencedor. De hecho has conseguido que todos vean a Smendes como a un pobre aspirante y que el faraón te escuche en todo lo que dices.

—¿Qué quieres que haga, exactamente? —preguntó Herihor. Ya eran demasiados años juntos como para que perdiese el tiempo escuchando largos discursos que perseguían abonar bien el terreno antes de formular una petición.

—Tentamón me ha contado lo que ha sucedido entre Smendes y tú y es una lástima que dos generales que pueden conseguir que Egipto recupere todo su poder y vuelva a ser lo que era, tomen caminos tan divergentes...

—Di exactamente qué quieres que haga y no me líes con tus explicaciones —la cortó.

—Últimamente nunca me dejas acabar las explicaciones y es muy importante...

—¿Quieres que hable con él? —insistió Herihor.

¿Tan difícil es para una mujer ir directamente al grano, decir sencillamente lo que quiere y dejar de lado el resto? Él ya estaba dispuesto a escuchar, pero no podía soportar que Nodyme emplease tantas palabras para decir una cosa tan simple.

—Sí, pero si tienes que hablar con él sólo porque yo te lo pido, no es necesario que lo hagas —respondió ella—. Tentamón está convencida, y yo también, de que Smendes y tú no os entendéis porque no habláis...

¡Oh, Osiris! ¡Se levantarán todos los muertos de sus tumbas antes de que los hombres entiendan a las mujeres!, pensaba Nodyme mientras procuraba hacer ver a su marido que una cosa es informarse, que es lo que los hombres pretenden, y una otra muy distinta es comunicarse, establecer una conexión, que es lo que las mujeres desean. Porque si se establece un lazo, la guerra es evitable. ¿Tan difícil era entender una verdad tan sencilla?

—...si vosotros dos no os entendéis, ¿qué pasará con Egipto? —preguntaba Tentamón a Smendes, en el otro extremo de palacio, casi al mismo tiempo—. Mi padre, que no tiene suficiente energía para gobernar y que depende de sus dos mejores generales, no ha sido capaz de ver lo que podía haber sucedido si Herihor no hubiese venido a Tebas.

—De acuerdo —exclamó Smendes—. Oiré lo que tenga que decirme, dialogaré con él e intentaré comprenderle.

—No es suficiente —dijo Tentamón.

—¿Qué más quieres que haga?

—Si sólo le escuchas, no conseguirás que Herihor te abra su corazón. Y yo, naturalmente, no niego que la razón esté de tu parte y que acabes venciéndole, porque tú, como general más joven y con más posibilidades de sobrevivir a Ramsés, deberías tener más derecho que Herihor a ocupar el primer puesto y, tarde o temprano, el faraón se dará cuenta de esta gran verdad. ¿Pero, de veras crees que un enfrentamiento entre vosotros sería bueno para Egipto? —preguntó Tentamón, y antes que Smendes pudiera responder, prosiguió—: No. Es necesario, por lo tanto, que el más inteligente se adelante a los pasos de su rival y lo convierta en aliado.

—¿Aliado? ¿Herihor? —rió Smendes.

—Proponle una salida digna para ambos —dijo Nodyme.

—¿Y crees que él aceptará mis ideas? —preguntó Herihor.

—Estoy más que convencida de que tus ideas, no tan sólo le serán gratas, sino que está deseando hallar una salida a todo este embrollo —respondió Nodyme—. Pero, él es tan cabezota como tú y nunca lo aceptará, a menos que tú, el más inteligente, le ofrezcas una oportunidad sin que tenga que rebajarse.

—Le ofreceré un pacto, pero si no me escucha o me lo discute, consideraré que no hay nada que hacer —dijo Smendes.

—Un pacto es entre dos personas. En caso contrario sería una imposición —replicó Tentamón—. Tienes que ofrecerle la oportunidad de creer que él también ha contribuido a la paz.

—Mañana hablaré con él —aceptó Herihor, tras soplar con fuerza.

Las mujeres, cuando quieren conseguir algo, son peores que las mulas. No hay manera de hacerlas razonar y lo mejor es ceder.

—De acuerdo —respondió Smendes.

Y lo hizo con un deje de cansancio. Es bueno, de vez en cuando, dejar que una mujer crea que les hacemos caso, como si cediésemos a un capricho, pensó, a pesar de que tenía claro que el camino sugerido por Tentamón era el mejor, por no decir el único, si deseaba evitar la confrontación.

1.9 – LA GRAN CONCUBINA DE AMÓN

Smendes se levantó con la luz del sol y practicó las abluciones muy despacio, procurando que todas las partes de su cuerpo quedasen bien limpias. Desde que era muy pequeño, en Dyede, lugar donde había nacido y donde había vivido hasta los diez años, su padre le había enseñado que alguien inteligente sabe que este ritual de limpieza va más allá de un simple acto mecánico y que persigue iniciar el día como si cada salida del sol representase un nuevo renacimiento, como si cada vez que nos levantamos de la cama, tras un sueño reparador, el agua que corre por nuestra piel fuese absorbida por los poros y limpiase nuestro espíritu y nuestra mente hasta que tanto uno como otra se convierten en transparentes y puros y nos permiten mirar a través de una atmósfera clara y diáfana.

La noche anterior había recibido una invitación por parte de Herihor para que fuese a visitarle a primera hora de la mañana y quería presentarse en las mejores condiciones de mente y de espíritu.

Puntualmente, tal como estaba previsto, llegó Butehamón con instrucciones precisas para acompañarlo a las dependencias de Herihor.

Smendes siguió al enviado de su anfitrión y recorrió los pasillos de aquel palacio que Ramsés III había ordenado decorar por los mejores artesanos de Egipto.

Aquel sacerdote tenía instrucciones para alargar el recorrido y procuraba andar despacio y ceremoniosamente, invitando a Smendes a admirar y a gozar de la magnificencia de las pinturas. Todo ello formaba parte de una estrategia que perseguía ponerle nervioso, pensó el general. Evidentemente, no había que ser ninguna lumbrera para descubrir enseguida que, ni en todo su esplendor ni con todas las obras que había ordenado construir el faraón, Tanis podía compararse con Tebas, que arrastraba siglos de trabajos bajo la experta dirección de los grandes arquitectos pagados por los sacerdotes. Si Herihor pretendía restregarle por la cara esta realidad y enviarle el mensaje de que, a partir de entonces, todo aquello estaba bajo su administración, él lo aceptaría. Perder una batalla no significa haber perdido la guerra.

El general sonrió divertido y aún aminoró más el paso. Incluso obligó a Butehamón a detenerse para contemplar alguna figura o leer alguna de las gestas de Ramsés III, que figuraban entre la decoración del palacio.

Ahora era Smendes quien marcaba el ritmo. ¡Cómo tenía que ser!

Finalmente, llegaron frente a unas enormes puertas de madera y los dos sacerdotes que las guardaban las abrieron para dejar pasar al invitado de Herihor.

Smendes primero se sorprendió, al ver que los guardias habían sido sustituidos por sacerdotes, pero inmediatamente comprendió su significado. Herihor quería dejar muy claro que había ocupado el puesto de sumo sacerdote y que se había tomado muy en serio que el faraón le hubiese confirmado con el gesto de acompañarle sin rechistar. ¡Bien! Lo hecho, hecho está. Más vale mirar hacia el futuro.

Dentro de la sala con columnas que suportaban un techo decorado con motivos guerreros de las batallas que había ganado el gran Ramsés III, Herihor paseaba meditando. Para recibirle había escogido vestirse con la falda blanca del sacerdocio, pero no lucía el collar. Cuando menos, no quería apabullarlo, pensó Smendes. E internamente se lo agradeció.

Nada más ver a su invitado, Herihor salió a su encuentro y con mucha cortesía le rogó que le acompañase y que se sentara junto a él. No había soberbia en su voz, sino deseo de amistad.

—¿Has descansado bien? —le preguntó, cuando ya se habían sentado.

—He podido descansar y meditar con calma —respondió Smendes.

—Eso es bueno —dijo Herihor— ¿Y has llegado a alguna conclusión?

—Sí —contestó Smendes—. Creo que es absurdo que dos hombres que rigen los destinos de Egipto, no vayan en la misma dirección.

—Ramsés es la voz de Egipto. Él es el faraón —replicó Herihor.

—Ramsés reina, pero sabes muy bien que no gobierna. De hecho tú has demostrado sobradamente que quien de veras manda en Tebas no es precisamente él. Por lo menos, en este asunto, yo no albergo ninguna duda.

—Entonces, tienes razón, porque yo veo muy claro que quien manda en Tanis, eres tú y no él. Es absurdo que nos enfrentemos —corroboró Herihor.

—Quizás tendríamos que encontrar la manera de entendernos —Smendes sonrió.

—Podríamos llegar a un acuerdo satisfactorio que nos permitiese delimitar nuestras áreas de influencia —sugirió Herihor, y guardó silencio.

—Yo también lo había pensado —dijo Smendes, y añadió—: Desde Cush hasta Nubia será tuyo, y el norte será mio.

—Cuando hablo de áreas de influencia, no pienso en espacios físicos —respondió Herihor—. Si hablásemos de territorios reales, pensaría en Harday, para dividir Egipto.

—Harday se encuentra demasiado al norte —Smendes negó lentamente, con la cabeza.

—Cuando aún discutíamos si tenía que venir o no a Tebas para liberarla, Penehasy llegó con sus hombres hasta Harday y la destruyó —recordó Herihor—. Si no fuimos capaces de defenderla desde Tanis, lo más lógico es que pertenezca a Tebas. ¿No crees?

El argumento era sólido, pero ceder todo aquel territorio..., reflexionó Smendes.

—Ahora todo será distinto —respondió—. Una vez destronado el faraón, las decisiones las tomaremos nosotros y puedo asegurarte que Harday no quedará sin defensa.

—¿Ves el peligro que comporta hacer divisiones físicas? Sin apenas darnos cuenta ya estamos hablando de destronar a Ramsés —exclamó Herihor.

—¿Cómo podemos, sino, repartirnos Egipto, si tenemos un faraón? —replicó Smendes sorprendido.

Evidentemente, para él, no había otro camino que la desaparición del faraón para poder establecer la partición del territorio.

—¿Y por qué repartirnos Egipto como si fuera una manzana o un higo? ¿No crees que dividir es debilitar y sumar es fortalecer? —dijo Herihor, y negó con la cabeza —. No podemos prescindir de él, porque Ramsés es la unidad y nosotros somos la dualidad. Si se rompe la unidad, Egipto desaparecerá.

—Entonces no entiendo lo que me propones, porque resulta más que evidente que el faraón y nosotros somos opuestos. No podemos coexistir —replicó Smendes.

—A menudo la existencia del contrario justifica mi existencia. Pero también, a menudo, no me doy cuenta de que los contrarios también son complementarios —explicó Herihor, sonriendo—. Sin alguien que ha sido salvado no puede existir uno que lo haya salvado. Es decir: el que es salvado justifica la existencia del salvador. Y uno sin el otro, a pesar de que pueden parecer contrarios, no existen. Porque, bien mirado, no son contrarios, sino complementarios. El día existe, porque existe la noche; la sombra existe porque existe la luz; el frío existe, porque existe el calor. En nuestro caso, la unidad justifica la dualidad, y al revés. No podemos pretender que Egipto exista si nosotros lo dividimos en dos. Por lo tanto, a pesar de que parezca contradictorio, el faraón es la garantía de esta unión.

—¿Pretendes que todo siga igual?

—Aparentemente, sí. Pero sólo en apariencia. Egipto tiene dos grandes poderes: el administrativo y el religioso. Tú serás la cabeza de la administración real y virrey del norte y yo seré el Primer Profeta de Amón y virrey de Cush. Tú gobernarás Tanis y yo Tebas; tu serás quien dirija a los funcionarios y yo a los sacerdotes; tú mandarás el ejército del norte y yo el del sur. Y ninguno interferirá en las decisiones del otro —respondió Herihor.

—¿Y cuál será el límite de nuestros territorios? —preguntó Smendes.

—No hay límites. El poder administrativo no interfiere en el poder religioso, ni el religioso en el administrativo. Tú llegas hasta Tebas y yo llego hasta Tanis.

—¿Y el ejército, hasta dónde llega?

—Hasta Harday.

Smendes se quedó callado, pensativo.

—Aceptaré este límite, si tú aceptas que en lo tocante al exterior, cuando pactemos con los países del este, del oeste, del sur y de más allá de las aguas del mar, la representación de Egipto corresponda a Tanis.

—Acepto.

—De acuerdo —Smendes asintió—. Harday será el límite del poder de los ejércitos.

Nodyme escuchó en silencio todas las explicaciones de Herihor, sobre cómo había discurrido la entrevista con Smendes.

Cuando su marido acabó, ella sonrió y lo miró a los ojos.

—Ramsés no ha protestado porque hayas usado el collar de sumo sacerdote, pero en ningún momento te ha nombrado Primer Profeta de Amón —exclamó.

—Smendes ha aceptado que yo sea el Primer Profeta. Así que la aceptación de Ramsés es tácita —respondió Herihor.

—Sí, pero dentro de muy poco llegará Baketourel y ella no es como mi hermano. Enseguida se dará cuenta del significado de esta aceptación, tácita como tu dices, y le mostrará que es un error. Entonces, Ramsés irá a buscar a Amenhotep y lo restituirá en su cargo, alegando que tú habías ocupado el puesto de sumo sacerdote interinamente y que la prueba es que no te ha nombrado Primer Profeta de Amón. Luego sacará la excusa de que te necesita en Tanis y... —reflexionó Nodyme, y dejó en el aire la última frase.

—Smendes...

—Smendes ha quedado muy bien contigo, que de eso se trataba —dijo Nodyme.

—Pero has sido tú, quien me ha pedido que hablase con él y que llegásemos a un acuerdo —Herihor no sabía a dónde quería ir a parar su esposa.

—¡Claro que sí! Era necesario. ¿No crees? —dijo ella—. Sin embargo, ahora me doy cuenta de que Baketourel, aunque sólo sea para llevarle la contraria a su marido, puede convencer a Ramsés de que tú has obrado igual que Penehasy y has usurpado un cargo que no te pertenece.

Herihor se quedó pensativo. No podía pedir a Ramsés que le nombrase Primer Profeta, porque sería tanto como aceptar que sólo era sumo sacerdote y el faraón, que hasta aquel instante seguramente ni siquiera había reparado en ello, podía empezar a reflexionar y tomar decisiones que no convenían. Tampoco podía hablar con Smendes y solicitar su ayuda para convencer a Ramsés, porque manifestaría la vulnerabilidad de su posición y todo el largo razonamiento sobre la unidad y la dualidad, la división de poderes, la partición de los territorios, las responsabilidades compartidas y toda aquella historia se vendría abajo.

—Rezaré a los dioses para que Baketourel no haga ninguna locura —dijo, finalmente.

—Pides a los dioses un milagro que está fuera de su alcance, porque cuando la reina se enfada, incluso tiemblan los templos —respondió Nodyme con una sonrisa, y negó con la cabeza—: ¿No esperarás que Baketourel venga y se marche sin haber dejado su huella? Si ha decidido viajar hasta aquí es para arrebatarle la gloria a Ramsés y dejarlo una vez más como un idiota. Ya la conoces.

—Entonces, estoy perdido —exclamó Herihor, y se quedó en silencio.

Si quería permanecer en Tebas, pocas opciones le quedaban, como no fuese enfrentarse directamente al faraón y a Smendes.

—Hay una manera de conseguir que el faraón te nombre Primer Profeta, sin que tengas que pedírselo —dijo Nodyme, y Herihor la miró a los ojos—. La esposa del

Primer Profeta tiene que ocupar el cargo de Gran Concubina de Amón. Pero, yo no he llegado hasta ahora. De manera que tú tienes que nombrarme. Si el faraón asiste a esta ceremonia, significará que te ha confirmado en el cargo de sumo sacerdote y que ha aceptado que eres Primer Profeta de Amón. No de forma interina, sino permanente, porque tu esposa será la Gran Concubina de Amón.

——Y eso habría que hacerlo antes de que llegase Baketourel —exclamó Herihor, mientras asentía lentamente.

—¡Exacto! —confirmó Nodyme, y añadió—: Tenemos que preparar la ceremonia en silencio, sin que nadie, excepto nosotros, se entere hasta el mismo día, como si fuera una sorpresa que tú me reservas a mí, y cuando ya nadie esté a tiempo de reaccionar.

—No será tan fácil —dijo Herihor—. Habría que involucrar a Smendes, sin que se dé cuenta, y preparar toda la ceremonia sin que nadie sospeche.

—No. Smendes es peligroso. Pianj y Uaraktir pueden echarte una mano —replicó Nodyme—. Pero sin que lo sepa nadie más.

—Es imposible —Herihor negó con energía.

—No, si me dejas hacer a mí.

*** ***

Ramsés consideró que era una gran idea, aquello de conmemorar la reconquista de Tebas con una gran ceremonia que llamarían del Renacimiento y que significaría un antes y un después para recordar a todo el mundo que Egipto volvía a ser un país poderoso que tenían que respetar. Y la hizo suya.

—¡Magnífica! —alabó la iniciativa, y respiró hondo para llenar sus pulmones del aire de la tarde—. Ya podéis prepararlo todo. Que los sacerdotes diseñen la ceremonia.

—Y que lo preparen todo para cuando llegue Baketourel —intervino Nodyme.

—¡Ah! ¡Claro! La llegada de Baketourel —exclamó Ramsés, contrariado. Hasta aquel instante todo había sido positivo, pero, al oír el nombre de la Gran Esposa...

—No sé si podremos esperar —meditó Herihor, y Ramsés le interrogó con la mirada—. Sirio aparecerá dentro de quince días, que es el inicio del año.

Ramsés se quedó en silencio. Si la Gran Esposa llegaba antes de la ceremonia, seguramente querría tomar decisiones y mandar en todo. Y la excusa sugerida por Herihor para no esperarla era muy acertada. Sirio nunca se ha retrasado. ¡Ni siquiera por el capricho de una reina!

—Es la Gran Esposa de Amón —exclamó Nodyme, simulando sorpresa.

—Cierto, pero si dejamos pasar la llegada de la estrella Sirio, tendremos que esperar otro año. Podemos enviar un mensaje a la reina para que se dé prisa —dijo Ramsés.

—Tus deseos son órdenes. Ahora mismo enviaré un mensajero, aunque no sé si llegará a tiempo —respondió Herihor, hizo una reverencia y se dirigió hacia la puerta.

Nodyme también dedicó una reverencia al faraón y siguió el mismo camino que su marido.

—Tenemos que darnos prisa —dijo Nodyme, cuando ya habían abandonado la sala del trono—. Si

Baketourel llega a tiempo, es capaz de evitar la ceremonia del Renacimiento y deshacer nuestros planes.

—Las últimas noticias decían que la reina ya estaba a punto de zarpar —confirmó Herihor—. Y sería una lástima que se perdiese la ceremonia —añadió con una sonrisa.

—Tienes razón. Todos hemos podido comprobar que el faraón sentiría una gran pena —concluyó Nodyme, y también sonrió.

*** ***

A sus cincuenta años, Nenhere ya no podía correr y andar tan deprisa. Su respiración se alteraba y su rostro enrojecía como un tomate. Pero, bien tenía que hacerlo.

Llegó a las habitaciones de Tahme cuando las demás sacerdotisas concluían la delicada tarea de maquillar a la Divina Adoratriz, entró y tuvo que descansar para recuperar las fuerzas.

—¿A qué viene tanta prisa? —preguntó Tahme.

—Hoy, en Karnak... —dijo Nenhere, y de nuevo respiró hondo para poder recuperar el aliento.

—¿Qué sucederá en Karnak? —preguntó Tahme, y apartó con la mano la sacerdotisa que le arreglaba la peluca.

—Nodyme será nombrada Gran Concubina de Amón. —Nenhere acabó la frase y agachó la cabeza.

Los ojos de Tahme se abrieron hasta que casi se le salían de las órbitas.

—¿Hoy? —preguntó, incrédula.

—Durante la fiesta del Renacimiento del faraón —dijo Nenhere.

—¿Hace días que preparan la fiesta y no te has enterado hasta ahora? —preguntó Tahme, con rabia.

—Butehamón dice que nadie lo sabía, porque Herihor quiere darle una sorpresa a su esposa.

—Una sorpresa... —Tahme asintió lentamente—. Pues, lo ha conseguido —murmuró, y se puso en pie de un salto—. ¡Vamos! Tenemos que impedirlo.

—No puedes —dijo Nenhere, y la detuvo cogiéndola por los brazos y negando con la cabeza.

—Debo impedirlo. ¿No lo entiendes? —exclamó Tahme, con resentimiento en la mirada.

—No puedes hacer nada para impedirlo —dijo Nenhere, y siguió negando con la cabeza.

Tahme se quedó quieta, con los brazos desmayados a lo largo de su cuerpo, mirando a Nenhere. De pronto, se soltó con energía y salió a la terraza para dirigir sus ojos hacia el nordeste, hacia Karnak.

Nenhere hizo una señal para que las sacerdotisas abandonasen la habitación y las dejaran solas, y ella se quedó en la puerta de la terraza.

Tahme se volvió hacia Nenhere y la miró. Sus ojos eran duros como una roca y fríos como el viento de la noche en el desierto. Respiraba agitadamente y se mordía los labios.

—Yo tenía que ser la Gran Concubina de Amón. ¡Yo y únicamente yo! —gritó, mientras cogía la jarra de agua que había sobre la mesa y la estrellaba contra el suelo.

Nenhere se acercó e intentó abrazarla, pero Tahme la rechazó y prorrumpió en llantos mientras se arrodillaba y se doblaba sobre sí misma. Nenhere se acercó de nuevo, se arrodilló junto a ella y la abrazó.

Ahora, Tahme no se resistió, sino que se acurrucó como una criatura.

—Eché a Penehasy porque no quería concederme el título de Gran Concubina de Amón; me entregué a Herihor porque él podía concedérmelo; y ahora Nodyme me lo ha robado —dijo Tahme entre sollozos.

—Ya encontraremos la manera...

—¿Cómo? —exclamó Tahme, y se apartó de Nenhere—: Nodyme será la Gran Concubina de Amón, la primera de todas, y yo seguiré siendo la Divina Adoratriz. Siempre la segunda. ¡Nunca la primera! —La miró con rabia, y prosiguió—: No tendría que haberte escuchado y tendría que haber permitido que Herihor eyaculase en mi interior. Entonces habría quedado embarazada y él habría repudiado a Nodyme. Pero, fui tan estúpida que hice caso de tus palabras y no fui a buscarle ni le llamé. Tu decías que con el faraón aquí y con su esposa, no era el momento adecuado. ¿Y qué ha sucedido? ¡Mira!

Nenhere se adelantó y la asió por los hombros, con fuerza.

—Herihor no habría repudiado Nodyme aunque te hubiese dejado embarazada, y tú lo sabes muy bien. Es la hermana del faraón y tú sólo eres una nubia llegada de Asuán —le contestó—. ¿Ya has olvidado que yo conseguí que Penehasy te nombrase Divina Adoratriz? Te he enseñado a tratar a los hombres; te he mostrado el arte de la interpretación y de la seducción; te he vestido, te he maquillado y te he peinado como nadie podría hacerlo; te he explicado que no debes permitir que ningún hombre eyacule en tu interior, porque éste es el inmenso regalo que ofrecerás a quien ha de merecerte. Ni Penehasy ni Herihor eran para ti. ¡Maldita sea! —La sacudió por los hombros—. Te he enseñado todo cuanto sabes y yo te aseguro que, si haces lo que te digo, serás la Gran Concubina de Amón y Nodyme perderá lo que más ama y tendrá que callar. Pero, debes tener paciencia. ¿Lo entiendes? —Entonces, respiró hondo, sonrió, la abrazó y dijo, con dulzura—: Ahora te vestiremos y asistirás a la ceremonia como si nada hubiera sucedido.

*** ***

Durante toda la mañana se habían ido congregando en el interior de los muros del conjunto de Karnak seis mil sacerdotes y dos mil sacerdotisas en la que sería la más fastuosa ceremonia que nunca había acogido aquel recinto.

Llegado el mediodía, en medio del lago sagrado de Karnak, rodeados de pequeñas barcas llenas de sacerdotisas que cantaban, Herihor, ataviado con las ropas de sumo sacerdote, dirigía las oraciones que recitaba el ejército de seis mil voces masculinas que se había distribuido por todo el recinto, en perfecta formación, mientras que Ramsés, tocado con el *pszheut*, símbolo de las dos coronas de Egipto, del Alto y del Bajo, ejecutaba la ofrenda a Amón ante el fuego que quemaba sobre el altar enteramente de alabastro negro, que habían levantado expresamente para aquella celebración y que estaba cubierto de flores.

El agua del lago aparecía como una alfombra de pétalos y desde las partes más altas de los muros del templo los sacerdotes lanzaban más pétalos de todos los colores imaginables, que en su caída danzaban empujados por la ligera brisa y competían y se confundían con la riqueza cromática de las pinturas de las fachadas del templo, de las columnas, de los capiteles y de los techos.

Las seis mil voces de los sacerdotes, recitando las oraciones con la cadencia que sólo es capaz de imprimir quien ya lleva muchos años en el templo, se sumaban a las dos mil voces femeninas de los cánticos de las sacerdotisas, creando un conjunto harmonioso, mezcla de tonos graves y agudos, que podía oírse desde muy lejos gracias al ligero viento que transportaba los sonidos.

En el lado oeste del lago, delante de los muros del templo de Amón, el general Smendes, su esposa Tentamón, Pianj y Uaraktir permanecían en pie detrás de Tahme, que como Divina Adoratriz presidía los coros de las sacerdotisas, repartidas en cuatro grupos de quinientas, cada uno bajo la dirección de cada una de las responsables de los cuatro *phylaes*.

Nenhere también asistía, pero estaba situada en el extremo sur del lago. Nodyme y Pinedyem no aparecían por ninguna parte, pero Ramsés no les había echado en falta. Estaba tan pendiente del espectáculo...

Todo era magnífico, todo era grandioso, todo era inmenso, todo a la medida de un faraón. Y las paredes de los templos, mudos testigos de la historia, acabarían por reflejar en imágenes aquel día y lo convertirían en uno de los más importantes de todos los tiempos, de todas las dinastías y de todos los reinados. Por esta razón, cada movimiento de sus manos y de sus brazos, tanto si era para tomar el incienso y lanzarlo al fuego, como si se alzaban para reclamar la atención de los dioses o se abrían para poder abarcar todo el lago, de un extremo al otro, seguían una cadencia voluntariamente retardada para alargar aquellos instantes de máxima plenitud. Todos los presentes estaban pendientes de él: de lo que hacía, de lo que decía, de su sonrisa beatífica, de sus palabras, de su vestido, de sus movimientos... ¡Oh, dioses! Nunca había sido tan feliz como allí, en medio del lago.

Una vez acabada la ofrenda, Tahme levantó los brazos y las sacerdotisas enmudecieron. Herihor también levantó los brazos y se hizo un gran silencio, únicamente roto por la ligera brisa que chocaba con las grietas de las rocas, hábilmente diseñadas para obtener notas musicales que acompañaban las palabras del faraón.

—Egipto vuelve a ser una gran nación —gritó Ramsés—. Con esta ceremonia queda proclamado el Renacimiento, porque a partir de hoy se inicia una nueva era.

—Con la llegada de Sirio, iniciamos el primer día del primer año de la nueva era del glorioso reinado de Ramsés XI, a quien los dioses han bendecido con la victoria sobre el usurpador Penehasy —recitó Herihor.

Un griterío ensordecedor se levantó e inundó todo el éter, desde una punta a otra de Karnak.

Ramsés estaba eufórico y levantaba los brazos para atraer aquellos gritos hacia él y quedárselos o tragárselos, porque abría la boca y respiraba como si quisiese arrebatar todo el aire a la mañana.

Herihor levantó las manos y el griterío se detuvo. Ramsés se quedó con los brazos al aire y poco a poco los bajó y después cerró la boca. Entonces, el sumo sacerdote extendió su mano hacia el lado este del lago, las barcas de las sacerdotisas se apartaron y apareció otra barca sobre la que se acercaba Nodyme en compañía de su nieto Pinedyem y de cuatro sacerdotisas, cada una representando un *phylae*. La esposa del sumo sacerdote lucía un vestido nupcial.

Smendes miró significativamente a su esposa, que negó con la cabeza. Ella no estaba al corriente de nada y no entendía nada. Ramsés ponía cara de idiota. ¿Qué significaba aquello? No recordaba que nadie le hubiese mencionado aquella parte del programa.

Cuando la barca llegó junto al altar, Herihor ofreció su mano a Nodyme, que la tomó y bajó para reunirse con él.

—Es el año del Renacimiento y te ruego que bendigas nuestro matrimonio en la nueva forma —dijo Herihor.

—¿La nueva forma? —preguntó Ramsés.

—Querido hermano, Herihor, sumo sacerdote y Primer Profeta de Amón, como su esposa que soy, me reclama como Gran Concubina de Amón y yo me ofrezco humildemente. Por eso pido tu bendición, de la misma manera que nuestro padre, y entonces faraón, bendijo nuestra unión —dijo Nodyme, y bajó los ojos con humildad.

—¡Bien! Tenéis mi bendición —exclamó Ramsés, con una gran sonrisa. ¡Qué podía hacer, sino!

—Con la bendición de Ramsés XI, señor del Alto y del Bajo Egipto e hijo predilecto de los dioses, Nodyme, esposa de Herihor, Primer Profeta de Amón, queda proclamada Gran Concubina de Amón —gritó Pinedyem, muy alto.

Un nuevo griterío se alzó y el joven se sintió transportado hasta el infinito al imaginar que sus palabras habían desencadenado aquella euforia. Entonces, se volvió, tomó el collar de oro y de turquesas que una de las sacerdotisas traía sobre una bandeja y lo puso alrededor del cuello de su abuela.

Desde el extremo sur del lago, Nenhere escuchó la voz de aquel muchacho. Era uno de los numerosos nietos de Nodyme y de Herihor. Después miró a Tahme. La Divina Adoratriz había interpretado su papel a las mil maravillas. Como siempre. No en vano había tenido una gran maestra en el arte de la interpretación y había aprendido a sonreír en los peores momentos.

—¿Y ahora que tengo que hacer con Herihor? —había preguntado Tahme, cuando Nenhere la peinaba.

—Herihor ya no existe para ti —había respondido Nenhere—. Ya no volverá a visitarte. Nodyme es demasiado poderosa y debes tener paciencia.

—Tú me dijiste que yo seré reina —exclamó la Divina Adoratriz.

—Serás enterrada en el Valle de las Reinas. Lo he soñado. ¡Te lo juro! —había respondido Nenhere con voz profunda.

La ceremonia acabó a media tarde y el faraón se retiró a descansar. Todo el mundo recordaría aquel día, no dejaba de repetir Ramsés cuando la barca lo conducía a la otra orilla del Nilo. Él había preferido viajar de pie, sobre la barca, con la mano en el pecho, contemplando el horizonte y respirando hondo.

—El nuevo Egipto ya es una realidad —comentó Tentamón a Smendes, aquel anochecer, cuando se retiraban a dormir.

—Sí —exclamó Smendes, con una amplia sonrisa —. Herihor ha sido muy hábil. Ahora nadie podrá discutirle su legitimidad. Ni siquiera Baketourel. Sin embargo, su ambición ha hecho que se quede aquí, lejos de Tanis, y me ha dejado el camino expedito para convertirme en el sucesor de tu padre. Cuando yo sea faraón y Herihor muera, Egipto volverá a ser una sola nación, porque el faraón es el señor de todo y el representante de los dioses y ningún sacerdote está por encima de él.

—Cuando Baketourel llegue a Tebas y descubra que la idea de no esperarla ha salido de Nodyme, la nueva Gran Concubina de Amón caerá en desgracia y arrastrará a su marido, que perderá toda opción a ser el sucesor de Ramsés —Tentamón también sonrió—. No creo que la Gran Esposa constituya ningún problema en tu camino hacia el trono. Y menos aún después de que escuche de mis labios la versión de los hechos.

En el otro extremo de palacio, en las habitaciones especialmente preparadas para acoger a la Gran Concubina de Amón, Herihor ordenó salir a todas las sirvientas y se quedó sólo con su esposa.

—Hace mucho de tiempo que tú y yo no contemplábamos juntos las estrellas y hoy no habrá luna —dijo.

—Es cierto —respondió ella, y se sentó en la cama.

Herihor apagó los seis candiles que colgaban de las columnas y se sentó junto a ella. El azul del cielo se oscurecía cada vez más y ya empezaban a aparecer los primeros puntos plateados del gran cedazo del universo.

Nodyme se fijó en que del cuello de su marido pendía el escarabajo sagrado y era consciente de que no se lo había quitado ni cuando se colgó el collar de sumo sacerdote. En silencio, apoyó su cabeza en el hombro de Herihor, que la abrazó con ternura.

«A pesar de que eres más joven, más hermosa y en edad fértil, te he vencido», pensó Nodyme, y sonrió en mitad de la oscuridad, bajo un universo de estrellas.

SEGUNDA PARTE

2.1 – UNA TUMBA PARA UNA REINA

¿**D**ónde enterraremos a la abuela?, se preguntó Pinedyem al día siguiente de la muerte de Nodyme, nada más despertarse. No había dejado de pensar en toda la noche. Incluso había soñado con ello.

Beder seguramente ya estaría embalsamándola. Días antes de la muerte de la que había sido la gran reina del Alto Egipto ya tenía preparados los baños, los aceites, los perfumes, las sales y los instrumentos. Sí, todo bien dispuesto para trabajar. Como siempre.

Pinedyem recordaba el día... o mejor dicho... la noche, cinco años atrás, que entró en la guarida de un embalsamador y descubrió todo aquel despliegue de ganchos de diversas medidas que servirían para vaciar la cabeza de su abuelo, diestramente ordenados un junto a otro; las piedras de sílex, magníficamente talladas en forma de media luna para poder rasgar la piel del cadáver con un corte limpio y certero; los cuchillos perfectamente afilados para poder extraer las vísceras; y el hilo y las agujas para coserlo una vez concluidas las demás tareas.

Beder no tendría mucho trabajo con el cuerpo de Nodyme. Era tan pequeño...

El rey de Tebas practicó sus abluciones con calma, con mucho esmero y poniendo todo su interés en sentir el agua que resbalaba por su piel. ¿Dónde enterraremos a la abuela?, se preguntó de nuevo. Quizás, lo mejor sería hablar con Sharek y solicitar su consejo.

Asdebej, su mayordomo personal, le trajo la ropa, pero no le ayudó a vestirse. Pinedyem había aprendido a hacerlo él sólo cuando mandaba el ejército y había continuado practicando esta costumbre cuando accedió a la dignidad de Primer Profeta de Amón, Rey del Alto y del Bajo Egipto, Señor de los Dos Países, Hijo Corporal de Ra, Hijo de Amón y Comandante del ejército.

Los cocineros de palacio habían dispuesto una mesa llena de comida, donde incluso había pescado y carne. El pescado lo habían obtenido la tarde anterior, porque en Egipto, debido a las altas temperaturas, el pescado hay que consumirlo rápidamente o tirarlo. Por lo respecta a la carne, evidentemente no había de cerdo, porque ese animal es la representación de Seth, el dios del mal que asesinó a su hermano Osiris, y los sacerdotes consideran que este alimento produce residuos superfluos que el cuerpo tiene que eliminar. Entre los alimentos consumidos por los sacerdotes de Tebas tampoco existe la carne de carnero, por ser justamente la representación de Amón, ni las cebollas, porque crecen en cuarto menguante y, además, hacen llorar. Finalmente, durante las épocas de purificación, eliminan la sal de su dieta, porque estimula el hambre y obliga a comer y a beber más.

Pinedyem había decidido purificarse antes del entierro de su abuela. De manera que únicamente comió fruta. Tampoco tenía demasiada hambre. Se había levantado sin haber descansado demasiado bien, y ya sabía que siempre que algo le inquietaba perdía el hambre. Pero, lo más curioso era que no podría definir exactamente el motivo de su desazón, aunque no era la primera vez que le ocurría. Desde pequeño, en diversas ocasiones, se había levantado ansioso, sin conocer la causa de su desasosiego. Después, durante el día, tenía lugar algún hecho que justificaba la preocupación. Lo malo era que siempre resultaba negativo. ¿Qué puede suceder hoy?, se preguntó. ¡Bien! Ya había aprendido que no hay que obsesionarse. Lo que tuviera que suceder, sucedería.

Terminó la fruta y se puso en pie para dirigirse al despacho que tenía junto a la sala del trono. Por el camino recordó el día en que murió su padre, Pianj, de accidente, cuando el carro que conducía perdió una rueda y él cayó con tan mala fortuna que se rompió el cuello. En aquella ocasión Pinedyem se sintió huérfano y perdido, pero fue un pensamiento pasajero. Tenía frente a él el reto de ponerse a la cabeza del gobierno de Tebas y el peso de la responsabilidad le impedía pensar en sí mismo. No resultó nada fácil, pero afortunadamente contaba con su abuela.

Sin embargo, ahora, con la desaparición de la que había sido la gran madre de Tebas, el sentimiento de orfandad dejaba paso a la certidumbre de que todos los que tenía delante se habían ido y que él constituía la nueva primera línea. Detrás de él vendrían sus hijos y sus nietos, pero por ley de vida, él sería el primer en enfrentarse a la muerte.

A primera hora se reunió con Sharek. El Segundo Profeta era un hombre juicioso e inteligente, que había gozado de la confianza de su abuelo y de su padre. A la muerte de Pianj, Pinedyem también lo había confirmado en el cargo a instancias de Nodyme. Y era una buena elección. ¡Sin duda!

—Ya hace semanas que temía que llegase este momento —dijo Pinedyem—. Es curioso que mi padre tuvo que enfrentarse a una situación muy difícil, que no tiene nada que ver con la decisión que yo he de tomar. Sin embargo, me siento como si... No sé cómo expresarlo.

—Normalmente, la mejor manera de comunicar algo es la más sencilla —dijo Sharek, con una sonrisa que invitaba a hablar.

—Hay quien dice que Nodyme merece ser enterrada en el Valle de las Reinas, pero hay otros que apuntan que si Herihor no fue enterrado como un rey, ella no puede ser enterrada como una reina. Por otro lado, el pueblo comenta que su reina (¡su reina!) merece una tumba de dimensiones colosales.

—¿Y qué dice tu corazón?

—Se muestra dividido. Verás: dentro de unos meses seré padre por primera vez y recuerdo que el día que Henut-Tauy me comunicó la buena nueva, desconozco la razón, pensé en Tahme. Y esta pasada noche he vuelto a soñar con ella. He visto su imagen tendida junto a mí, desnuda, con la cabeza apoyada sobre su mano y aquella sonrisa que iluminaba su rostro. ¡Oh, dioses! ¡Cómo llegué a amarla! —dijo Pinedyem, y se quedó mirando a Sharek, a los ojos.

El Segundo Profeta no contestó, sino que bajó la mirada y se quedó en silencio.

—Recuerdo que fueron unos días horribles. La verdad es que me resulta difícil hallar un sólo calificativo que me permita definir todas las vivencias que tuvieron lugar en muy poco tiempo, pero que cambiaron completamente la historia de Egipto y mi vida —siguió hablando Pinedyem—. Seré padre por primera vez y soy feliz con Henut-Tauy, pero Tahme... ¡Oh, dioses! — Suspiró, negó con lentos movimientos de su cabeza y sus ojos se humedecieron.

Sharek se acercó y le puso la mano en el hombro.

—Sé que la que fue Divina Adoratriz significó mucho para ti, porque te vi llorar su pérdida, pero no olvides que Tahme es el pasado y Henut-Tauy es el presente que también lleva dentro tu futuro hijo, el que de veras nacerá —respondió Sharek.

—Sí. Tienes razón —Pinedyem se rehizo, se secó la lágrima que amenazaba con escapársele y respiró hondo —. ¡Nodyme fue una gran reina! ¿No crees?

—¡Bien! Cuando menos, ya has tomado una parte de la decisión y ahora ya sabes cómo la enterrarás. Como a una reina. Ahora sólo tienes que decidir dónde —dijo Sharek.

—Hoy mismo, antes de que el sol desaparezca, habré tomado una decisión —sentenció Pinedyem.

Durante toda la mañana, el rey de Tebas despachó diversos asuntos y recibió algunas visitas. «Mantenerse ocupado despeja la cabeza de preocupaciones y las ideas aparecen más claras». Aún así, la tensión con que se había despertado seguía presente y no desaparecía.

Hacia el mediodía decidió descansar un rato y se retiró a sus habitaciones, pero tampoco sirvió de nada. Al contrario: el nudo que tenía en el estómago no le dejó reposar.

A primera hora de la tarde se dirigió a la sala que había junto a la del trono, donde tenía desplegados los planos y los dibujos de la decoración final del templo de Jonsu, la del pilón principal.

Entonces le vino a la mente que Herihor había hecho decorar la sala hipóstila y, antes de morir, había dado la orden de que acabasen de construir el patio y que lo decorasen según los dibujos de Sharek, cosa que se realizó bajo el reinado de Pianj. Y ahora que pensaba en este detalle, tenía la extraña sensación de que había algo que se le escapaba. ¿Qué es?, se preguntó mientras observaba el dibujo del pilón que tenía ante sí. ¿Qué es?, no dejaba de repetirse.

O quizás no era el dibujo, sino... ¿Qué había dicho Sharek? Había dicho que... Pero... ¡Era imposible! No, no podía ser.

Se quedó quieto y en silencio, y su mente hizo un salto en el tiempo y fue a parar a aquella noche, cinco años atrás, cuando acababa de morir un rey.

2.2 - ¿DÓNDE ESTÁ EL REY?

¡Qué noche, aquélla!, recordaba Pinedyem. Cinco años atrás, dormía junto a la habitación de su padre. Tal vez por causa de la muerte de su abuelo, que le había afectado sobremanera, le costó mucho conciliar el sueño y, cuando lo consiguió, resultó tan ligero que se despertaba al menor ruido, por ínfimo que fuese. Volvía a tener la sensación de peligro que tanto le molestaba y le inquietaba desde que era un niño, cada vez que se producía un hecho que le afectaba de muy cerca, y a sus veintiún años aún no había conseguido superarlo.

Su sueño era tan ligero que, cuando ya estaba oscuro y el palacio de Ramsés III, al oeste de Tebas, permanecía en silencio, el sonido de unos pasos lo despertó. Prestó atención.

Butehamón había cruzado la sala del trono, había salido al patio, había enfilado el pasillo que daba a los dormitorios (aquí era dónde Pinedyem se había despertado), había abierto la puerta de la habitación de Pianj, había depositado el candil sobre la mesa, se había dirigido hacia la cama, se había detenido a dos pasos del cuerpo masculino enteramente depilado, incluso con la cabeza rapada, que reposaba, y había tosido ligeramente, tal como tenía por costumbre hacer cuando tenía que despertar a su señor. Y ahora, a pesar de que su señor era otro, seguía haciendo lo mismo, de idéntica forma y con idéntica energía.

Pinedyem, en la oscuridad de la noche, se incorporó para poder escuchar lo que sucedía al otro lado del muro.

Al ver que Pianj no se despertaba, Butehamón repitió la tos simulada, pero con mayor fuerza. Entonces, el yerno de Herihor, abrió los ojos y le miró.

—Ha llegado un mensajero de Karnak —anunció el mayordomo en voz baja—. Llega sudando —añadió.

Con aquellas dos palabras juzgó que bastaba, que lo decían todo y que no era necesario esforzarse para dar a entender que el mensaje sin duda era importante y urgente.

—¿Y qué quiere a estas horas? —preguntó Pianj, medio dormido.

El mayordomo se dio cuenta de que no había contado con el hecho de que a Pianj, tras un largo (¡larguísimo!) día, le costaría despertarse y que quizás no captaría el valor de cada palabra. Tal vez tendría que ser un poco más explícito.

—No lo sé, señor —dijo—. Sólo ha dicho que trae un mensaje muy importante de Yenes, que le ha ordenado que te lo comunique personalmente. Parece muy urgente —añadió, inclinando la cabeza ligeramente a un lado y arqueando las cejas.

Pianj se incorporó y se frotó los ojos para espabilarse un poco.

Al otro lado del muro, Pinedyem recordó que la muerte de Herihor, su abuelo y Primer Profeta de Amón, a pesar de que ya era un desenlace esperado por todos desde hacía días, había representado un buen lío. A todas las complicaciones que significaban preparar la ceremonia del funeral y preverlo todo para el gran momento en que su padre se proclamaría sucesor, había que sumarle que Herihor no había dejado instrucción alguna sobre el lugar en donde deseaba ser enterrado.

—Todas tus energías son para al templo de Jonsu y ninguna para construir tu tumba. Ni siquiera has decidido dónde quieres ser enterrado —recordaba Pinedyem que le había dicho un día.

—Aun estoy vivo —había respondido su abuelo.

—Sí, pero en el templo nos enseñan que tenemos que pensar en nuestra muerte, porque los dioses pueden llamarnos en cualquier momento.

—Para mí es más importante el presente que el futuro. ¿Qué habría sido de mí, si hubiese muerto en el campo de batalla y mi cuerpo hubiera quedado allí y hubiera sido devorado por un animal?

—No había pensado en ello —había respondido Pinedyem—. Entonces, seguramente, los dioses harían algo.

—Es muy posible —había sonreído Herihor—. Por lo menos, yo confío en ello.

¡Bien! Quizás el lugar dónde ser enterrado no era el problema principal. Nodyme decidiría por su marido y como tumbas vacías las había a puñados...

Otra cosa eran las implicaciones políticas que tendría aquel hecho luctuoso. Seguramente la noticia de la muerte del Primer Profeta de Amón ya estaría viajando hacia Tanis. ¡Por supuesto! Todos sabían que Smendes disponía de sus propios informadores para mantenerse al corriente de cuanto sucedía en Tebas y que no se fiaba un pelo de lo que ellos pudieran comunicarle. Y el faraón, azuzado por Smendes, que ocupaba el cargo de visir del norte y había sido nombrado su heredero, no tardaría mucho en reclamar el Alto Egipto.

Por esa razón, Pianj, días atrás, al ver la inminencia del desenlace de la enfermedad de Herihor, se había reunido con Uaraktir y con Pinedyem para prever un posible ataque por parte del ejército del norte y se habían pasado los últimos dos días planteando la estrategia de defensa. El padre de Pinedyem no quería cometer los mismos errores que Penehasy.

De manera que se sentía exhausto y necesitaba descansar.

¿Qué podía ser tan importante como para que Yenes se atreviese a molestar a su padre?, se preguntó Pinedyem. Seguro que Pianj aún luchaba con el sueño y que aquel despertar sobresaltado no le había hecho ninguna gracia ni le había sentado nada bien. Ni a su cuerpo ni a su mente ni a su espíritu. Conocía muy bien a su padre y sabía que, si bien era capaz de mantenerse despierto durante tres días enteros, cuando se dormía ya no había quien lo despertase.

—Que entre —oyó Pinedyem que bramaba la voz de su padre, después de oírle bostezar un par de veces.

Butehamón salió. La poca luz que emergía del único candil que permanecía encendido colgando de una columna invitaba a volver a dormirse. Pianj bostezó otra vez. Dos lágrimas saltaron de sus ojos. Le costaba horrores mantenerlos abiertos. Como no sea nada importante..., pensó mientras volvía a frotarse los ojos y bostezaba por cuarta vez. ¡Dioses! Si cerraba los ojos, aunque sólo fuera para pestañear, se quedaría dormido, se dijo, y los párpados cayeron sin que él se diese cuenta.

Sin embargo, la puerta se abrió de improviso y apareció el mayordomo acompañado por un soldado, que se adelantó, dobló una rodilla hasta tocar el suelo y agachó la cabeza ante la autoridad. Esta entrada casi violenta permitió que Pianj volviera a abrir los ojos. Hizo un gesto con la mano para que el soldado se alzara y hablase.

—Me envía Yenes para rogarte que me acompañes —dijo el soldado, y se quedó callado.

Pinedyem, en la habitación de al lado, se levantó y se acercó a la cortina que cubría la puerta que separaba las dos estancias y, justo antes de entrar, se detuvo.

—¿Éste es todo el mensaje? —preguntó Pianj sorprendido ante aquellas palabras. Sorprendido y enfadado—. ¿Que te acompañe? ¿Sólo eso?

—No me ha dicho nada más, pero algo grave ha sucedido. —El soldado dudó, pero siguió hablando—: Yo estaba de guardia en la puerta nordeste del templo de Jonsu. Al llegar la medianoche Yenes se ha ido, como siempre. Parecía cansado. Poco después ha regresado. Creo que se había olvidado algo. Ha entrado en el templo. Inmediatamente después he oído una voz que me llamaba y que provenía del otro lado del pilón. He entrado y he encontrado a Yenes en la puerta, junto a los trabajos de construcción que se realizan en el patio. Estaba apoyado en uno de los bloques de piedra y tenía una expresión de espanto como nunca había visto, como si se le hubiesen aparecido todas las almas de los muertos. Ha venido hacia mí, me ha agarrado por el brazo... —el soldado calló un instante, buscando las palabras más adecuadas, y corrigió—: Mejor dicho: se ha colgado de mi brazo para no caerse, y con los ojos muy abiertos, a punto de salírsele de sus órbitas, y voz temblorosa, me ha dicho que venga a buscarte. Le he preguntado qué sucedía, pero él me ha empujado con energía y me ha dicho, casi gritando, que vinieses a buscarte y que te rogara que me acompañes. Al ver la palidez de su rostro, y aquellos ojos, no me he atrevido a discutir, he salido corriendo, he cruzado los pilones, la sala hipóstila del templo de Amón y el patio de la tríada, he tomado la barca que había en el muelle de madera, he atravesado el Nilo y no me he detenido hasta llegar aquí.

¿Qué significa toda esta historia?, se preguntó Pianj, y todo el sueño que arrastraba desapareció.

Al otro lado de la cortina, Pinedyem también se extrañó. Yenes trabajaba desde la salida del sol hasta que ya no podía más. Nodyme le había ordenado que dedicase todas las horas que fuesen necesarias para acabar de embalsamar el cuerpo de Herihor lo antes posible, pero que lo hiciese él, personalmente, sin ayuda de nadie. La reina había dicho que sólo podía confiar en el jefe de los embalsamadores, tal como había hecho su marido. Por eso hacía tres días que Yenes prácticamente no dormía más allá de unas pocas horas.

—¿Si estabas delante del templo de Jonsu, no habría sido más lógico buscar la puerta sur para venir aquí? —preguntó Pianj.

—Las puertas del sur permanecen cerradas durante toda la noche, señor. Además, siempre hay una barca en la puerta oeste a punto para cruzar el Nilo

—Tienes razón —aceptó Pianj, tras una ligera reflexión. Con los ojos cargados de sueño, la cabeza no rige con claridad. Entonces se volvió hacia el mayordomo —. Tráeme la ropa —ordenó. Después se dirigió de nuevo al soldado—. ¿Lo has dejado allí, sólo, a Yenes?

—Karnak está plagado de centinelas.

—Te estoy hablando del templo de Jonsu.

—Sí, allí sólo estábamos Yenes y yo. El patio está lleno de piedras, tierra y agujeros y Sharek ha ordenado que se cierre el templo hasta que concluyan los trabajos. De manera que, de noche, no hay nadie y, por lo tanto, no es necesaria demasiada vigilancia. Sólo estamos otro centinela y yo en el otro extremo del patio grande, justo detrás del templo de Ramsés III y delante del de Jonsu, que, desde nuestro puesto, vemos todo lo que sucede. Nadie puede entrar ni salir sin que él o yo le veamos —respondió el soldado.

—¡Quieres darte prisa! —gritó Pianj, y Butehamón se presentó enseguida con una falda, unas sandalias y una capa para vestirlo.

Pinedyem no pudo resistir la tentación y entró.

—¿Qué haces despierto? —preguntó su padre.

—Vuestras voces me han despertado —respondió.

—Pues, ya que te has levantado, vístete y ven conmigo —ordenó Pianj.

Poco rato después Pianj y Pinedyem abandonaban los dormitorios acompañados por el soldado, cruzaban el pasillo, la sala del trono, salían de palacio y se dirigían al embarcadero.

¿Qué podía haber pasado para que Yenes se asustase tanto?, no dejaban de preguntarse Pianj y Pinedyem, por separado, en silencio. Tanto uno como otro sabían muy bien que el jefe de los embalsamadores no perdía fácilmente los nervios. Ya estaba más que harto de tratar con los muertos, con las almas, con los seres del otro mundo y con la oscuridad de la noche.

La barca les aguardaba y cinco soldados, escogidos de entre la guardia personal, les acompañaban. A pesar de que el embarcadero y el canal que comunicaba el palacio con el Nilo estaban iluminados con candiles protegidos del viento, uno de ellos llevaba una antorcha. El soldado con el candil subió el primero y se situó a proa. Los demás a popa. Pianj y Pinedyem se sentaron en el banco que había en medio de la barca. Los remeros empujaron la nave para apartarla del embarcadero y se adentraron en el canal. Cuando alcanzasen el río no dispondrían de luces que los guiasen.

Las aguas reflejaban lo que podrían tomar por los fantasmas de unos hombres aparecidos en mitad de la noche, deslizándose sobre un espejo negro, mientras que el silencio sólo era roto por las pequeñas olas que levantaba el paso de la barca.

Ya hacía unas horas que las sombras habían tomado Karnak y que todos dormían cuando los dos centinelas de la puerta oeste vieron acercarse la barca. Nada más tocar el muelle de madera, dos remeros saltaron con una cuerda en la mano para atarla y permitir que Pianj y Pinedyem pudiesen abandonarla sin el menor tropiezo. También bajaron los cinco soldados y el centinela enviado por Yenes. El soldado que llevaba la antorcha, la dejó colgada de uno de los muros. En el interior del templo no les haría falta y ya la recogerían cuando regresasen.

Pianj no miró a los centinelas. Atravesó el patio seguido por Pinedyem, por el hombre que había ido a buscarle y por los cinco soldados de su confianza, cruzó el segundo pilón, entró en la sala hipóstila del santuario de Amón, siguió por el tercer y cuarto pilones, torció a la derecha, hacia al suroeste, y acabó saliendo al exterior por la primera puerta lateral. Entonces se dirigió directamente hacia el templo de Jonsu, distante doscientos *mehs*.

Una vez ganado el pilón de Jonsu, torció a la derecha, justo a la entrada del patio, donde todo estaba lleno de herramientas, tierra y piedras. Sorteó los obstáculos y buscó la habitación que Yenes había preparado para recibir el cuerpo de Herihor y embalsamarlo.

Pinedyem aún no entendía por qué la reina se había emperrado tanto en que Yenes procediese a embalsamar el cuerpo de su marido en aquella pequeña habitación dentro del muro del templo. Por más que intentaron razonar con ella y hacerle ver que aquel recinto estaba patas arriba, ella contestó que Herihor así lo había querido y que aquel templo era su casa, porque el Primer Profeta era hijo carnal de Amón y, por lo tanto, hermano de Jonsu.

—¿Dónde está Yenes? —preguntó Pianj, al encontrar que la habitación estaba a oscuras y que allí no había nadie.

—Yo le he dejado aquí, en la puerta de fuera —respondió quien había ido a buscarle.

Pianj salió de Jonsu y se dirigió hacia el centinela del otro extremo del patio grande para preguntarle dónde había ido el jefe de los embalsamadores.

—No le he visto salir. Yo diría que aún debe estar dentro —respondió el soldado.

Pianj regresó a Jonsu y entró de nuevo en el patio. Allí sólo se veían piedras, tierra, enseres y herramientas pertenecientes a los obreros, a los artesanos, a los decoradores y a todos los que trabajaban en la finalización del patio.

—¡Yenes! —gritó, pero nadie le respondió—. Traedme una luz —ordenó.

Uno de los soldados salió, se dirigió al patio grande, cogió un candil que había en un rincón y regresó para iluminar el patio de Jonsu.

Entonces, Pianj y Pinedyem, a la luz del candil que sostenía el soldado, se pasearon por entre las piedras amontonadas y los pequeños montones de tierra. Allí no había ni un alma. Pianj hizo una señal para que le siguiesen hasta la habitación que Yenes usaba para embalsamar el cuerpo de Herihor.

Entraron. Primero el soldado que sostenía el candil, luego Pianj, después el centinela y finalmente

Pinedyem. El centinela se quedó en la puerta, observando el interior, y los demás soldados se quedaron fuera.

Fue entonces cuando Pinedyem descubrió la mesa llena de utensilios para embalsamar y se impresionó.

—¿Dónde se habrá metido ese idiota? —exclamó Pianj.

Y en aquel preciso instante sus ojos se detuvieron sobre la mesa grande, donde los ayudantes de Yenes habían depositado el cuerpo de Herihor.

¡Oh, dioses! ¡Estaba vacía!

Pianj, desconcertado, se volvió hacia el centinela que había ido a buscarle, y que en aquel momento ponía cara de idiota.

—¿Dónde está el cuerpo de Herihor? —preguntó, y el soldado alzó los hombros y las manos con las palmas hacia arriba—. ¿Dónde está Yenes? —preguntó entonces, por segunda vez, con voz llena de rabia, y al no obtener respuesta gritó—: Traedme al centinela que hay al otro extremo del patio grande.

Pinedyem, tan desconcertado como su padre, no dejaba de mirar por todos los rincones. El cuerpo de su abuelo tenía que estar allí, en alguna parte.

El soldado que hacía guardia en la puerta lateral de la sala de los pilones, la que se encontraba delante del pilón del templo de Jonsu, no aportó mucha luz a todo aquel misterio. Juró y perjuró por todos los dioses que no se había movido de su puesto y que los únicos seres vivos que había visto aquella noche eran Yenes, cuando llegaba y cruzaba el patio, y el soldado que estaba de guardia en la puerta del templo de Jonsu. No había oído ningún grito. Sólo podía decir que su compañero había abandonado el puesto de guardia para entrar en el patio del templo de Jonsu y había vuelto a salir inmediatamente después para cruzar el patio y pasar por su lado sin decirle nada. Y ya no le había vuelto a ver hasta hacía unos momentos, cuando todos, con Pianj a la cabeza, habían llegado por la puerta lateral. Nada más.

—¿Y Yenes? —preguntó Pianj.

La verdad es que volvía a preguntar por Yenes porque no sabía por dónde empezar.

—Le he visto entrar cuando ha llegado y ya no le he visto salir más —repitió el centinela lo que ya había dicho.

Pianj volvió a mirar en el interior de la habitación, sin ventanas, únicamente con una pequeña abertura en el techo, muy alta, para que durante el día entrase la luz y se escapara el calor para ser sustituido por el aire fresco que entraba por la puerta. Evidentemente, por aquella abertura era imposible que Yenes hubiese salido. Estaba a tanta altura que pensarlo ya resultaba una estupidez y era tan pequeña que imaginar que el cuerpo del jefe de los embalsamadores podía pasar no dejaba de ser otra estupidez. De manera que únicamente podía pensar que estaba por allí, dentro de Karnak.

—¡Buscadlo! —ordenó Pianj—. Si es preciso despertad a todo el mundo. Pero, lo quiero aquí.

—Hace dos días que Nodyme se ha trasladado a las habitaciones que hay junto a los propilenos del sur, por estar más cerca de Herihor —dijo Pinedyem—. Quizás sería conveniente buscar sin armar demasiado escándalo.

—Tienes razón —aceptó Pianj—. Buscad por todas partes, pero procurad que la reina no se despierte ni sea molestada.

Los soldados asintieron y se dieron la vuelta para salir. Pinedyem hizo ademán de acompañarles.

—Vosotros quedaos —ordenó Pianj a los dos centinelas, mientras cogía por el brazo a su hijo y lo retenía. Entonces se encaró con el soldado que había ido a buscarle—. ¿Qué significa todo esto?

—No sé nada, señor —respondió el centinela, con voz temblorosa—. Yo sólo he hecho lo que se me ha ordenado.

—¿Quién ha entrado aquí? —preguntó Pianj en un tono impaciente.

—Yenes —repitió el centinela—. Nadie más.

—¡No puede ser! Aquí ha entrado alguien más y ha robado el cuerpo de Herihor —insistió Pianj, casi gritando.

—Mientras yo estaba de guardia, no ha entrado nadie, señor. Lo juro por todos los dioses. De lo que ha sucedido después, cuando he abandonado mi puesto para venir a buscarte, no puedo decir nada.

Pianj lo miró a los ojos. El pobre desgraciado estaba asustado y parecía sincero. Entonces clavó sus pupilas en el otro.

—¿Has estado aquí toda la noche?

—Llevo aquí desde antes de la caída del sol. No me he movido ni un instante de mi puesto y sólo he visto a Yenes.

—¿Y no has visto a nadie más? —insistió Pianj, que cada vez entendía menos lo que estaba sucediendo.

—No, señor —respondió el soldado, que también empezaba a sudar.

—¡Que venga Sharek! —exclamó Pianj, mirando a Pinedyem.

Albert Salvadó

2.3 – UN MISTERIO

Sharek vivía en unas dependencias anexas al templo de Amón en Karnak. Siempre había sido sacerdote, siempre había vivido allí y cuando Herihor lo nombró Cuarto Profeta no vio la necesidad de trasladarse ni de abandonar su vida austera.

Pinedyem corrió hacia su habitación, entró sin pedir permiso y no le encontró.

—¡Ah! —El joven se asustó.

¡Otra desaparición!, casi estuvo a punto de gritar. Salió al pasillo, anduvo unos pasos y tropezó con uno de los guardias del templo.

—¿Dónde está Sharek? —preguntó.

—Hace un rato que le he visto dirigirse a la capilla de Amón —informó el soldado.

Pinedyem echó a correr hacia el santuario, entró en la sala hipóstila y después en la capilla. Allí, en medio de la penumbra únicamente rota por la llama de los candiles que colgaban de los muros, distinguió la silueta de Sharek, que permanecía de pie, con la barbilla baja en actitud de recogimiento, los ojos entornados y las manos con las palmas vueltas hacia arriba.

Se acercó deprisa y le tocó el brazo. Sharek abrió lentamente los ojos, respiró hondo, regresando de su estado de meditación, bajó las manos y le miró.

—¡Menos mal que te he encontrado! —exclamó Pinedyem. Se le veía tenso.

—No podía dormir y he venido a rezar a los dioses por el *ka* de nuestro Primer Profeta —respondió Sharek, con el tono de voz de quien se encuentra en paz consigo mismo—. ¿También has venido a rezar?

—Pianj me envía a buscarte.

—¿A estas horas? —se extrañó Sharek.

—Vamos, deprisa. Ha sucedido algo que...

Pinedyem lo agarró por el brazo y tiró de él, mientras empezaba a explicarle lo que había sucedido.

—Herihor ha desaparecido... no está... quiero decir que el centinela... el que estaba en la puerta... la del templo de Jonsu... no el otro, sino el primero... el que estaba de guardia en...

El joven hablaba muy rápido, en desorden, pretendiendo contarlo todo a la vez y mezclando escenas y detalles que después intentaba corregir para aclarar lo que estaba diciendo, pero no lo conseguía.

—Cálmate —le dijo Sharek, lo agarró por el brazo y lo detuvo un instante—. Respira hondo y deja que tu mente encuentre su equilibrio.

—No hay tiempo —replicó Pinedyem, y tiró de Sharek—. Ha desaparecido...

—Siempre hay tiempo para todo, si no nos lo comemos con nuestro afán de ir siempre por delante de los acontecimientos —sentenció el Cuarto Profeta, se liberó de la mano que le cogía el brazo y se quedó quieto—. Respira —ordenó, en un tono sereno, pero imperioso.

Pinedyem entornó los párpados y respiró hondo un par de veces. Aquellas palabras del Cuarto Profeta de Amón le recordaban a su abuelo. Incluso el tono pausado, con voz profunda y una ligera sonrisa en los ojos, pero con energía. Herihor también sabía sonreír sólo con los ojos, sin necesidad de mover los labios, habilidad que le permitía sosegar a la persona que tenía delante y ofrecerle una confianza que le invitaba a hablar.

—Empieza de nuevo, como si no me hubieses contado nada.

El joven respiró hondo por tercera vez y sonrió.

«La respiración gobierna la vida», decía Herihor a Pinedyem. «En los peores momentos, cuando creas que todo tu entorno te ataca y que te puede vencer, simplemente respira; cuando te imagines que el tiempo se agota, respira. Notarás que el aire que te rodea se calma y que todo aquello que veías como un monstruo tenebroso ni es tan monstruoso ni es tan tenebroso como parecía, porque has pasado de ser dominado a dominar.»

El mundo de Pinedyem, que hasta aquel instante se movía con una velocidad que cada vez se aceleraba más, se moderó hasta adquirir el ritmo que le permitía ser el dueño de sus pensamientos. Todas aquellas imágenes que se precipitaban unas sobre otras, sin orden ni concierto, de pronto buscaban la ubicación correcta y todo los retales de recuerdos, de frases y de vivencias se unían en grupos homogéneos para acabar dibujando un cuadro que tenía forma y color, luz y matices. Las palabras de Sharek acababan de romper la espiral de la demencia y todo retornaba a su lugar. Entonces, mientras se dirigían al patio del templo de Jonsu, el joven fue capaz de explicar con orden lo que había pasado.

—Esta noche un centinela ha ido a despertar a Pianj y le ha rogado que le acompañase. Yo también me he despertado. Cuando hemos llegado al templo de Jonsu el cuerpo de Herihor había desaparecido. Y Yenes, también. Entonces...

—¿Qué significa que también ha desaparecido Yenes? —preguntó Sharek, deteniéndose en seco.

—Pues, que no lo encontramos por ninguna parte —respondió Pinedyem.

—¿Pero... no es él quien ha ido a buscar a Pianj?

—No. Ha enviado al centinela de la puerta.

Sharek se quedó pensativo.

—Vamos, que esto es grave —exclamó—. Y cuéntamelo todo con todos los detalles mientras nos dirigimos a Jonsu

—Herihor siempre decía que eres el hombre más inteligente de Tebas —dijo Pianj, nada más ver llegar a Sharek.

Después lo puso al corriente de las circunstancias que les rodeaban. Se mostraba tan tenso y tan nervioso que no había oído que Sharek le decía que Pinedyem ya se lo había explicado todo.

El Cuarto Profeta escuchó pacientemente todo lo que Pianj tenía que contarle, y no le interrumpió para nada. Tal como estaba aquel hombre, más valía dejarle acabar. Además, una segunda versión siempre aporta detalles de los que la primera carece.

—Encuéntrame a Yenes y que devuelva el cuerpo que se ha llevado. Y procura que sea antes de la salida del sol —acabó Pianj su discurso.

Sharek asintió en silencio. No era momento de pronunciar palabras, sino de actuar.

—¡Espera! —lo detuvo Pianj—. No despiertes a Nodyme. Sólo nos faltaría que ella se enterase de lo sucedido. Si encontramos el cuerpo de Herihor no tendremos que dar explicaciones.

Sharek escogió sacerdotes de su absoluta confianza y les ordenó abrir las puertas de Jonsu y que se quedasen allí. Él entró solo. Recorrió la sala hipóstila de las doce columnas, muy despacio. Lo registraba todo con la mirada, que no hubiese nada extraño o fuera de lugar. Cuando estuvo bien seguro de que allí no había nada anormal, accedió a la parte interior del templo, comprobó que las tres puertas laterales que daban al exterior permanecían cerradas por dentro, examinó todas las salas y dependencias hasta llegar a la capilla que contenía la barca de Jonsu con el pedestal decorado con bajorrelieves y también comprobó que la puerta del propileo, la que daba al camino que conducía al santuario de Mut, estuviese cerrada. Allí no había ni un alma.

Entonces llamó a dos sacerdotes y les ordenó que lo registrasen todo, hasta el último rincón.

—¿Quieres que también comprobemos la escalera que conduce a la terraza y a la capilla del sol? —preguntó uno de los sacerdotes.

—Primero lo haré yo —respondió Sharek—. Vosotros dedicaos a buscar por aquí abajo. Ya os avisaré cuando haya acabado.

Subió la escalera que había en el ángulo sudeste del templo, que conducía hasta la terraza, donde se encontraba la capilla del sol. Registró todos los rincones. Allí tampoco encontró nada anormal. Y se quedó pensativo y extrañado.

Descendió la escalera, se unió a los dos sacerdotes y salieron al patio, donde los demás sacerdotes habían removido todo lo que habían podido.

¡Bien! Allí ya no había nada más que ver.

Sharek ordenó que le trajesen a todos los soldados disponibles y que se uniesen al ejército de sacerdotes que poblaba Karnak. Con una parte de los hombres acordonó el templo de Jonsu y dejó instrucciones precisas para que nadie entrase ni tocase nada. Al resto de soldados y sacerdotes los distribuyó en grupos bajo el mando de oficiales de su confianza y los envió a registrar Karnak de un extremo a otro. Si no encontraban nada, cuando hubiesen terminado, que se dirigiesen a Luxor, que registrasen Tebas entero, el Rameseo, todos los templos desde el Nilo hasta la montaña Tebana, si era necesario, y el Valle de los Reyes, y el Valle de las Reinas y el Valle de los Nobles y... al acabar, si tampoco habían encontrado nada, que peinasen los campos de cultivo y los bosques de los alrededores, que no dejasen una sola piedra sin levantar ni un matorral sin apartar.

—Tendremos que hablar con Nodyme —dijo Pinedyem, al conocer el resultado del primer registro.

—No. Aún no —respondió Pianj.

Poco después los candiles y las velas corrían arriba y abajo, y todos los templos, todas las dependencias, todas las habitaciones, todos los almacenes y todos los rincones de Karnak eran registrados una y otra vez por el ejército de sacerdotes y de soldados a las órdenes del Cuarto Profeta. En el silencio más absoluto. Parecían fantasmas que se movían en mitad de la oscuridad.

—No hay el menor rastro, ni de Yenes ni del cuerpo de Herihor —informó Sharek casi a la salida del sol.

—¡Es imposible! —exclamó Pianj.

—No entiendo cómo Yenes puede haber desaparecido sin dejar rastro —Sharek asintió repetidas veces con la cabeza, mientras manifestaba con un gesto su sorpresa, pero sin perder la calma—. El templo de Jonsu dispone de seis puertas, además de la principal, delante de la que había un centinela. Las seis puertas están cerradas por dentro. Nadie ha podido salir por ellas. Y tampoco ha salido nadie por la puerta principal, porque el centinela de la puerta lateral de la sala de los pilones de Amón sólo ha visto al jefe de los embalsamadores que entraba. Pero no le ha visto salir.

—¿Entonces? —preguntó Pianj.

—Por el momento es un misterio —Sharek frunció los labios, adelantó ligeramente la cabeza, estirando el cuello y alzó las cejas, mientras abría las manos para manifestar su perplejidad—. Tendré que esperar a que salga el sol para poder examinar los alrededores del templo y encontrar huellas. Quizás, entonces, con la luz del día, demos con una explicación y los misterios desaparezcan. Mientras, he ordenado que cierren el templo de Jonsu y que dispongan soldados alrededor para evitar que nadie pise más de lo que ya han pisado.

—Si crees que es necesario, aguarda hasta que salga el sol, pero encuentra una explicación —dijo Pianj, y se marchó con paso firme.

Pinedyem se le unió.

—Padre, tendríamos que hablar con la reina —repitió Pinedyem.

—Aún no —respondió Pianj, otra vez.

—Tiene que saber lo que sucede —insistió el joven.

—¿Sí? —Pianj se detuvo y le miró a los ojos—. ¿Y qué podemos contarle, ahora mismo? ¿Que el cuerpo de su marido ha desaparecido...? ¿Que se ha esfumado...? Que...?

¡Dioses! ¡Aquello era una locura!

Pianj respiró hondo y soltó todo el aire de los pulmones de un soplo. Ya sólo le faltaba aquella insensatez para acabar de coronar una situación harto complicada.

Nadie dudaba de que Smendes aguardaba la noticia de la muerte de Herihor desde hacía años, desde que Herihor le propuso repartirse Egipto. El visir del norte, tras la gran derrota que padeció en el terreno político a manos de Herihor, había aprendido a tener paciencia y a no despreciar a nadie.

«Un rival inteligente que, además, es paciente y reflexivo, es un enemigo muy peligroso que esperará su gran oportunidad», decía Herihor.

Y ahora Uaraktir no tenía la menor duda de que esta oportunidad empezó a gestarse la mañana en que el

Primer Profeta cayó en el templo, hacía poco más de cinco semanas. Pianj estaba cerca y corrió para ver qué había sucedido. Herihor se levantó enseguida y continuó cómo si nada hubiese pasado.

—He tropezado como un idiota —había reído.

Pianj había respirado más tranquilo.

Sin embargo, dos días más tarde, el cuerpo de Herihor se dobló y cayó por segunda vez en el templo. En esta ocasión Uaraktir estaba con él y pensó que podía tratarse de uno de los momentos de éxtasis que le sobrevenían de cuando en cuando. Pero, en aquella ocasión duraba demasiado. Se acercó y vio que el rostro de Herihor estaba congestionado a causa del dolor.

—¿Qué te sucede? —había preguntado Uaraktir, asustado.

—Ayúdame y no digas nada a nadie —había ordenado Herihor, alargando el brazo para que lo levantase.

El Tercer Profeta lo levantó y lo arrastró hasta las habitaciones de los sacerdotes. Ordenó llamar a los médicos, que lo examinaron, a pesar de que Herihor protestaba y decía que aquello era pasajero y que dentro de un rato volvería a estar en pie.

Uaraktir observó la expresión de incredulidad en el rostro de los médicos, que no hablaban delante del paciente.

—Los huesos no le sostienen y se le rompen —dijo uno de ellos.

En estas circunstancias, no había que hacer ningún esfuerzo mental para descubrir que la mirada de aquellos hombres dejaba claro que no se trataba de ningún hecho ni aislado ni pasajero, sino que representaba un episodio más que anunciaba que el camino empezaba a estrecharse para anunciar el final. De manera que el fiel compañero avisó a Nodyme.

El Primer Profeta ya no pudo levantarse. Fue trasladado a palacio y su esposa se hizo cargo personalmente del enfermo. No se apartaba de su cama ni un instante y sonreía y hacía de tripas corazón cuando se miraban.

Herihor tenía la mente muy clara. Quizás, como nunca la había tenido. Decía que tenía que dar gracias a Amón porque le estaba liberando de la pesada carga de tener que ordenar a su cuerpo que caminase y que se moviese y que toda aquella energía podía dedicarla a pensar, a meditar, a reflexionar y a descubrir el camino que conduce hasta el centro del universo.

—Hay un centro —decía tendido sobre la cama, mirando hacia la ventana, hacia el cielo azul—. Está ahí —señalaba con el dedo—. Seguro. Y desde el centro puedes verlo todo: pasado, presente y futuro.

Pianj iba a verle todos los días, varias veces.

—Esta mañana he llamado al escriba real y le he dictado mis últimas voluntades. Prepárate, porque tu serás mi sucesor —le había dicho Herihor, una tarde.

—¿Y tu tumba? —había preguntado Pianj. Se sentía triste y se le hacía un nudo en la garganta cada vez que veía a Herihor en aquellas condiciones.

—No es momento de pensar en detalles, sino de construir el futuro de Egipto —le había interrumpido Herihor

—Pero, no has ordenado construir ninguna tumba para ti, no sabemos...

—Dejo en vuestras manos la decisión de escoger un lugar dónde enterrarme. Que se encargue Nodyme —había vuelto a interrumpirle Herihor—. Lo que ahora me preocupa es la reacción de Smendes. Él ambiciona el imperio entero y buscará la menor excusa por venir y reclamar lo que se imagina que le pertenece. Seguro que ya sabe que me encuentro muy enfermo y seguro que ya ha empezado a disponer las tropas. Egipto no puede caer otra vez en el caos que significa tener un faraón débil. El orden que impere ha de ser otro muy distinto.

—Smendes hizo un pacto contigo y siempre lo ha respetado —había replicado Pianj.

—Hicimos un pacto. Es cierto. Y lo hemos respetado escrupulosamente. También es cierto. Ni él ha interferido en mis decisiones ni yo en las suyas; él ha dirigido la administración y yo el poder religioso; él ha mandado el ejército del norte y yo el del sur. Pero ahora todo será diferente, porque él es el sucesor de Ramsés —dijo Herihor, calló un instante, respiró hondo y prosiguió —: ¿Qué pasará con Penehasy? Le hemos alejado hasta más allá de las cascadas, pero Smendes ya se encargará de que le llegue la noticia de mi enfermedad. El rey de los nubios es un ambicioso y no tardará en ponerse en marcha con el afán de vengarse. Estamos en medio de dos fuerzas que pretenden el mismo trono. Es la posición más delicada y tendremos que luchar o esperar un prodigio. Prepáralo todo.

Aquella misma tarde, Pianj había reunido a Halep, a Uaraktir, a Sharek y a Mendyebet, el otro comandante. Halep sería su consejero. Uaraktir se desplazaría hasta Dendera para organizar las tropas y disponerlas para cuando llegase Smendes. Allí podrían detenerle e impedir que las tropas del norte pasasen por detrás de la montaña Tebana y los atacasen por la espalda. Mendyebet regresaría al sur, a Asuán, y se llevaría más tropas para reforzar las defensas. Penehasy era capaz de cualquier acción para vengarse. Y Sharek se quedaría en Tebas para ocuparse de la administración. Herihor confiaba mucho en él.

De pronto, Pianj se sintió cansado. ¡Cuántas cosas habían tenido lugar en muy pocos días!

—Aquí ya no hacemos nada —dijo, en mitad de la noche, abandonando sus pensamientos, y se dirigió hacia el embarcadero.

Pinedyem interpretó que su padre le quería junto a él y le siguió.

El viaje de regreso a palacio lo hicieron en silencio.

Cuando llegaron, Pianj le comunicó que se retiraba a descansar. Necesitaba dormir un rato y era estúpido permanecer despierto cuando no podía hacer nada más que esperar.

Pinedyem no tenía sueño. Se dirigió al patio y se sentó en un banco. Podía regresar a Karnak para echar una mano, reflexionaba. Sin embargo, seguro que su padre, cuando se despertara, lo llamaría.

Allí, contemplando la salida del sol, recordaba que él se enteró de que Herihor había enfermado cuando regresaba a palacio, después de una larga jornada. Uaraktir le explicó que los médicos lo habían examinado y que habían dicho que no había nada que hacer, que la enfermedad ya estaba muy avanzada y que los huesos se le estaban deshaciendo.

—Sorprende que nunca se haya quejado de dolor —había comentado uno de los médicos—. Este mal que afecta a los huesos es como un demonio.

—¡No puede ser! —había exclamado Pinedyem, incrédulo e incapaz de aceptar la realidad.

—Lo siento —había respondido Uaraktir, y le había pasado el brazo por encima del hombro.

Hay momentos en que, de pronto, nos damos cuenta de que hemos crecido, pensaba Pinedyem al recordar aquellos instantes, hacía unas semanas, cinco a lo sumo. Su primera reacción frente a la noticia de que el gran Herihor moría fue de negación.

—Un hombre como él, no puede morir —recordaba que había dicho, como si aquélla fuese la mayor evidencia de este mundo.

—Únicamente los dioses son inmortales —le había replicado Uaraktir.

El bueno de Uaraktir, el hombre que en cualquier circunstancia siempre había estado junto a su abuelo, su más fiel servidor y amigo, que nunca lo había dejado solo. Y hablaba con resignación, aceptando... ¡Claro que lo aceptaba! ¡Era una realidad innegable!

Fue entonces, por primera vez, que descubrió que su abuelo, por más que él le viese como a un gigante, era un hombre. Simplemente un hombre, y no un dios.

¡Cómo cambia todo! Poco después de llegar a Tebas, Pinedyem pensaba que por fin entraría en el ejército, pero su abuelo decidió que se hiciese cargo de controlar las cosechas y los graneros del templo. Cuando se fue el faraón, tras la ceremonia del Renacimiento, imaginó que había llegado el gran momento, pero su abuelo decidió que se encargase de los trabajos de construcción y de restauración de Karnak. Aquella decisión lo llenó de rabia y de dolor, pero su abuelo sabía cómo tratarle. Ordenó que empezase a recibir instrucción militar, aunque sólo fuese un par de horas por la mañana. El resto del día tenía que dedicarlo a su ocupación principal. Cada día iba a verle y se interesaba por su trabajo y por cómo conseguía que los artesanos trabajasen bien.

«Quien es capaz de ganar siempre las pequeñas batallas, tiene muchas posibilidades de ganar las grandes», le decía cuando él se quejaba de que aquello era un trabajo menor. «Y si concedes importancia incluso a una nimiedad, seguro que nunca cometerás el error de menospreciar una decisión esencial.»

Alentado por las palabras de Herihor, se dedicó en cuerpo y alma a las obras del templo de Jonsu, que había iniciado Ramsés III y que Ramsés IV había completado el santuario y las cámaras internas que lo rodeaban. Desde entonces las obras se habían detenido y no se habían reemprendido hasta aquel momento, con la construcción de la sala hipóstila.

«Aquí escribiremos y relataremos que el faraón hizo la ofrenda a los dioses, después de que Tebas fuera liberada», le explicaba Herihor, mientras se paseaba entre los obreros. «Tus hijos deben tener muy presente que nosotros fuimos capaces de hacerlo. Así ellos sacarán coraje de debajo de estas piedras y Egipto seguirá siendo grande.»

Poco a poco, las columnas se alzaron, y el suelo y el techo se acabaron para permitir que entrasen los artesanos decoradores que habían de esculpir los relieves y pintar las figuras.

En aquellos días Pinedyem miraba a su abuelo y veía un inmenso gigante. Sólo Sharek era físicamente más alto que él, pero eso, en la mente del muchacho, no pasaba de ser un error de la naturaleza, porque la sola presencia de Herihor ya imponía respeto y cuando hablaba su palabra era ley.

El muchacho encontró muy normal que, después de que los artesanos esculpiesen los primeros relieves con la ofrenda que Ramsés XI dedicaba a Amón, el Primer Profeta les ordenase esculpir otros en los que su figura, rompiendo lo que había sido hasta entonces norma sagrada, tuviese el mismo tamaño que la del faraón. Para Pinedyem, Herihor era el hombre más grande de Egipto. Si en aquel momento cerraba los ojos, su memoria podía reproducir fielmente la escena del lago de Karnak, cuando él gritaba bien alto y claro que su abuela había sido confirmada por Ramsés XI como la Gran Concubina de Amón. Aquel día, mientras la barca los conducía, a Nodyme y a él, hasta el altar, se fijó en que su abuelo era más alto que el faraón y más fuerte y que sus vestidos de sumo sacerdote brillaban más y que...

Las obras del templo de Jonsu continuaron. Aún no habían acabado la sala hipóstila que ya se empezó a construir el patio de entrada. Mientras, el tiempo transcurría y Pinedyem creció y abandonó la pubertad para entrar de lleno en la edad adulta. Ya era un joven de dieciocho años, alto y delgado.

«Aquí, en los muros laterales del patio, quiero que me representen así», explicó Herihor un día, mostrando los dibujos que le había hecho Sharek.

Los artesanos se mostraron sorprendidos, aunque no dijeron nada. El dibujo representaba a Herihor haciendo la ofrenda a la tríada de Karnak. Y, por si fuera poco, llevaba el *pszheut*, la doble corona de Egipto, del Alto y del Bajo. Ramsés XI ya no figuraba en el grabado. Había desaparecido.

¿Cómo podía ordenar que lo representasen con el *pszheut*, si aquel símbolo pertenecía exclusivamente al faraón? Ésta era la pregunta que se hacían todos los artesanos, pero que Pinedyem, en aquellos momentos, ni siquiera se planteó. Su abuelo era mucho más grande que Ramsés XI. En todos los aspectos: el militar, el político, el religioso, el administrativo... Los dioses forzosamente tenían que darse cuenta de ello. ¿Por qué, entonces, no podía ser faraón?

«Ya estás maduro. Has aprendido a obedecer sin preguntar. Ha llegado el momento de enseñarte de veras a luchar. Y lo que es más importante: que aprendas a mandar», le dijo Herihor un día.

Pinedyem, al oír estas palabras, hinchó el pecho. Su educación dio un giro. A partir de aquel momento dedicaba todas las mañanas a aprender el arte de la lucha: cómo organizar una defensa, cómo establecer un plan de acción, cómo mover a los hombres, cómo determinar la mejor estrategia, cómo analizar un campo de batalla, cómo aplicar tácticas militares... Y las tardes las dedicaba al arte de la política y de la administración.

Ahora, sentado en el banco del jardín de palacio, mientras Pianj descansaba, Pinedyem acababa de hacerse aquella pregunta: ¿por qué Herihor ordenó que lo representesen con la doble corona?

Sí, se formulaba aquella pregunta de la misma manera que, justo una semana antes de la muerte de su abuelo, un día, de pronto, por primera vez se descubrió huérfano, falto de buena parte de la visión de grandeza y de poder que rodeaba Karnak, habiendo perdido aquella seguridad incuestionable que le hacía sentirse absolutamente al abrigo de cualquier peligro.

No dejaba de ser curioso el cambio que se había operado en poco tiempo, en días o en semanas a lo sumo, y cómo a veces la ilusión de seguridad depende de un solo hombre. La enfermedad de Herihor y el cruel vaticinio de los médicos hacían tambalear todo el edificio construido por el hombre que aguardaba la muerte. A pesar de que Pianj tomó el poder inmediatamente, de que Uaraktir se hizo cargo del ejército, de que Mendyebet partió hacia el sur para reforzar Asuán, de que Halep continuó dando buenos consejos y de que Sharek se volcó al frente de toda la administración, nada era igual. Faltaba la aureola que desprendía la presencia de su abuelo, aquella energía invisible y contagiosa que se extendía por todas partes y que lo cubría todo por entero.

¿Cómo se las apañarían, si Herihor moría?, no había dejado de preguntarse Pinedyem poco antes del fatal desenlace. Y recordaba aquel hombre postrado en la cama en los momentos más brillantes de su vida, cuando en mitad de una reunión, cuando todos hablaban y hablaban sin escuchar a nadie, él se levantaba de la silla y permanecía en pie hasta que todos los presentes enmudecían. Entonces, Herihor señalaba a uno y le daba la palabra. Nadie se atrevía, entonces, a abrir la boca. A partir de aquel instante aplicaba lo que él denominaba el principio de eficacia:

«No hay nada en pasado ni en futuro. Todo existe en presente. Sólo existen el problema y la solución. No quiero oír ni una sola palabra que no sea: el problema es éste y la solución es...», decía, y dejaba la frase en el aire. «No me interesa saber qué podríamos hacer o dejar de hacer...; me aburre saber que si hacemos esto...; no quiero que palabras como *si* o *pero* formen parte del lenguaje de estos momentos; sólo quiero saber qué podemos hacer, en presente. Y ahora viene la gran pregunta: ¿Alguno de vosotros puede decir simplemente podemos hacer... lo que sea?»

Callaba un instante y los miraba a todos, uno por uno, mientras hacía un pequeño gesto con la cabeza y arqueaba las cejas interrogándolos.

«¡Bien! Si nadie puede pronunciar estas palabras, guardad silencio, escuchad, obedeced y no me produzcáis dolor de cabeza.», decía y así se acababan todas las discusiones.

No obstante, en los momentos distendidos le agradaba mantener largas conversaciones, dejando que todos se expresaran con entera libertad, escuchando cuanto tenían que decir los demás.

«Quien escucha más que habla, siempre acaba aprendiendo algo nuevo», le decía Herihor con una sonrisa, cuando Pinedyem le explicaba todo lo que hacía para aprender a mandar las tropas, y lo adornaba con mil palabras.

Lejos quedaban los días en que dirigía obreros, en el templo de Jonsu, que Herihor ordenó desalojar y cerrar para conseguir acabar las obras lo antes posible. Parecía como si se oliese que la muerte lo rondaba. Mantenía largas conversaciones con Sharek, a puerta cerrada, y le encargaba más y más proyectos y dibujos. Todos ellos del templo de Jonsu, que se había convertido en su obra.

¡Un gran hombre!, exclamó Pinedyem, y abandonó el banco para dirigirse a su habitación. Ahora sí, que se sentía cansado.

Estaba a punto de entrar cuando el sol ya aparecía por el horizonte. Ra tomaba posesión de su reino y todo volvía a la vida tras una noche que había resultado mucho más larga de lo habitual, pero sin que hubiese aportado ningún resultado positivo. Sin embargo, estaba convencido (o quería convencerse) de que Sharek no tardaría en venir para comunicarles que, posiblemente, todo no había sido nada más que un malentendido.

¿Malentendido?, se preguntó cuando se tendía en la cama. No había ningún malentendido en el hecho de que Yenes hubiese desaparecido y que dentro de la habitación no se hallase el cuerpo del Primer Profeta. Simplemente era la constatación de un hecho incuestionable. Quizás los dioses habían abandonado Tebas a su suerte por alguna razón. ¿Tal vez porque Herihor había usurpado la doble corona? De hecho, dos semanas antes había tenido lugar una gran desgracia. Diez obreros que trabajaban en el templo de Jonsu habían muerto ahogados cuando su barca se hundió en el Nilo. No se salvó ni uno.

Suspiró, cerró los ojos y se durmió.

2.4 – OTRO MISTERIO

Ra, el dios de la luz y del calor, ya había iniciado su reinado cuando tres sacerdotisas del primer *phylae* se dirigieron a las habitaciones que, desde la muerte de Herihor, Tahme ocupaba dentro del recinto del templo dedicado a la diosa Mut, madre de Jonsu. La Divina Adoratriz había tomado aquella decisión para estar más cerca y no tener que depender de una barca para trasladarse cada vez que se la requería al otro lado del Nilo. Decía que de noche le daba miedo la oscuridad del río. Estaba convencida de que tras las tinieblas se escondían monstruos que podían tragarse una embarcación entera con todos sus tripulantes, y prefería el camino que unía el recinto dedicado a Mut con el dedicado a Amón, porque podía recorrerlo sobre una litera y rodeada de sirvientes que portaban antorchas. Cuando acabasen los rituales y hubiesen enterrado el cuerpo del Primer Profeta, ya regresaría a ocupar sus habitaciones, en el templo de Seti I.

Las tres sacerdotisas llegaron a la puerta y la abrieron sin apenas hacer ruido. Nenhere no las acompañaba. La noche anterior se había quedado dentro para hacer compañía a la Divina Adoratriz, que desde hacía un par de semanas tenía mucho sueño y se levantaba de mal humor. Incluso, dos días antes de la muerte de Herihor, Tahme y Nenhere habían protagonizado una discusión que había concluido con la expulsión de la responsable de las habitaciones privadas de la Divina Adoratriz, que no había vuelto a ser admitida hasta que pidió perdón. Esto había sucedido anoche, y Tahme había aceptado que Nenhere regresara e incluso le había permitido que se quedase toda la noche con ella, como hacía de vez en cuando, tiempo atrás.

Entraron y cerraron la puerta, también sin hacer ruido. En la penumbra se descubría que la habitación era grande y que daba a una terraza cerrada por cortinas, que estaba dos escalones por encima del resto. En un rincón, a la izquierda de la puerta, se adivinaba la mesa y la silla que servían para que pudiesen lavar, maquillar y peinar a la Divina Adoratriz, y sobre una tarima, a la misma altura que la terraza, pero en medio de la estancia, se dibujaba la silueta de la cama.

Mientras una de ellas se dirigía hacia la cortina para descorrerla, las otras dos se aprestaron a coger la caja de los perfumes, la bandeja de las pelucas y los peines y la jofaina con la jarra de agua y se dirigieron a la mesa. Nada más despertarse, la Divina Adoratriz tenía por costumbre practicar sus abluciones, siguiendo el ritual señalado por el libro de las sacerdotisas. Después se sometía a otro ritual, que le era mucho más agradable y que conseguía el milagro de la perfección.

Las sacerdotisas no se sorprendieron por el hecho de que Nenhere no estuviese levantada. Cuando se quedaba con la Divina Adoratriz, conversaban hasta muy tarde y al día siguiente no era de extrañar que las encontrasen dormidas en la misma cama.

En el instante en que las cortinas se movían, la claridad de la mañana empezó a inundar las paredes y las columnas para descubrir la riqueza de la decoración y la magnificencia de las escenas religiosas que las manos más diestras habían dibujado.

De pronto, se escuchó un grito que provenía de la puerta de la terraza y a una de las sacerdotisas se le cayó la bandeja de los peines.

Del mismo marco del portal que conducía a la terraza, colgaba el cuerpo de Nenhere, inerte, con una cuerda alrededor del cuello, con la cabeza torcida, la lengua fuera, y el rostro con los ojos desencajados.

La primera de las otras dos sacerdotisas que consiguió recuperarse de la impresión, echó a correr hacia la cama.

—¡Ay, Osiris! ¡La cama está vacía! —exclamó, mientras se tapaba la boca con las manos y empezaba a temblar.

Escudriñaron todos los rincones de la estancia y de las dos habitaciones anejas, pero allí no había nadie.

Temblorosas, salieron a la terraza, y, temiendo un desastre, una de ellas se asomó al balcón, elevado del suelo casi veinte *mehs*.

—¡Aquí! —gritó, apuntando con el dedo hacia abajo.

Las otras dos sacerdotisas corrieron hacia el balcón y también se asomaron. Allí, abajo, podían distinguir el cuerpo de la Divina Adoratriz que guardaba una extraña postura, boca abajo, con la cara vuelta hacia arriba, un brazo retorcido a la espalda, el otro alargado y con la mano abierta y las piernas dobladas cada una hacia un lado.

Sharek fue el primero en llegar. Se encontraba en las inmediaciones del templo de Jonsu, investigando lo que podía haber sucedido con el cuerpo de Herihor y con la desaparición de Yenes, cuando habían ido a avisarle.

Entró en las habitaciones de Tahme y se quedó petrificado ante la escena. En el suelo, a un lado de la terraza, había el cadáver de Nenhere. Los ojos abiertos parecían mirarle y tenía el rostro completamente desencajado. Se adelantó y examinó atentamente la cuerda que aún colgaba de la viga, ahora vacía. La habían cortado.

Después se dirigió a la cama, donde habían depositado el cuerpo de Tahme, y que estaba rodeada por las tres sacerdotisas, que lloraban desconsoladas.

—¿Quién ha descolgado el cuerpo de Nenhere? —preguntó Sharek.

—Nosotras —respondió una de las sacerdotisas, entre sollozos.

—Sois unas estúpidas —dijo, enfadado.

—Hemos creído... —empezó otra.

Los sollozos se habían detenido de golpe.

—¡Idiota! —la cortó Sharek—. ¿Y quién ha subido el cuerpo de Tahme?

—Nosotros —respondió uno de los dos soldados que estaba en la puerta.

—Por orden de ellas —se apresuró a añadir el otro soldado.

—Estaba en una postura no demasiado decorosa porque se le había subido el camisón —dijo una de las sacerdotisas.

—¿Quizás ella protestaba por ese hecho? —replicó Sharek, negando con la cabeza. ¡Mujeres!, pensó.

Ninguna de las tres sacerdotisas se atrevió a responder. Habían dejado de sollozar y miraban a Sharek con rabia.

El Cuarto Profeta examinó el cadáver de la Divina Adoratriz. Parecía evidente que había muerto al estrellarse contra las rocas. Tenía golpes por todas partes y la ropa estaba echa jirones tras haberse restregado contra el muro en su caída. Después examinó el cadáver de Nenhere. Tenía el cuello roto. Finalmente interrogó a las sacerdotisas y a los guardias.

El segundo en llegar fue Pianj. Había recibido la noticia cuando entraba en Karnak.

—¿Pero, qué está sucediendo? —preguntó, completamente fuera de sí—. ¿Otro misterio? —exclamó, dirigiéndose a Sharek.

—No lo creo —respondió el Cuarto Profeta—. Anoche, las sacerdotisas la dejaron en la cama y Nenhere se quedó con ella; los guardias de la puerta que da a la residencia de las sacerdotisas no han abandonado su puesto y no han visto entrar ni salir a nadie del recinto de las habitaciones. La terraza se encuentra a veinte *mehs* de altura y no hay cuerda ni señal ni huella ni nada que haga suponer que alguien haya trepado y haya vuelto a descender, proeza que evidentemente no se encuentra al alcance de cualquier mortal —explicó, mientras acompañaba a Pianj a la terraza y le mostraba el muro.

—Incluso una lagartija tendría problemas para trepar —dijo Pianj, al ver la verticalidad de aquel muro —. ¿Y dices que no es ningún misterio?

—Por lo que cuentan las sacerdotisas, hace unos días que Tahme y Nenhere sostuvieron una violenta discusión. La Divina Adoratriz echó fuera a Nenhere, que no ha podido regresar hasta que le ha pedido perdón, cosa que tuvo lugar anoche. Por lo tanto, parecería que habían hecho las paces, pero todo apunta que posiblemente no ha sido así.

—¿Qué quieres decir?.

—Posiblemente han vuelto a discutir, en la terraza, y Nenhere ha empujado, voluntaria o accidentalmente, a Tahme, que ha caído y se ha estrellado contra las rocas. Después, al darse cuenta del crimen que acababa de cometer y abrumada por los remordimientos o muerta de miedo ante el castigo que le aguardaba, Nenhere se ha ahorcado. Es la explicación más sencilla. A dos pasos de dónde colgaba el cuerpo de Nenhere, las sacerdotisas han encontrado un pequeño taburete. Seguramente lo ha utilizado para encaramarse y después le ha pegado una patada. Eso habrá hecho que su cuerpo se desplome como un saco y el tirón le habrá roto el cuello.

—Por lo menos, en este caso, tenemos dos cuerpos que enterrar, que en el otro misterio los hemos perdido —dijo Pianj, y se quedó mirando a Sharek.

—Desde que ha salido el sol no he dejado de registrar las inmediaciones del templo. No hay ninguna huella ni ninguna señal de nada. He ordenado que vengan los obreros y que levanten el patio entero para ver si encuentran algo.

—¿Qué quieres decir? ¿Que alguien podría haberlo enterrado aprovechando que hay obras?

—Nunca se sabe, pero es una posibilidad.

—¿Y quien lo ha hecho, cómo habría podido salir sin que le hubiesen visto?

—Las respuestas llegarán de una en una y por orden. Cuando encontremos a Yenes, tendremos la primera respuesta.

—¿Cuánto tiempo tendremos que esperar aún para tener esta respuesta? —preguntó Pianj, desesperado.

Sharek iba a responder cuando entró Pinedyem. El joven llegaba con el rostro desencajado, perdido, y andaba como un sonámbulo. Miró a Pianj y a Sharek y sin despegar los labios se dirigió hacia la cama, dónde se adivinaba la silueta de Tahme escondida bajo una sábana. Se acercó lentamente, con miedo, apartó a la sacerdotisa que estaba junto a la cama y descubrió el rostro de la Divina Adoratriz. Le habían cerrado los párpados y, si no fuera por los golpes y las heridas que cubrían su cara, parecería dormida.

De pronto, Pinedyem soltó la sábana y empezó a gritar como un poseso, mientras abría los brazos y se ponía a temblar como un niño.

Pianj y Sharek se miraron sorprendidos. ¿Qué estaba pasando allí? ¡Quizás todos estaban perdiendo el juicio!

—Saquémosle de aquí —dijo Sharek, reaccionando.

Entre él y Pianj arrastraron a Pinedyem fuera de la habitación.

—¿Pero, qué te sucede? —preguntó Pianj, que no entendía nada de nada.

Poco a poco, Pinedyem dejó de gritar, se calmó y se quedó respirando agitadamente, mientras lloriqueaba.

—¿Quién ha sido? —preguntó, cuando pudo hablar.

—Nenhere —respondió Pianj.

—Pero ya ha pagado su crimen —añadió Sharek.

—Aún no. Quiero que quemen a esa bruja, que borren su nombre, que desaparezca y que nadie, nunca jamás, vuelva a pronunciarlo —dijo Pinedyem, con rabia, lleno de dolor.

—Así se hará —respondió Sharek, mirando a Pianj. Ambos acababan de recibir una buena sorpresa—. Hoy mismo. Y nadie volverá a hablar de ella ni del crimen que ha cometido.

Pianj asintió. Su hijo y Tahme... ¡Dioses! ¿Quién se lo podía imaginar? No salía de una sorpresa que ya se le venía otra encima.

—Y a Tahme la recibirá Mut. Te lo prometo —siguió hablando Sharek al ver que Pinedyem aún no se había calmado completamente—. Rezaré para que así sea y ordenaré a Yenes que la embalsame...

¿Pero, qué estaba diciendo? No podía pedir nada a Yenes, hasta que no le encontrasen.

—Hablaré con Beder, su ayudante principal, y te juro que Tahme tendrá la mejor tumba del Valle de los Nobles —rectificó.

Pinedyem respiró hondo, se enjugó las lágrimas y, más calmado, regresó a las habitaciones de Tahme. Esta vez se arrodilló junto al cadáver y no lo destapó, sino que agachó la cabeza sobre la cama y rezó.

Ahora entendía que no hubiese podido dormir en toda la noche. Presagiaba una gran desgracia, pero... ¿quién podía imaginar una como aquélla? ¿Por qué los dioses tenían que castigarle?, se quejó.

No fue nada sencillo empezar una conversación que se adivinaba difícil. ¿Por dónde comenzar?, se preguntaba Pianj.

—Anoche vinieron a despertarme para comunicarme que el cuerpo del Primer Profeta de Amón había desaparecido —soltó, sin más.

Herihor siempre decía que la manera más sencilla de comunicar una noticia, sea cual sea, era empleando pocas palabras. Sólo que Sharek, que acompañaba a Pianj, pensaba que el yerno de Nodyme quizás se había quedado corto y que era necesario hacer algo al respecto.

—Hemos registrado Karnak y ahora empezamos a buscar en los demás templos. Creemos que dispondremos de noticias dentro de muy poco. Imaginamos que Yenes tiene algo que ver, porque también ha desaparecido, y que cuando lo encontremos a él, resolveremos este pequeño misterio.

Nodyme había escuchado todas aquellas palabras sin reaccionar. Pero, de pronto, abrió los ojos desmesuradamente y pareció como si estuviese a punto de sufrir un ataque. Pianj se asustó.

—Esto es obra de los hombres de Smendes —dijo Nodyme, apuntándoles con el dedo.

—Aún no podemos afirmar nada —respondió Sharek.

—¿Acaso no veis que si no podemos enterrar a Herihor, Pianj no puede acceder al cargo de Primer Profeta? —preguntó Nodyme, casi gritando, y añadió—: Es el fin del sueño de Herihor y el fin del reino de Tebas. Ramsés reclamará el Alto Egipto.

Pianj se quedó de una pieza. No había caído en ello.

—Encontraremos el cuerpo de Herihor —dijo Sharek.

—¿Y si no lo encontráis? —insistió Nodyme en el mismo tono.

—¡Oh, gran Amón! Smendes vendrá y reclamará el Alto Egipto —murmuró Pianj, y asintió con lentos movimientos de cabeza. Ni siquiera escuchaba lo que hablaban Nodyme y Sharek.

—Así es —exclamó Nodyme, mirándole, y también asintió, sólo que con mayor energía que Pianj.

—Hay otra noticia... —dijo Sharek, viendo que Pianj se quedaba en silencio.

Nodyme le miró y Sharek esperó para conceder la oportunidad a Pianj. Pero, éste no reaccionaba. Su mente se había quedado atascada en el hecho de que no podría acceder al cargo de Primer Profeta.

—Hace un rato hemos encontrado el cadáver de Tahme —comunicó Sharek.

—¿Tahme? —preguntó Nodyme, sentada en la sala del trono, sin casi mover un músculo de la cara.

Sharek la miró a los ojos, pero Nodyme siguió mayestática. Milagrosamente (o quizás curiosamente), se había calmado. Ya no gritaba.

—Me han comunicado que hace unos días tuvo una violenta discusión con Nenhere y parecería que esta noche su mujer de confianza la ha empujado y la ha tirado de la terraza —dijo Sharek, y añadió—: Por lo menos, esto es lo que se deduce de la escena que hemos encontrado.

—¿Y ya habéis detenido a Nenhere? —preguntó Nodyme en un tono que daba a entender que aquello la traía sin cuidado.

—No ha sido necesario —respondió Pianj, que acababa de reaccionar—. Ella misma se ha ahorcado.

—Entonces todavía tendremos que agradecerle que nos haya ahorrado una pérdida de tiempo, un juicio y una ejecución —dijo Nodyme.

Ni Pianj ni Sharek podían sorprenderse demasiado ante la frialdad de la reacción de Nodyme. Aquellas dos mujeres se odiaban cordialmente, como decía Herihor siempre que las veía juntas, circunstancia que sólo se daba cuando no quedaba otro remedio.

—La sorpresa ha sido cuando se ha presentado Pinedyem —dijo Pianj—. Nunca habría imaginado que la Divina Adoratriz y él...

—¿Ella y él, qué? —preguntó Nodyme.

—Pues que había algo entre ellos, porque hemos tenido que sacarle a rastras de allí. Cuando ha visto el cuerpo de la Divina Adoratriz poco menos que se ha vuelto loco.

—Haz que Pinedyem venga a verme. En momentos así, una abuela siempre sabe lo que hay que decir —ordenó Nodyme.

Sharek se quedó sorprendido. Esperaba que Nodyme reaccionase con vehemencia al enterarse de que su nieto predilecto era el amante de su gran enemiga. Pero, las mujeres, a veces...

—Le he prometido que quemaremos el cadáver de Nenhere y que nadie volverá a pronunciar nunca más su nombre —dijo Sharek.

—Me parece correcto —aceptó Nodyme, asintiendo.

—Quiere que Tahme sea enterrada en el Valle de los Nobles y que los sacerdotes recen para que Mut salga a recibirla —explicó Sharek.

Nodyme se volvió hacia él y lo miró a los ojos, con dureza.

—Tahme era una nubia venida de las tierras negras. Nunca tuvo la condición de noble egipcia. Obtuvo el título de Divina Adoratriz sobre una cama, abriéndose de piernas a Penehasy, que tampoco era egipcio.

—Tahme ha muerto de forma muy extraña y, si Pinedyem así lo quiere, quizás es que éste es el entierro que merece —replicó Sharek, y añadió—: También le he prometido que respetaríamos su deseo.

Nodyme se puso tensa, pero se relajó y sonrió.

—Quizás tienes razón y éste es el entierro que esta mujer merece —respondió, con un gesto grave—. Además, no querría que por mi causa no pudieses mantener tu palabra y quedases como un mentiroso.

Pianj y Sharek dedicaron a Nodyme una reverencia y abandonaron la sala del trono. Antes de que acabase el día, quedaba mucho por hacer.

—Rezo para que no tengamos más sorpresas —dijo Pianj, cuando se separaban.

—Espero que los dioses te oigan —respondió Sharek.

Llegada la noche, el Cuarto Profeta comunicó a Pianj que todos los informes seguían siendo negativos. Nadie había encontrado ni el menor indicio de nada, nadie había visto nada, nadie era capaz de responder a una sola pregunta y nadie podía aportar un poco de luz para aclarar todo aquel misterio.

—Aún no hemos podido acabar todo el trabajo y todavía queda mucho por registrar —acabó la exposición de los resultados. O mejor dicho: de la falta de resultados.

—Cada hora que pasa nos alejamos más de la posibilidad de encontrar algo. Quizás Nodyme tiene razón y Yenes ha aceptado un soborno de Smendes y le ha entregado el cuerpo de Herihor —dijo Pianj, que llevaba toda la tarde intentando hallar una explicación racional.

—Es absurdo. Yenes gozaba de toda la confianza de Herihor. Nunca haría una cosa así. Además, él no era un hombre fuerte. ¿Cómo habría podido cargar con el cuerpo de Herihor, que le pasaba toda la cabeza y pesaba mucho más que él? —dijo Sharek, negando—. Esta noche registraremos las casas en las que aún no hemos mirado y mañana, con la luz del sol, seguiremos rastreando los campos.

Pianj se sentó. Tanta tensión le había dejado exhausto. ¡Dioses! Prefería mil batallas a aquella tensión.

—Si no encontremos el cuerpo de Herihor, no sé qué haremos —se quejó—. Nodyme ha sido clarividente. ¿Cómo puedo acceder al cargo de Primer Profeta de Amón, si no enterramos al anterior?

—¿Has vuelto a hablar con ella? —preguntó Sharek.

—He intentado hacerlo, pero los médicos me lo han impedido. Se ve que cuando nos hemos ido, ha sufrido un desmayo. Se encuentra muy delicada y los médicos han dicho que necesita reposo. ¡Ya sólo nos faltaría otra desgracia!

—¿Y Pinedyem? ¿Ha ido a verla?

—Al enterarme del desmayo de la reina, he preferido no decirle nada. Ya tendrán tiempo de verse y de hablar.

De pronto, el Cuarto Profeta se apoyó en la mesa para no caerse. Pianj se acercó para sujetarlo por el brazo.

—¿Cuánto tiempo llevas sin dormir?

—Desde que ha empezado toda esta historia —contestó Sharek.

—Ve a descansar.

—Aún no he acabado mi trabajo.

—Te necesito en perfectas condiciones. De manera que obedece y no seas idiota —le ordenó Pianj.

Sharek asintió y se marchó. Lo mejor sería descansar. Habían sido demasiadas emociones juntas. ¡Y demasiadas sorpresas!

Sin embargo, cuando se retiraba a sus habitaciones de Karnak, un sacerdote le comunicó que un soldado había estado esperando para poder hablar con él.

—¿Quién era? —preguntó Sharek, con expresión cansina.

—Ha dicho que su nombre es Menna y que estaba de guardia en la puerta lateral del templo de Amón cuando desapareció Yenes —respondió el sacerdote.

—¿Era importante lo que quería decirme?

—No lo sé. Se ha cansado de esperar y ha dicho que ya regresaría o que ya hablaría con la reina.

—¡Bien!

Sharek se frotó la cara. ¿Aún habría más sorpresas?, se preguntó e hizo un gesto para indicar que había entendido todo lo que acababan de comunicarle, pero que ya era demasiado tarde y que necesitaba dormir.

2.5 – EL AHORCADO

El jefe de la policía de Tebas tenía sesenta años, era bajo y un poco gordo, con unos ojos cansados bajo los que colgaban unas bolsas que dejaban entrever que sus riñones no funcionaban como sería de desear. Respondía al nombre de Tikarbaal, sus antepasados procedían de Biblos y hacía más de diez años que ocupaba aquel cargo, desde antes de que llegase Herihor y echase a Penehasy, que era quien lo había nombrado. Incluso el mismo Tikarbaal se preguntaba la razón que impulsó al nubio a tomar semejante decisión. Mucha gente lo consideraba un hombre honrado y ésta era una cualidad que no figuraba, ni de lejos, en los primeros puestos de la lista de virtudes que Penehasy valoraba. Sin embargo, a nadie le había extrañado que Herihor lo mantuviese en el cargo. El Primer Profeta sabía escuchar y tenía en cuenta la inteligencia. ¡Lástima que las facultades merman conforme avanza el tiempo! No obstante, la gente de Tebas seguía confiando en Tikarbaal y le avisaba enseguida que se producía algún hecho que podía afectar a la policía. Otra cosa era cuando el hecho tenía lugar en el interior de los templos. Allí, Tikarbaal carecía de toda autoridad. Por eso no había intervenido en la desaparición de Yenes y del cuerpo de Herihor ni en la muerte de Tahme.

Sin embargo, ahora era diferente.

A media mañana dos soldados fueron a buscarle. Uno de los grupos que registraba las viviendas había encontrado a un hombre que se había ahorcado del árbol que crecía en el pequeño patio que había detrás de la pequeña casa que ocupaba en uno de los extremos de Tebas Este.

—¿Habéis tocado algo? —preguntó a los soldados.

—El oficial nos ha ordenado no tocar nada y venir a buscarte —respondió uno de los soldados.

—¡Bien! —exclamó Tikarbaal—. ¡Mose! —gritó, y apareció un hombre de cuarenta años, alto y fuerte—. Tenemos trabajo. Acompáñame —ordenó, y siguió a los soldados que habían venido a buscarle.

Cuando llegó a la casa vio que el oficial había dejado un guardia en la puerta para impedir que los vecinos entrasen a chafardear o a apoderarse de algo. De hecho, muchos de los habitantes de Tebas razonaban que un muerto ya no necesita nada y si los familiares no se apresuran, quizás es que no sienten mucho interés.

La casa era pequeña. Constaba de una habitación, una cocina y un patio. Parecía que nadie había tocado nada. El soldado de la puerta le siguió, pero Tikarbaal lo detuvo. Ya llevaba consigo un ayudante y no necesitaba más.

—No toques ni pises nada que yo no haya examinado —ordenó a Mose.

Su ayudante sabía muy bien que no tenía que tocar nada ni caminar delante de su jefe, pero Tikarbaal siempre repetía la misma canción. Por si acaso.

Observó atentamente la habitación, que servía de sala para recibir visitas, de comedor, de dormitorio y de todo lo que fuera necesario. Tenía una comuna a la que se accedía subiendo un escalón. No había muebles. Tan sólo una mesa pequeña, que servía para comer, y una silla. No parecía que recibiera muchas visitas, pensó Tikarbaal. La gente normal suele tener dos sillas, por si llega alguien. Al fondo de la casa discurría un pequeño pasillo que albergaba una diminuta cocina. Y, finalmente, una puerta daba a un patio, en medio del que crecía un olivo que se veía recio. Seguramente había sido plantado por algún antepasado del hombre que colgaba de una de las ramas. Iba descalzo y medio desnudo. En un extremo del pequeño jardín había una silla caída. ¡Claro! Aquélla era la segunda silla, la del posible invitado o visitante.

—¿Quién es este hombre? —preguntó.

—No lo sé —respondió Mose.

—He preguntado quién es este hombre. No te he pedido si lo sabes —dijo Tikarbaal, y se quedó mirando a su ayudante.

¡Por supuesto! Aquello significaba que tenía que averiguarlo, cayó Mose en la cuenta y salió para interrogar a los vecinos.

Mientras, el jefe de la policía examinó el cadáver y el patio. ¡Qué extraño!, exclamó. Allí había algo que no cuadraba. Aquello tenía todas las trazas de un suicido, pero...

Observó con mucha atención el espacio alrededor del cadáver. ¿Qué era aquello que aparecía medio enterrado? Se agachó y descubrió una figura pequeña, que representaba un gato. Estaba esculpida en alabastro, muy bien tallada. La cogió, sopló para eliminar los restos de polvo y se lo guardó en la bolsa que llevaba colgada de la cintura. Iba a levantarse, que bastante que le costaba, cuando vio brillar un pequeño objeto. Apartó la tierra que lo cubría y encontró una cinta de piel de las que la gente rica usaba para atar las bolsas de oro, de plata o de cobre, y que tenía en un extremo una pequeña aguja de plata. Curioso objeto para hallarse a los pies de un muerto. Como también lo era el gato de alabastro.

Aún estaba meditando sobre aquel misterio, cuando regresó Mose.

—Su nombre es Menna —informó su ayudante.

—¿Y ya está?

—Querías saber quién era y...

—Entendido —dijo Tikarbaal, en un tono de desesperación—. Ahora quiero saber de quién es esta figura —ordenó Tikarbaal—. Busca entre los parientes, vecinos, amigos o quien sea, pero encuéntrame al dueño. ¿Has comprendido?

Mose tomó la figura del gato y salió. Empezaría por los vecinos.

2.6 – EL MILAGRO

Beder había recibido la orden de embalsamar el cuerpo de Tahme.

—Tú eres la mano derecha de Yenes —le había dicho Sharek, personalmente—. Te confío el cuerpo de la mujer más hermosa que nunca ha existido. ¡Ay de ti, si el cuerpo inmaculado de la Divina Adoratriz sufre el menor ultraje!

Desde que el cuerpo de Tahme entró en la Casa de la Vida, el ayudante del jefe de los embalsamadores no se movió ni un instante de su lado. Allí vivía para que nadie profanase a aquella mujer. La frase pronunciada por Sharek había sido harta elocuente. El cuerpo inmaculado de la Divina Adoratriz, había dicho. E inmaculado quería decir nunca profanado. Por lo tanto, se jugaba la vida.

Empezó su trabajo de inmediato y realizó un corte recto y perfecto para separar la carne del abdomen y del pecho y así poder vaciar el cadáver. El estómago, los intestinos, los pulmones y el hígado los colocaría en los cuatro vasos sagrados que ya tenía preparados y que había escogido especialmente, procurando que no presentasen ningún defecto.

Cuando ya había extraído el hígado, el estómago y se centraba en los intestinos, se detuvo y tragó saliva.

—¿Qué es esto? —exclamó, y notó que las manos le temblaban—. ¡Oh, gran Anubis, dios de los muertos!

¡No podía ser cierto! Lo examinó de nuevo, con mucha atención. Lo había visto en otras ocasiones, cuando aprendía de Yenes. Y estaba seguro de no equivocarse.

¿Y ahora qué?, se asustó. ¿Tenía que comunicarlo a Sharek o callar? ¿Qué sucedería si se descubriese que la Divina Adoratriz estaba embarazada?

—El cuerpo inmaculado de la Divina Adoratriz... —repitió lentamente, en voz baja.

Y si Sharek lo culpaba a él. ¡Hombre, no! ¡Estaba muerta, evidentemente! Sí, pero... Sharek había dicho que su cuerpo era inmaculado. Beder no era nadie para llevar la contraria al Cuarto Profeta...

Miró hacia la puerta. Allí sólo estaban él y el cadáver de la Divina Adoratriz. Y resultaba más que evidente que ella no hablaría. Nadie más lo sabía. Sin pensarlo dos veces, agarró el cuchillo, cortó la diminuta bolsa y la echó al fuego que ardía en un rincón. Nadie se enteraría, porque su boca permanecería sellada por siempre jamás. Nunca, bajo ninguna circunstancia, hablaría de ello con nadie.

Nodyme recibió a Pinedyem en el jardín de palacio. El joven había perdido peso y mostraba ojeras. No descansaba bien ni dormía todo el tiempo que su cuerpo reclamaba.

—Siéntate —dijo su abuela—. Aquí, a mi lado —señaló el banco.

Pinedyem se sentó y Nodyme le tomó la mano.

—Si fueses un niño te abrazaría y te acunaría, pero ya eres un hombre. ¡Todo un hombre! —dijo, y suspiró—. Herihor decía que eres el mejor de nuestros nietos. Que nadie como tú para comprender la importancia del gobierno de una nación. ¡Ay! —suspiró de nuevo—. Estamos viviendo pruebas muy duras y se nos exige que respondamos como lo que somos, como la gente que ha sido escogida por los dioses para lograr que Egipto y Tebas sean lo que tienen que ser.

—Yo la amaba —dijo Pinedyem, y sus ojos se humedecieron—. Perdóname, abuela —empezó a sollozar —. No quería ofenderte, pero mi amor por ella era honesto y el suyo por mí era puro...

—Te entiendo perfectamente y no tienes que pedirme perdón.

—Pero, tú y ella...

—Yo amaba a tu abuelo como nunca he amado a nadie. Ni a mis hijos ni a ninguno de mis nietos ni a ti, que eres mi predilecto —replicó Nodyme con una sonrisa —. Eso no se lo digas a nadie —añadió. Calló unos momentos, y prosiguió—: El amor es el sentimiento más poderoso que existe. Mucho más que cualquier otro. Por amor somos capaces de todo. ¡Absolutamente de todo!

—Quisiera morirme —dijo Pinedyem.

—¡Eso nunca! —exclamó Nodyme, y abrazó a Pinedyem—. Los dioses no te lo perdonarían y no te acogerían en su casa. Significaría que ellos se habían equivocado y que tú no eras capaz de superar las pruebas que te envían.

—No puedo vivir sin su amor —se quejó Pinedyem.

—A veces creemos que lo hemos perdido todo e imaginamos que no podemos seguir viviendo, pero siempre queda alguien que te ama o que está dispuesto a hacerlo. Mira —Nodyme sacó de la cintura el collar del escarabajo sagrado que Herihor siempre llevaba al cuello y se lo puso a Pinedyem—. Tu abuelo me dijo que el día que muriese, quería que fuese para ti.

Pinedyem se quedó mudo y sus manos tocaron aquella figura que él siempre había visto colgar del cuello de un gigante.

—Eres joven y el tiempo arregla muchas cosas, sustituye otras y crea de nuevas. Deja que todo aquello que llevas dentro de ti salga fuera. No sientas vergüenza. Aquí nadie te verá ni te oirá, porque he dado orden de que no nos molesten.

Pinedyem asió con fuerza la mano de su abuela y prorrumpió en llantos. Nodyme le pasó la otra mano por el hombro y lentamente la cabeza del joven se inclinó sobre su regazo. Entonces, la mano de Nodyme acarició su cabeza.

—El dolor de un amor se cura con otro amor —dijo —. Ten confianza.

Poco después, Pinedyem se quedó dormido. Por primera vez desde que Tahme había muerto, el joven pudo dormir profundamente, allí, en el jardín, con la cabeza sobre el regazo de su abuela.

Mucho rato más tarde se despertó. Se sentía descansado y podía respirar.

—Prepárate para despedirte de Tahme. Es muy importante que lo hagas cómo es debido, cómo yo he hecho con tu abuelo, para que su imagen sea un tierno recuerdo y no un motivo de dolor —le dijo Nodyme.

—Gracias abuela —contestó Pinedyem, acariciando el escarabajo sagrado.

La abrazó y se fue.

Tres días después, Pianj estaba reunido con Sharek. Incluso habían levantado uno a uno todos los matorrales de las afueras de la ciudad y no habían encontrado absolutamente nada.

—La noticia ha corrido por todo el país y el pueblo de Tebas está asustado. Creen que Herihor provocó la ira de los dioses. Smendes ya lo habrá dispuesto todo para zarpar y cuando llegue, si no hemos encontrado el cuerpo o una explicación, lo pasaremos muy mal —dijo Pianj, desesperado.

Sharek iba a responder cuando apareció el secretario de Pianj.

—El jefe de la policía está aquí y solicita ser recibido —anunció.

Pianj se quedó pensativo. No era nada frecuente que el jefe de la policía fuese a visitarlo, y menos aún teniendo en cuenta las circunstancias que les rodeaban. Miró a Sharek, que se encogió de hombros e hizo un gesto para indicar que él tampoco entendía aquella visita imprevista.

—Que pase —ordenó al secretario.

Tikarbaal entró y dedicó una reverencia a los dos hombres. No muy profunda. Su cuerpo ya no le permitía demasiadas contorsiones.

—Hace tres días vinieron a avisarme. Habían encontrado un hombre ahorcado —explicó—. Fui y examiné el cadáver del pobre desgraciado. Parecía que se había ahorcado él mismo, pero había algo que no encajaba. No había huellas alrededor del cadáver.

—Es normal. Si se ha suicidado, significa que allí no había nadie más que él —respondió Pianj con una sonrisa de evidencia.

—Es que no había ninguna huella. Ni las suyas —replicó Tikarbaal—. De algún modo tenía que llegar hasta la silla que utilizó para ahorcarse y no creo que alguien que quiere matarse se dedique a borrar sus propias huellas. Sería absurdo.

—¿Y por qué nos cuentas esta historia? —preguntó Sharek.

—Junto al cadáver encontré dos objetos que llamaron poderosamente mi atención —siguió hablando Tikarbaal, mientras abría una bolsa que llevaba prendida de la cintura y les mostraba su contenido—. Una es esta figura de un gato. Está muy bien tallada y parece un amuleto. Nadie la guardaría en un patio, medio enterrada en la tierra. Ordené a mi ayudante que descubriese si pertenecía al muerto o a otra persona. Ninguno de sus parientes ni vecinos la había visto. Seguimos buscando y tuvimos suerte. Era de un compañero suyo. Me lo trajeron, le enseñé la figura y reconoció que era suya, pero no sabía explicar ni cómo ni dónde la había perdido. Le dije dónde la había encontrado y me respondió que seguramente su compañero se la había robado. Entonces, le mostré el segundo objeto —Tikarbaal sacó la cinta de piel con la aguja de plata y la depositó sobre la mesa—. Se puso muy nervioso y no supo qué decir. Lo detuve y...

—Estamos muy ocupados y no podemos perder demasiado tiempo en nuevos misterios —le interrumpió Sharek, que había cogido la cinta y la aguja y las examinaba con atención—. Ve al grano. ¿Quiénes eran estos dos hombres?

—El hombre que apareció ahorcado se llamaba Menna —dijo Tikarbaal.

—¿Menna? —exclamó Sharek, terriblemente sorprendido—. ¿Quizás era soldado?

—Lo era.

—¿Del templo de Karnak?

—Sí.

—¿Y quién era el otro?

—Desher. También soldado y del templo de Karnak.

Pianj les miraba complemente perdido.

—Tráenos a ese soldado aquí, inmediatamente. Quiero hablar con él —ordenó Sharek.

—No puedo. Ha muerto —respondió Tikarbaal—. Anoche me fui a dormir y esta mañana mis hombres, que querían obsequiarme con una confesión... ¡En fin! Que no han sabido detenerse a tiempo.

—¿Ha confesado algo el pobre desgraciado? —preguntó Sharek.

—Lo ha negado todo y ha muerto sin que hayamos podido descubrir nada. No dejaba de repetir que él no había hecho nada y que no entendía cómo aquella figura había podido aparecer en casa de su compañero —

Tikarbaal se quedó en silencio, unos instantes, y dijo—: Juro por todos los dioses que, incluso, empiezo a pensar que es cierto y que no tenía nada que ver con la muerte de su compañero, porque después de haber visto cómo ha quedado su cuerpo, me resulta inconcebible que alguien pueda resistir todo lo que mis hombres le han hecho y no hablar.

—¡Dioses! Ya no entiendo nada —dijo Sharek.

Tikarbaal había acabado su exposición. Pianj le dio las gracias y lo despidió.

Cuando se quedaron solos, Pianj miró a Sharek.

—Es increíble: ésos son los dos centinelas que estaban de guardia la noche que desaparecieron Yenes y el cuerpo de Herihor.

—¡Nos estamos volviendo locos! —exclamó Pianj.

—No lo sé. Por el momento sólo puedo asegurar que nadie escapó por ninguna puerta del templo de Jonsu —dijo el Cuarto Profeta—. Personalmente he acompañado a los hombres que han rastreado los alrededores del templo. No hay ni una sola huella marcada en la arena. Si alguien salió de allí, fue volando. Cualquier otra explicación es absurda.

—¡No me digas que Yenes cargó a sus espaldas el cuerpo de Herihor y se fue volando! —Pianj exhibía en su rostro la incredulidad más absoluta, y ya estaba harto de tantos misterios.

—No encuentro otra explicación. Casi me atrevería a jurar que nadie pudo abandonar el recinto sin ser visto. Había centinelas en todas las puertas principales, y difícilmente podría haber escalado los muros para saltar al otro lado con un cuerpo tan pesando como el de Herihor a las espaldas. ¡Ni con un cuerpo ni sin él!

Pianj negó lentamente. Aquello no tenía el menor sentido.

—¿Y ahora qué hacemos? —preguntó, casi murmurando.

—Por más vueltas que le doy, no encuentro ninguna explicación racional —dijo Sharek, negando con la cabeza—. Y debe existir. ¡Seguro! Pero... no soy capaz de dar con ella. Realmente parece obra de los dioses o de los espíritus malignos.

—Quizás lo es, porque si tú no eres capaz de hallar una explicación... ¿quién la encontrará? —exclamó Pianj, y Sharek abrió las manos con las palmas hacia arriba y alzó los hombros—. No podemos esperar más —dijo, de pronto—. El tiempo se nos echa encima y debemos tomar decisiones u otros las tomarán por nosotros —y negó varias veces, con la cabeza, con energía.

Smendes seguramente ya habría recibido la noticia de la muerte de Herihor y en muy pocos días recibiría la segunda, que aún lo haría más feliz: el cuerpo de su rival había desaparecido y nadie era capaz de dar con él.

A partir de entonces la pregunta era: ¿Cuánto tiempo tardaría en llegar a Tebas?

Sharek se había quedado muy apesadumbrado. Recordaba que el sacerdote que le había comunicado, días antes, que Menna había estado esperándole para hablar con él, también le había contado que aquel soldado, al marchar, había dicho que regresaría al día siguiente o que ya hablaría con la reina. Tomó de encima de la mesa la cinta con la aguja de plata y la examinó con atención. Se le acababa de ocurrir que... pero... era imposible. Aunque, bien pensado... ¿Por qué no?

Cerró la mano y se guardó la aguja.

¿Por qué no?, se repitió, a sí mismo.

Dos días después Pianj reunió a Halep, a Uaraktir y a Sharek para analizar la situación. ¡Dioses! Tenían que tomar una decisión, porque el pueblo cada vez se mostraba más alterado y los rumores sobre un castigo divino tomaban cuerpo. De aquí a una revuelta popular no mediaba más que un paso.

—Tú ocupas el cargo más alto en el templo, ahora que Herihor nos ha dejado. Él te consideraba un hombre de gran experiencia, muy prudente y juicioso —dijo Pianj, dirigiéndose a Halep—. ¿Qué piensas?

—La situación es muy grave —dijo Halep—. Eres el yerno de Herihor y él mismo te escogió para sucederle. Así lo dejó escrito y todos en Tebas respetan y aceptan esta decisión, pero, si no podemos enterrarlo, no puede traspasarte su poder porque nunca llegará a ver a los dioses. Entonces, Ramsés reclamará sus derechos sobre estas tierras y enviará a Smendes con su ejército.

—Smendes debe respetar el pacto que selló con Herihor —replicó Uaraktir.

—¿Si es así, por qué, entonces, hemos desplegado el ejército? ¿No será para evitar una sorpresa, porque no las tenemos todas? ¿Y si ahora no podemos efectuar el traspaso de poderes, qué crees que hará Smendes, como sucesor de Ramsés, si tiene la posibilidad de reinar sobre todos los territorios, sobre el Alto y el Bajo Egipto? —preguntó Sharek.

Los cuatro guardaron silencio. Resultaba demasiado evidente que, una vez desaparecido Herihor, Smendes ya no tenía ningún compromiso con nadie.

—¿Qué puedo hacer? —preguntó Pianj.

—No lo sé —respondió Halep— Nunca me había encontrado en una situación similar. Ni creo que nunca se haya dado en toda la historia de Egipto.

—Si el pueblo de Tebas nos manifestase su apoyo de manera inequívoca, tal vez Ramsés perdería su fuerza y... —dijo Sharek, y dejó la frase en el aire, como si fuese el inicio de una sugerencia.

—¿Pretendes que convoquemos al pueblo? Sería absurdo. Nos hacen responsables a nosotros. Aún nos colgarían —dijo Pianj mirándole.

—Como muy bien dices, no podemos convocar al pueblo, pero sigo pensando que Tebas es la clave de todo, pero sólo si la gente sale a la calle y nos apoya.

—¿Cómo vas a conseguirlo? —preguntó Uaraktir.

—No interviniendo. Que nadie pueda culparnos de haber empujado al pueblo a tomar ciertas decisiones. Entonces, Ramsés tendrá que aceptar la situación y Smendes se encontrará con las manos atadas —Sharek prosiguió con el mismo tono de voz, y volvió a guardar silencio para ver si seguían su razonamiento o si alguno de los presentes había pensado en la misma posibilidad. Ahora los demás le miraban con interés. De manera que continuó—: Esta mañana ha empezado a circular entre la gente del pueblo un curioso rumor que apunta a que los dioses se habrían llevado el cuerpo de Herihor.

—¡Es absurdo! —rió Uaraktir.

—El pueblo es ignorante, tiene demasiada imaginación y ya no sabe ni lo que dice —se le añadió Pianj—. ¿Quién, en su sano juicio, puede tragarse una historia como ésta?

Halep no dijo nada. Aquello excedía su, por causa de los años, ya menguada imaginación.

—Absurdo o no, lo cierto es que la desaparición del cuerpo de Herihor y de Yenes representa un misterio que nadie ha sido capaz de resolver. El Primer Profeta de Amón decía que ni el más grande ni el más poderoso pueden hacer nada frente a la magia que queda prendida en el corazón del pueblo —dijo Sharek con una sonrisa—. Si el pueblo decide libremente que la única explicación es que Amón se ha llevado a su hijo, ¿por qué vamos a oponernos? Si nadie ha visto nada, si ningún centinela ha visto pasar a nadie, si ninguna puerta del templo ha sido abierta, si el pueblo consideraba a Herihor un ser casi sobrenatural, hijo de los dioses, si ya hace días que lo buscamos y no lo hemos encontrado, si... —Calló de nuevo y miró alternativamente a cada uno de los presentes. Abrió las manos con las palmas hacia el cielo y añadió—: Resulta evidente que no hay ninguna otra explicación. Por otro lado, los mismos soldados que estaban de guardia aquella noche han explicado lo que vieron. O mejor dicho: lo que no vieron. Y los obreros y los artesanos y los campesinos y las mujeres y los niños han construido toda la historia. Nosotros no hemos hecho nada. Al contrario: nos hemos mantenido al margen. Incluso nos hemos opuesto. No olvidemos que han muerto dos soldados: uno ahorcado en su casa y el otro interrogado y torturado por la policía hasta morir y sin que haya soltado una sola palabra. No nos queda más remedio que plegarnos ante la evidencia y dar la razón al pueblo.

Pianj asintió lentamente. Aquella historia no era tan absurda como parecía en un principio.

—Smendes no se atreverá a atacar si Tebas está de nuestro lado y todos nos mantenemos unidos —murmuró, meditando. Entonces, alzó la voz—. Es una gran idea, porque si, además, todos llegan a la conclusión de que ésta es la única explicación posible, resulta evidente que Herihor ha visto a los dioses, ya puede traspasarme el cargo y nadie se opondrá a que yo sea proclamado el nuevo Primer Profeta de Amón. Entonces seré rey del Alto Egipto. En estas circunstancias, Ramsés no se atreverá a reclamar nada.

—Aceptar esta explicación sería tanto como engañar al pueblo —intervino Halep, no muy de acuerdo con el planteamiento.

—Dejémoslo así y reflexionemos —interrumpió Pianj la conversación. No era momento para discutir—. Iré a hablar con la reina —dijo.

Aquella misma tarde, Pianj fue a palacio para hablar con Nodyme.

Cuando llegaba con su carro, vio que mucha gente se había congregado frente a la puerta del templo de Ramsés III. Primero se asustó, pero al descubrir que la mayor parte de los presentes eran mujeres y niños, se sintió más tranquilo.

—¿Qué hacen aquí? —preguntó a uno de los soldados que estaban de guardia.

—Dicen que quieren ver a la gran madre de Tebas.

—¿La gran madre de Tebas?

—La Gran Concubina de Amón, la reina, la gran madre de Tebas —repitió el soldado—. Desde que Amón se ha llevado el cuerpo de Herihor, dicen que Nodyme es su gran madre.

Entró en el patio y se dirigió a palacio. *La gran madre de Tebas*, no dejaba de repetirse. Entonces vio a Nodyme que había subido la escalera que conducía a la parte alta de los pilones y que se dirigía al primero de todos.

Echó a correr y la alcanzó.

—¿Lo has oído? —preguntó Nodyme—. Y no es únicamente el pueblo quien lo dice, sino que en palacio también lo comentan, y los pescadores han empezado a hacer correr la noticia, que ya viaja río abajo con los comerciantes. Tebas entera lo cree así y Egipto lo creerá. No hay ninguna otra explicación. Herihor tuvo la revelación de que Amón es el rey de los dioses y Amón lo ha recompensado escogiéndole, personalmente, su Primer Profeta, pasando por encima de la voluntad del faraón, que no tuvo más remedio que aceptar el veredicto que venía del cielo. Y ahora tendrá que aceptar el nuevo veredicto de Amón. ¿Quién puede dudar, habiendo presenciado este prodigio, que el rey de los dioses ha venido a buscar el cuerpo de su hijo predilecto?

—Halep lo pone en duda —respondió Pianj.

Nodyme llegó al balcón y levantó los brazos. En aquel instante se alzó un clamor unánime.

—¡Pobre Halep! —exclamó Nodyme, volviendo ligeramente la cara hacia Pianj—. ¿Cómo puede dudar, cuando mi marido ni siquiera escogió un lugar para ser enterrado? Amón le visitó y le dijo que vendría a buscarle y que se lo llevaría. ¿Acaso está ciego y no ve que el pueblo lo pregona a los cuatro vientos? ¡Pobre Halep! Ya era un hombre mayor cuando lo escogió Herihor, entonces ya tenía el rostro lleno de arrugas y ahora es un pobre anciano que se desplaza apoyado en un bastón. Ha ocupado durante estos años el lugar de Segundo Profeta de Amón y la verdad es que se le ve cansado. Le ha llegado la hora de retirarse. Pero con todos los honores, por supuesto.

—De acuerdo. Uaraktir ocupará su lugar —Pianj asintió con la cabeza.

—Uaraktir es un gran Tercer Profeta, pero no está preparado para ser el Segundo. Es noble y prudente, es valiente y fiel, pero un Segundo Profeta ha de ser tu sustituto, cuando no estés en Tebas. Necesitas a un hombre de gran inteligencia —dijo Nodyme, sonrió a los que se habían congregado allí, bajo el primer pilón y que la aclamaban, y añadió—: Necesitas a Sharek.

Pianj se quedó en silencio. Nodyme tenía razón. Sharek era quien había propuesto la solución de hacer caso del pueblo; Sharek era quien se había hecho cargo de la investigación; y Sharek era el primero que había apuntado la posibilidad de que tanto Yenes como el cuerpo de Herihor hubiesen salido volando de Karnak. Él sería, sin duda, un gran Segundo Profeta de Amón. Empleaba la palabra con mucha habilidad y su suegro, el gran Herihor, había dicho en diversas ocasiones que la palabra es magia, si quien la tiene sabe emplearla convenientemente. Con la palabra, decía, se puede explicar todo, convencer a todos y conseguir lo imposible. Y en las presentes circunstancias, había que pensar en imposibles.

—¿Y quien podría ser el Cuarto Profeta, entonces?
—Mendyebet.

—Yo había pensado en él como comandante del ejército —dijo Pianj.

—No. Tienes que pensar en quien te sucederá y debes prepararlo para cuando llegue el momento, que los dioses quieran que sea dentro de mil años —dijo Nodyme, y siguió alzando los brazos para enardecer aún más los gritos de la multitud, que cada vez era más numerosa—. Haz que Pinedyem participe en la defensa de Tebas, asígnale una parte del ejército y cuando todo acabe, si ha dado la talla, nómbralo comandante.

—Tienes razón. Debo contar con él y, además, le servirá para superar su pena.

—Hay una última decisión que tienes que tomar —dijo Nodyme.

—¿Cuál? —preguntó Pianj.

—Nombra a Makare nueva Divina Adoratriz. Ella es hija tuya y hermana de Pinedyem. Es noble y lleva tu misma sangre. Nunca tendrás problemas con ella.

Pianj miró a Nodyme. Aquella mujer lo tenía todo muy meditado y, evidentemente era la solución a todos los problemas. De manera que sonrió, le dedicó una larga reverencia y se fue.

Al día siguiente Pianj volvió a reunirse con Uaraktir y Sharek. Halep no había sido convocado.

—Ayer fui a ver a Nodyme. Estuvimos hablando durante mucho rato y comprobé que ella también cree que Amón se ha llevado el cuerpo de su marido —anunció.

—Parece que los únicos que no nos lo creemos, somos nosotros —dijo Uaraktir.

Pianj asintió lentamente y miró a Uaraktir, que sopló, negó con la cabeza y bajó la mirada. No acababa de ver claras las consecuencias y los beneficios.

—Es un milagro. El pueblo aclama a Nodyme y la ha nombrado su gran madre. Ordenad que cesen inmediatamente la búsqueda y que regresen todos los soldados que hemos enviado al desierto para encontrar a Yenes. Les necesitamos aquí —dijo Pianj—. Quiero que se organice una gran ceremonia para dar gracias a Amón, a Mut y a Jonsu por haber acogido el *ka* y el cuerpo de nuestro rey y Primer Profeta sin que haya tenido de realizar la travesía de las aguas. Y quiero que sea tan fastuosa que la noticia corra por todo el país, desde Harday hasta Asuán. Es evidente que el propio pueblo ha llegado a dar con la explicación, que es muy simple: Mut, la madre de Jonsu y esposa de Amón, tiene a sus pies la pluma que Maat utiliza para pesar el corazón de los hombres. Por lo tanto, ella y Amón han decidido crear una nueva dinastía aquí, en Tebas, y lo han hecho llevándose el cuerpo de quien inaugura la saga, porque su corazón era tan puro y tan ligero que ni siquiera ha sido necesario pesarloNo ha habido juicio y Herihor ha entrado en la vida eterna de la mano de Jonsu, en cuerpo y alma. Un prodigio que prenderá con fuerza y nos cubrirá con una coraza impenetrable. ¿Y qué prueba hay más evidente que Herihor no construyese para él ninguna tumba? Todos saben que Herihor ostentaba el título de hijo de Amón. El propio Amón le comunicó que vendría a por él. Por eso no escogió ningún lugar para ser enterrado. ¡Es hermano de Jonsu! —exclamó con las manos levantadas hacia lo alto— Y será venerado cómo merece —añadió.

—Es la mejor de todas las explicaciones —dijo Sharek—. Y es el camino más seguro para legitimar la nueva dinastía.

Pianj y Sharek miraron a Uaraktir.

—Quizás tenéis razón —aceptó, finalmente.

—¡Bien! —exclamó Pianj, con alegría—. Aún queda mucho por hacer. ¿Cómo está Pinedyem?

—Desde que habló con Nodyme parece otro. Ya no llora la pérdida de Tahme —dijo Sharek.

—Pues, ha llegado la hora de darle lo que siempre ha pedido —dijo Pianj, y miró a Uaraktir—. Mendyebet está en el sur, tú te haces cargo del norte. Que Pinedyem organice la defensa de Tebas.

Cuando ya abandonaban la sala, Uaraktir agarró el brazo de Sharek y le obligó a ir más despacio. Entonces, le dijo al oído:

—Una explicación extraordinaria y una brillante solución que seguramente no tan sólo convencerá el pueblo, sino que colmará todas las necesidades de prodigios, pero yo necesito algo más: saber dónde está el cuerpo de Herihor.

—No es a mí, a quien tienes que hacer esta pregunta —replicó Sharek, mientras negaba con la cabeza.

—¿Y a quién crees que debería hacérsela?

—A los dioses, que son los que se han llevado su cuerpo —sonrió Sharek, y se fue.

Uaraktir se quedó pensativo. A los dioses, repitió en voz baja y asintió lentamente. Evidentemente a los dioses, repitió de nuevo, porque a Pianj ya le convenía aquella explicación para llegar a ser rey.

¿Y no era eso lo que de veras importaba?

Durante los días siguientes, el pueblo de Tebas concluyó el dibujo de su propia historia: Amón y Mut habían decidido que Herihor viviese eternamente a su lado y habían escogido a Yenes para que le sirviera tan fielmente como siempre había hecho.

Beder acabó de embalsamar el cuerpo de Tahme en la Casa de la Vida. Sharek, como sacerdote y Cuarto Profeta de Amón, leyó el ritual y el cuerpo fue envuelto en vendas de lino y entre las tiras, en presencia de Pinedyem, colocó todos los amuletos. Finalmente, cubrieron el rostro del cadáver momificado con una máscara del más fino oro que reproducía fielmente una perfección que la naturaleza difícilmente repetiría.

El cortejo fúnebre, presidido por Pianj y por Pinedyem, se dirigió hacia el río, atravesando el templo de Mut y el de Amón, portando el pabellón de la momia y su ajuar. Llegados al pequeño puerto, subieron a las barcas que los transportarían hasta el templo de Ramsés III, dónde les esperaba Nodyme, que se sumó al cortejo para acompañarles hasta el Valle de los Nobles, donde Tahme fue enterrada en una tumba que había sido saqueada en tiempos de Penehasy, pero que había sido restaurada y ya contenía parte del ajuar de la difunta. Siguiendo la costumbre había sido trasladado a la sala de ofrendas antes de recibir a la momia. En cuanto al tesoro, dado por Pinedyem, fue colocado en la habitación preparada expresamente para ello.

Finalmente, el séquito rezó las oraciones que deseaban un largo y feliz viaje a bordo de la barca y un juicio rápido y favorable. Concluida la oración, los obreros llenaron el pozo de la cueva con piedras y tierra y tapiaron la obertura con un gran bloque para hacerla impenetrable. Entonces, los guardias ocuparon sus puestos.

—Nadie violará esta tumba mientras yo esté vivo —dijo Pinedyem, que ya había empezado a asumir las funciones de comandante del ejército—. Quiero que siempre, día y noche, haya guardia en esta puerta y que todo aquél que se atreva a tocarla, muera.

—Hemos hecho por ella todo cuanto podíamos —dijo Nodyme—. Ahora ya está en manos de los dioses.

Pinedyem asintió y recordó lo aprendido en el templo. A partir de aquel momento, Anubis guiaría amorosamente el *ka* de Tahme, que iniciaría su viaje bajo la protección de Isis hasta alcanzar la puerta de Hades. Después descendería por el río que se desliza por la galería de la noche y recorrería las tinieblas del mundo de Seth, donde los baduinos gigantes intentarían capturar la barca con su red, los enemigos de Osiris querrían atacarla y la gran serpiente Apofis haría todo lo posible para detener el viaje. Después toparía con la prueba de las siete salidas y la prueba de los diez pilones de entrada. Finalmente ascendería por la escalera de la justicia y llegaría a presencia de Osiris para someterse al juicio final. Allí, Anubis pesaría su corazón, poniéndolo sobre uno de los platillos de la balanza, mientras que en el otro depositaba la pluma de Maat. Toth, señor de los escribas, anotaría el resultado en su gran libro.

Pinedyem no albergaba la menor duda de que el corazón de Tahme sería infinitamente más ligero que la pluma de Maat y que su *ka* sería purificado en el lago y ascendería al Nilo celestial para fusionarse con Ra, el ser supremo.

El cuerpo de Nenhere fue quemado a las puertas del desierto, sus cenizas quedaron esparcidas en la arena, para que ni siquiera los animales salvajes pudieran alimentarse con ella, y nadie volvió a nombrarla. Su nombre fue borrado de todos los documentos. Ya no existía.

A partir de aquel momento, Pinedyem se dedicó en cuerpo y alma a la tarea de organizar la defensa de Tebas.

Un mes después llegaba un mensajero de Tanis. Traía una carta del faraón, en la que reclamaba el derecho a nombrar el sucesor del Primer Profeta de Amón. Mientras, también se recibía la noticia de que Smendes había zarpado con una flota cargada de soldados y que pronto estaría a las puertas de Tebas.

La respuesta fue inmediata y contundente.

«¿A quién es aún superior el faraón?», escribió Pianj en una larga carta en la que le relataba que todo Tebas sabía que Amón había arrebatado el cuerpo de su hijo carnal y se lo había llevado a los dominios celestiales. «¿Quién pondrá en duda la revelación de las grandes verdades que el pueblo conoce? Sólo el Primer Profeta, hijo de Amón, hermano de Jonsu, puede determinar el destino de Tebas», añadía. «¿Quién osará desafiar la ira de Amón, rey de los dioses?», acababa su carta.

Smendes nunca llegó a desembarcar.

Enfrentarse a un ejército es una cosa, pero enfrentarse a un fantasma creado por todo un pueblo, es otra muy distinta. Y él era un general. No un nigromante.

TERCERA PARTE

3.1 -LAS PALABRAS DEL SILENCIO

Pinedyem empujó la puerta de la sala de embalsamar de la Casa de la Vida y se quedó quieto, contemplando lo que se le ofrecía a la vista. La habitación era grande y no tenía ninguna ventana al exterior. La habían diseñado para evitar a los curiosos. En mitad del techo habían practicado una obertura cuadrada, de un palmo de lado, que servía para purificar el aire. Cinco mesas de piedra estaban repartidas por la sala: una en el centro y una en cada esquina. Con una sola ojeada se adivinaba cómo disponían el cuerpo de quien iba a recibir el tratamiento de los especialistas. Las mesas estaban ligeramente inclinadas, de los pies hacia la cabecera, que tenía forma de embudo abierto que desembocaba sobre un cubo. Por allí resbalaban los restos arrastrados por el agua que echaban continuamente.

Por encima de aquellas mesas habían pasado muchas y muchos y aún seguirían pasando muchas más y muchos más, pensó Pinedyem. Y sintió un escalofrío al descubrir la pequeña mesa de madera que los embalsamadores empleaban por dejar sus enseres. La imagen de las piedras de sílex, los cuchillos, las agujas, los ganchos... volvían a hacerse presentes.

Al otro lado de la cortina que se veía al fondo, en otra sala, se hallaban los baños que servían para sumergir los cuerpos en aceites y esencias. Ahí terminaba el proceso de momificación.

A la derecha, sin cortina, había una puerta que conducía al almacén, el lugar dónde guardaban los vasos sagrados para meter las vísceras, las vendas, los recipientes de las yerbas y de las sales, las jarras con los aceites esenciales y todas sus herramientas.

Y, finalmente, a la izquierda, se abría otra puerta que conducía a una pequeña habitación que servía para recibir la momia ya acabada y exponerla para que parientes y amigos pudiesen contemplarla antes de trasladarla a la tumba y cerrarla para siempre.

Pinedyem respiró hondo. Las barras de incienso aún quemaban para disimular el olor a sangre, a carne podrida y a restos humanos del último cadáver que había pasado por allí. Entonces recordó el poema que le habían enseñado en el templo:

«La muerte se presenta ante mí como la curación ante el enfermo,
Como si fuese una salida tras una larga enfermedad.

*Hoy la muerte se me presenta como aroma
de mirra,
Como descanso a la sombra de la vela
durante las horas en que sopla la brisa.
Hoy la muerte está frente a mí y me tienta,
Como si fuera la vista del hogar,
Para quien ha estado largo tiempo
prisionero.»*

Egipto sabe que la verdadera vida es el otra, la que no se nos está permitido contemplar ni en sueños, reflexionó. Egipto sabe que la muerte forma parte de la vida, que no es otra cosa que un mediar entre dos vidas: la ficticia y terrenal, y la real y espiritual. Todos, en Egipto, trabajan para conseguir un lugar en la otra vida, porque ésta no es más que una prisión.

«No estés triste», le había dicho su abuelo, poco antes de morir. «Por fin podré subir a la barca y cruzar las Grandes Aguas. Me voy contento, porque sé que allí me esperan y que aquí os dejo a vosotros para que terminéis la obra que yo he empezado.»

«Ya lo sé, abuelo», había respondido él, con lágrimas en los ojos. «Pero es que duele perder lo que más amas.»

«No pierdes nada, Pinedyem», le contestó Herihor. «Aprende del universo, que nunca pierde nada. Hazte mayor, crece hasta ser inmenso, y todo será tuyo. Yo no soy diferente de ti, a pesar de que te lo parezca. Yo soy parte de ti, como tú eres parte de mí, porque tu pensamiento me contiene y el mío también cobija tu imagen. Ambos pertenecemos al universo, a un todo indivisible, aunque nos pasemos la vida intentando separar pequeños pedazos para apropiarnos de ellos, imaginando que son de nuestra exclusiva propiedad. ¿Y qué es realmente tuyo? ¿Tu casa...? ¿Tus animales...? ¿Los templos que has ordenado construir...? No, Pinedyem. Nada de eso es tuyo, a pesar de que los escribas hayan levantado escritura. Únicamente tus actos, y no precisamente el resultado físico de los mismos; tus sentimientos, y no las personas amadas; tus pensamientos, y no el objeto que materializaron; sólo es tuyo lo inmaterial, porque es el fruto real que habrás dejado sobre la tierra.»

«Pero, lo inmaterial desaparecerá de la tierra, cuando yo me vaya. Me lo llevaré conmigo», replicó Pinedyem.

«No», sonrió Herihor. «Lo inmaterial es lo único que puede ser multiplicado infinitamente, sin ningún límite. El sentimiento que tú generas en tu interior se expande y alcanza a los demás, echa raíces, da fruto y se reproduce; el pensamiento que tú has tenido llega a los demás, que lo convierten en parte de su pensamiento, lo cuidan, lo alimentan para que crezca y lo lanzan al espacio para que otros lo recojan y lo hagan suyo; tu semilla seguirá dentro de tus hijos y de tus nietos y de todos tus descendientes, por siempre jamás. Podrás construir muchos palacios, pero Egipto tiene un límite y cuando lo hayas llenado no cabrá ninguno más. Las almas son infinitas porque el universo carece de dimensiones y puede abarcarlo todo. Mira, sino, el mundo de la imaginación. ¿Qué no eres capaz de hacer con esa herramienta tan simple y tan infinita? ¿Crees que habríamos podido construir todo lo que durante siglos hemos ido creando, si no hubiésemos dispuesto de la imaginación?»

«No te vayas, abuelo», había rogado Pinedyem, con el corazón encogido.

«He de irme. Los dioses me llaman. Amón me ha visitado y me ha dicho que no sea tan ambicioso ni tan avaricioso y que tengo que saber dejaros, a ti y los demás, una parte del trabajo para que sigáis vivos.»

«Es que aún me quedan tantas cosas por aprender de ti», había protestado el joven Pinedyem.

«Ya te he enseñado mucho y ahora ha llegado el momento de aprender por ti mismo. La base ya la tienes, los fundamentos del templo ya han sido puestos en su lugar. Las columnas, los muros, el techo y toda la decoración ya son cosa tuya.»

Pinedyem, en medio de la sala de los embalsamadores, frente a la mesa que había acogido el cuerpo de Tahme, suspiró mientras acariciaba la piedra que había sido la última cama de su gran amor. Por allí encima corrieron los restos de su sangre mezclados con agua cuando Beder rasgaba su piel inmaculada.

«El dolor de un amor se cura con otro amor», le había dicho su abuela, el día que fue a verla, poco después de la muerte de Tahme.

Meses después, cuando el faraón ya había aceptado que Tebas seguiría siendo un reino, cuando Smendes aceptó que la dinastía de los sacerdotes, iniciada por Herihor, era una realidad y que Pianj era su sucesor, y cuando Penehasy tuvo que retroceder de nuevo empujado por las fuerzas al mando de Mendyebet, Nodyme negoció con su hermano Ramsés la boda de Pinedyem con Henut-Tauy.

Quizás sí, que el dolor de un amor se cura con otro amor, pero ningún amor puede borrar la memoria del primero.

—¡Estúpido! —fue la primera palabra que Tahme le dirigió.

Estaban en el templo de Mut. El joven Pinedyem había ido a buscar a su abuela y al volver uno de los pasillos había topado con la Divina Adoratriz, que andaba sola, y casi la derribó. Afortunadamente, había reaccionado a tiempo y la había asido por los brazos.

—¡Es cierto! —había exclamado Pinedyem—. Soy un pobre estúpido que ha quedado cegado por tu belleza. Deberías ordenar que una de tus sirvientas trajese un candil para prevenirnos de la llegada de la luz de Ra en todo su esplendor.

Nunca nadie había sido capaz, en tan pocas palabras y con aquel tono, de decirle una cosa tan bonita. ¡Y qué ojos que tenía aquel joven! Con unas pestañas largas que parecían abanicos.

—Todos hemos caído en su red —le dijo Herihor, un día, cuando se enteró de que su nieto se veía a escondidas con Tahme. Nadie más lo sabía y había llamado a su nieto para hablar con él a solas. Y había añadido—: Penehasy y yo caímos. Supongo que Nodyme ya lo sabe.

—Y yo también lo sé, abuelo —había respondido él
—. Me lo ha dicho Tahme. ¿Pero, puedo hacerte una
pregunta?

—Adelante.

—¿Has eyaculado en su interior?

Herihor se quedó petrificado. ¿A qué venía aquella
pregunta? Pinedyem había sido muy impertinente. Sin
embargo, ¿por qué no contestarla?

—Lo que ahora te contaré, lo sé por Sahura, el
camarlengo de la Divina Adoratriz —dijo Herihor,
bajando la voz—. Nenhere, que es quien toma las
decisiones en las habitaciones de Tahme, se ha inventado
una historia sobre que la Divina Adoratriz es el templo
de los dioses y le tiene prohibido que deje que nadie
eyacule dentro de ella. De manera que siempre me
obligaba a ponerme un de esos trozos de tripa de cabra
que tu abuela y yo no hemos utilizado nunca.

—¿Pero qué piensas, de ella?

—Estoy convencido de que si no fuera por Nenhere,
sería una gran persona. Pero esa bruja tiene tal
influencia sobre ella que...

Pinedyem había sonreído, feliz y satisfecho.

Entonces, Herihor había mirado a su nieto y había
detectado un brillo muy especial en aquellos ojos.

—¡Oh! —había exclamado Herihor—. Si has
conseguido eyacular en su interior significa que has
conquistado una plaza realmente difícil. ¡Seguro que
serás un gran general! —había añadido, con orgullo.

—No digas nada, que no lo sabe nadie. Ni siquiera
Nenhere.

—¿Estás seguro de ello? —había preguntado
Herihor, sorprendido.

—Por no saber, no sabe ni que nos vemos a escondidas desde hace meses.

—Yo os he descubierto.

—Sí, pero eres el único.

—Pues, tendremos que andarnos con tiento, porque un secreto que conocen más de dos personas, no es un buen secreto. Y ahora ya somos tres, los que lo conocemos.

—¿Tres? —había preguntado Pinedyem, extrañado.

—Tú, yo y... Tahme —había sonreído Herihor.

Henut-Tauy era una gran mujer. ¡Sin duda! Y Pinedyem la amaba. Pero, no era lo mismo. No existía aquella pasión que conseguía que dos cuerpos se convirtiesen en uno, hasta el extremo que la cabeza le daba vueltas y creía firmemente que sus pieles, la de Tahme y la suya, se habían rasgado, se habían abierto, habían dejado al descubierto las carnes, que habían salido fuera, y después se habían unido entre ellas para abrazarlos y no permitir que se separasen.

Perder a Tahme significó perder una parte del alma. ¡Maldita Nenhere!, exclamó en su interior, mientras cerraba los puños. Aquella bruja siempre se interponía entre Tahme y todo cuanto la rodeaba. Su poder era tan grande que su amada le propuso verse a escondidas, en el templo de Mut, donde habían hablado por primera vez. Allí la Divina Adoratriz disponía de unas estancias que utilizaba de tarde en tarde, cuando alguna noche se quedaba, y que sirvieron para que pudiesen verse cada tres días, a plena luz del sol. ¿Cómo podía Nenhere sospechar que Tahme aprovechaba cuando iba al templo para encontrarse con el joven Pinedyem? ¿Quién podía ni siquiera imaginárselo?

¡Maldita bruja!, gritó de nuevo.

La rabia y el dolor todavía inundaban su corazón cuando apareció el jefe de los embalsamadores.

Beder parecía cansado. Acababan de avisarle de la presencia Pinedyem, rey y del Primer Profeta, y había echado a correr.

—He venido lo más rápido que he podido. Ya he metido el cuerpo de Nodyme en el baño de sales y de esencias —informó, señalando la cortina del fondo—. Pronto estará lista para ser acogida por los dioses. Si quieres verla...

—No es de mi abuela, que quería hablar contigo —dijo Pinedyem, sin apartar la vista de la mesa—. ¿Es aquí, dónde embalsamaste el cuerpo de Tahme?

Beder tardó unos momentos en reaccionar

—Sí —respondió, finalmente, asintiendo lentamente, mientras miraba aquella mesa.

—Quiero hacerte una pregunta y espero una respuesta —dijo Pinedyem—. Una respuesta correcta —añadió, arrastrando cada sílaba.

Beder tragó saliva. Tanto tiempo creyendo que aquel episodio ya estaba olvidado y ahora tenía ante sí a Pinedyem que quería formularle una pregunta. Asintió con un lento movimiento, sin despegar los labios y temblando internamente. El tono que había empleado el Primer Profeta había sido realmente imperioso.

—Cuando descubriste que estaba embarazada...

—No, no, yo no... —se adelantó Beder.

—Aún no he formulado mi pregunta —lo interrumpió Pinedyem, y se quedó mirándole con dureza.

El jefe de los embalsamadores empezó a respirar agitadamente y se pasó la lengua por los labios. De pronto, se le habían quedado resecos.

Se había precipitado. ¡Por supuesto!

—¿A quién se lo dijiste? —acabó Pinedyem su pregunta.

Beder tragó saliva otra vez y bajó la mirada.

—¡Responde! —gritó Pinedyem y su mano dio una fuerte palmada sobre la piedra de la mesa.

Todo el cuerpo de Beder pegó un brinco.

—No me atreví a contárselo a nadie —confesó—. Creí que era mucho mejor guardar el secreto para preservar su recuerdo inmaculado.

¡Entonces, era cierto!, exclamó Pinedyem para sí, y tuvo que apoyarse en la mesa para no caerse. Tahme esperaba un hijo. ¡Oh, Osiris! Aquello había sido un doble crimen.

—¿Y nunca se lo has dicho a nadie? —preguntó por segunda vez, incrédulo.

—No. Lo juro —dijo Beder—. De mis labios no ha salido ni una sola palabra. Nunca.

—¿Por qué?

—Sharek vino a verme, antes de que empezase mi trabajo, y me dijo que, si el cuerpo inmaculado de la Divina Adoratriz recibía el menor ultraje, yo pagaría con mi vida. Al descubrir que estaba embarazada sentí miedo. ¿Qué habría sucedido si yo hubiese revelado...?

Pinedyem se quedó en silencio. Si Beder no se lo había dicho a nadie... entonces...

3.2 – LA REVELACIÓN

La oscuridad de la noche ya se había apoderado de palacio. Pinedyem tomó la espada y la escondió bajo la mesa, en un lugar donde podía cogerla tan sólo con un movimiento de la mano. Esperaba la visita que llegaba en aquel momento.

—Pasa Sharek —saludó a su invitado—. Siéntate, que tenemos que hablar.

—¿Ya has tomado una decisión sobre dónde hemos de enterrar a Nodyme? —preguntó el Segundo Profeta.

—Casi, pero depende de ti —respondió Pinedyem.

—¿De mí? —dijo Sharek, con extrañeza.

—De lo que me cuentes esta noche —replicó Pinedyem.

—¿Sobre qué?

—Sobre lo que sucedió hace cinco años.

—No te entiendo —dijo Sharek.

—La noche en que desaparecieron Yenes y el cuerpo de Herihor, sucedieron muchas cosas y todo sigue siendo un misterio. Sin embargo, yo sé que tú sabes mucho más que nadie.

—¿Por qué lo dices?

—¿Podrías explicar, por ejemplo, cómo sabes que Tahme estaba embarazada? Nadie estaba al corriente. Ni siquiera sabían que ella y yo nos amábamos.

Sharek respiró hondo.

—Quiero que me lo cuentes todo. Sin dejarte nada —dijo Pinedyem, y su mirada era muy elocuente.

—Herihor decía que el pasado adormece, el futuro detiene y que sólo el presente empuja. Aquella noche ya forma parte del pasado —dijo Sharek. Y se quedó callado.

Pinedyem sacó la espada de debajo de la mesa y miró a Sharek directamente a los ojos.

—Verás: desde aquel día me cuesta dormir. Quizás, si conozco el pasado, mi sueño será mucho más profundo y tranquilo.

Sharek observó con atención el rostro de Pinedyem. No necesitaba mucho esfuerzo para adivinar que no había tomado la espada para jugar, sino que el mensaje era claro y no había que darle más vueltas. Había llegado el momento de las explicaciones.

—De acuerdo —dijo Sharek, y se dispuso a recordar y a explicar todo lo que sabía—. Herihor había previsto lo que podía suceder cuando él faltase. Conocía muy bien a Smendes y esperaba que reclamase Tebas al morir él. De manera que lo planificó todo para evitar que Egipto volviera a ser lo que fue y acabase destruyéndose a sí mismo.

—¿Qué planificó, exactamente?

—Todo. Absolutamente todo —dijo Sharek—. Tu abuelo, mucho antes de caer enfermo, ya sabía que la muerte lo rondaba. Pero, no decía nada, no quería ni oír hablar de los médicos y aprendió a soportar el dolor en silencio. Una mañana me llamó y me ordenó que echase a todos los sacerdotes de Jonsu y que cerrase el templo. Pensé que era para poder acabar lo más rápido posible la sala hipóstila y el patio. Pero, entonces, sacó uno de los planos que yo le había dibujado y me mostró lo que él había dibujado encima: una habitación bajo la sala hipóstila, justo en el centro, entre los dos grupos de columnas.

—¿Una habitación?

—Sí —Sharek asintió con energía—. Una pequeña tumba que yo ordenaría construir bajo la sala hipóstila. Me dijo que buscase diez hombres que no fuesen de Tebas. Quería repetir lo mismo que yo le había propuesto para excavar la cueva de detrás del templo de Hatshepsut, sólo que en esta ocasión no habría alternativa: una vez acabado el trabajo, debían morir. Egipto necesitaba este sacrificio.

—¿Se trata de los obreros que murieron ahogados en el Nilo una noche, poco antes de morir Herihor?

—Así es —corroboró Sharek.

—Continúa.

—Clausuré el templo, busqué diez hombres de muy lejos y los puse a trabajar en la sala hipóstila, con la prohibición de que nadie más entrase. Les prometí un buen salario y un mejor premio si acaban lo antes posible. Allí dormían y vivían todo el tiempo, con las puertas cerradas. Los demás obreros, los de Tebas, se ocupaban del patio. Acabaron el trabajo y, siguiendo mis instrucciones, lo dejaron todo a punto por recibir el cuerpo de Herihor, que ya había caído enfermo y los médicos decían que le quedaban unas semanas de vida, a lo sumo. La obra era magistral. Una habitación perfectamente construida, con una abertura que quedaría sellada por una enorme losa que caería en el preciso instante que se rompieran dos pequeñas vasijas llenas de arena. Todo un prodigio imaginativo, del que me siento particularmente orgulloso. La mejor obra que nunca he proyectado ni realizado. Los saqué de allí de noche, con el engaño de que ya habían acabado y que les pagaría. Sacerdotes de mi confianza les ofrecieron *shedeh* mezclado con yerbas que los dejaron profundamente dormidos. En mitad de la oscuridad, en medio del Nilo, la barca zozobró y todos murieron. Sus cuerpos fueron encontrados al día siguiente.

—¿Nadie se extrañó de que no se abriese la sala hipóstila, una vez hubieron muerto ahogados aquellos hombres?

—Este detalle formaba parte del plan. Había ordenado que corriese la voz de que la sala aún no estaba acabada y que, tras aquella desgracia, Herihor quería reflexionar sobre cómo la acabaría para calmar la ira de los dioses, porque la decoración había sido realizada por gente de fuera.

—Por eso mi abuelo no escogió ninguna tumba para ser enterrado. Ya disponía de una —Pinedyem asintió lentamente. Los misterios desaparecen.

—Sí —confirmó Sharek.

—¿Sólo lo sabíais él y tú?

—Nodyme también estaba al corriente todo, y Heday.

—¿Heday? —Pinedyem se extrañó.

—Él, por increíble que te resulte, fue la pieza más importante de todo el rompecabezas —Sharek asintió varias veces—. Cuando tu abuelo me contó lo que deseaba que hiciese Heday, le dije que se había vuelto loco y que aquella misión había que encargarla a sacerdotes de mi confianza. Me respondió que un secreto que conocen más de dos, ya no es un buen secreto. ¿Más de dos?, me extrañé. Sí. Y ahora somos tres, me respondió: Nodyme, tú y yo. Y Heday, si hace lo que dices, le recordé. Heday es como una tumba, me contestó. Le dije que su idea era absurda y que más valía buscar otra. Él sonrió y asintió. Aquella noche, en mitad de la oscuridad, me desperté sobresaltado y mi corazón estuvo a punto de detenerse a causa del susto que me llevé. Heday estaba junto a mí, sentado, en silencio, y me miraba. Había salido de palacio, había cruzado el Nilo, había escalado el muro de Karnak, se había colado entre los centinelas y había llegado hasta los pies de mi cama sin hacer el menor ruido. Nunca había visto nada parecido. Y me miraba como si estuviese leyendo mis pensamientos. ¡Es imposible!, pensaba yo. ¿Cómo un sordomudo puede deslizarse tan sigilosamente, sin hacer el menor ruido? Y lo que aún es más difícil de entender: ¿Cómo es posible que un hombre con el pie malformado sea capaz de escalar un muro como los del templo?

—A mí me daba miedo, cuando era pequeño. Nunca sabía lo que sentía o lo que pensaba y siempre me lo encontraba cuando menos lo esperaba. Es más: creo que tiene la capacidad de leer la mente de los demás. He presenciado cómo mi abuela se comunicaba con él sólo con la mirada —corroboró Pinedyem—. Sigue —ordenó.

—Lo tengo todo pensado, nos dijo Herihor, a Nodyme y a mí. El plan era muy simple. Yenes lo embalsamaría deprisa; mientras, Hedía, cada noche, iría llenando la tumba con los alimentos, los tesoros, los amuletos y las pertenencias que él determinaría. Todo había que hacerlo rápido y con sigilo. Aguardaríamos a que Yenes nos comunicase que ya había vaciado su cuerpo, que los vasos sagrados con las vísceras estaban cerrados y que ya lo había llenado de esencias y de yerbas y lo había cosido. Entonces, aprovechando que Yenes se iba a dormir, Heday, que se habría escondido dentro de la sala hipóstila, saldría, cogería el cuerpo de Herihor, lo depositaría dentro del sarcófago de piedra que habíamos preparado, tomaría los vasos sagrados y también los metería en la tumba, rompería las vasijas de arena, dejaría caer la losa, limpiaría los restos, se vestiría como un sacerdote y volvería a esconderse. Al día siguiente, Yenes, al no encontrar el cuerpo de Herihor, daría la alarma. Comenzaríamos a remover todo Karnak y Heday se haría pasar por uno de los que buscaban y regresaría a su habitación.

—Por lo que me cuentas, no debería haber muerto nadie, excepto los diez obreros que se ahogaron en el Nilo —dijo Pinedyem, y se quedó mirando a Sharek a los ojos—. ¿Dónde está Yenes?

—Yenes se marchó y Heday salió de la sala hipóstila, entró en la habitación de embalsamar, tomó el cuerpo de Herihor, ya envuelto en vendas y lo trasladó a la tumba. Desgraciadamente, Yenes regresó. Posiblemente había olvidado algo, vio que había desaparecido Herihor, envió al centinela a buscar a Pianj y se quedó para ver qué había sucedido. Tu abuela, que era la única que entendía los signos de su criado, me explicó que Heday, confiado en que no había nadie, salió por segunda vez para ir a buscar los vasos sagrados y se encontró de cara con Yenes, que se asustó. Entonces, Heday, lo golpeó para evitar que gritase, pero con tan mala fortuna que lo mató, porque la fuerza de Heday es descomunal. Entonces, lo depositó en la tumba, la cerró y se fue. La muerte de Yenes fue accidental.

—¿Y la historia que dice que Amón se llevó el cuerpo de Herihor?

—La ideó tu abuelo. Como también nos dio el mejor de todos los argumentos. Él no había escogido ninguna tumba porque Amón le había revelado que vendría a buscarlo. Así teníamos que contarlo. O mejor dicho: eso era lo que el pueblo tenía que acabar creyendo. Era la única manera de legitimar una dinastía de sacerdotes. La voluntad de Amón manifestada a través de un prodigio. ¿Comprendes?

—¿Y por qué la abuela tampoco ha construido ni ha escogido ninguna tumba?

Sharek negó con la cabeza y sopló.

—Me pidió un imposible. Quiere ser enterrada junto a Herihor. Quiere que volvamos a abrir la tumba de su marido, sin que nadie se dé cuenta, que la metamos dentro y que digamos al pueblo que Amón también se la ha llevado a ella —explicó.

—¡Es una locura! —casi gritó Pinedyem.

—Ya le dije que es imposible, pero en estos últimos tiempos... creo que había perdido el juicio.

—¿Y los dos soldados? ¿Otro accidente? —Pinedyem cambió de tema. No podía ni pensar en una idea tan absurda como la que había planteado su abuela.

—Una necesidad —respondió Sharek, y se quedó en silencio.

Pinedyem movió ligeramente la espada por animarle a hablar. Quería saberlo todo.

—Menna, el centinela que se quedó, mientras el otro iba a buscar a Pianj, vio algo que le llamó la atención. Aquel pobre desgraciado quiso hablar conmigo, pero aquella noche llegué a Karnak demasiado tarde. Al no encontrarme, se fue a hablar con Nodyme y le dijo que sabía algo que quizás valía mucho oro. Nodyme le entregó una bolsa de oro, le despidió con la promesa de que habría más y el soldado se fue. Al día siguiente apareció ahorcado en su casa. Nodyme había enviado a Heday para que le hiciese una visita. Era demasiado peligroso dejarlo vivo.

—¿Pero, entonces, el otro soldado?

—¿Desher? ¿El centinela de la puerta del pilón de Jonsu?

—Sí —dijo Pinedyem.

—Cuando un camino se tuerce, parece que todo sale mal. Desher fue otro desgraciado accidente. Lo más probable es que Menna le robase el amuleto y que le cayese cuando Heday lo ahorcaba del olivo.

—Tikarbaal dijo que Desher se puso muy tenso cuando le enseñó la cinta de piel con la aguja de plata.

—Es normal —dijo Sharek—. Todos los que trabajan en Karnak han visto esas cintas, y saben que sirven para atar las bolsas de oro, de plata y de cobre. Tikarbaal ya era viejo y chocheaba y lo más probable es que interpretase erróneamente la reacción natural de alguien que reconoce un objeto que tiene un alto significado. Lo interrogaron y... ¡En fin! Todos sabemos cómo actúa la policía en un caso de asesinato.

—¿Cómo supiste que Nodyme había entregado a Menna una bolsa de oro?

—Cuando vi la cinta, recordé que Menna había querido hablar conmigo y que, al no poder hacerlo, se fue a ver a la reina. ¿De dónde podía haber sacado una cinta como aquélla, con una aguja de plata, si no era de Nodyme?, pensé. Me fui a hablar con ella y me confesó que había tenido que ordenar su muerte para evitar que hablase —explicó Sharek.

—¿Qué es lo que vio? —preguntó Pinedyem, a quien el corazón empezaba a correrle más deprisa de la cuenta.

Sharek respiró hondo y sopló con fuerza. Entraba en la parte más delicada de la historia, y lo sabía.

—A Heday —respondió.

—¿A Heday? ¿Quieres decir que Desher abandonó su puesto de centinela y entró en Jonsu?

—No. Quiero decir que vio a Heday en la terraza del templo y cómo bajaba por el muro.

Pinedyem se puso tenso.

—¿No has dicho que tenía que permanecer escondido hasta el día siguiente?

—Eso es lo que habíamos convenido y eso es lo que yo tenía entendido, pero más tarde descubrí que su misión no terminaba después de meter en la tumba el cuerpo de Herihor.

—¿Ah, no?

Sharek sopló de nuevo, con fuerza. Había llegado el momento que tanto había temido desde que había visto aquella espada y había empezado a hablar.

—Entre las muchas habilidades de Heday estaba la de escalar cualquier muro, a pesar de su pie deforme, porque sus dedos son más poderosos que las mandíbulas de un cocodrilo y es capaz de colgarse únicamente de las yemas. Por lo que me explicó Nodyme, lo había aprendido a hacer para poder escaparse de casa cuando su padre llegaba muy enfadado. De la misma manera que había aprendido a quedarse quieto como una estatua, a hacerse invisible o a caminar tan silenciosamente como un gato. Cosa increíble en alguien que es prácticamente sordo. Cuando Nodyme me contó que había tenido que ordenar la muerte de Menna, porque había visto a Heday que descendía por el muro, enseguida comprendí la importancia de aquel detalle y me horroricé —explicó Sharek, y se detuvo.

—Sigue —ordenó Pinedyem, y dirigió la punta de la espada hacia la garganta del Segundo Profeta

—Todos, en esta vida, pagamos de una manera o de otra nuestras deudas. Sólo las almas más puras pueden vivir y marcharse sin que nadie les reclame lo que hurtaron, aunque fuera sin querer —dijo Sharek, en voz baja, y se mordió el labio inferior—. Nenhere era una mujer perversa, que vivía profundamente enamorada de Tahme. En aquel cuerpo joven y apetecible, en aquella gracia, en cada uno de los movimientos de sus manos, en cada palabra y en cada mirada se veía reflejada ella misma, porque aquélla era su obra. Ella la había encontrado en Nubia, la había traído hasta Tebas, la presentó a Penehasy, la convirtió en Divina Adoratriz y quería coronarla reina. Por eso era feliz cuando podía dormir en su cama. Por eso no permitía que nadie

328

eyaculase dentro del templo que ella había ido construyendo día tras día.

—Yo eyaculé en su interior —recordó Pinedyem.

—Ya lo sé. Y la dejaste embarazada.

—¿Y cómo podías saberlo, si Beder no te dijo nada?

—Me lo dijo tu abuela.

—¿Qué? ¡No es posible! Ella tampoco sabía nada

—Te equivocas. Nenhere, precisamente a causa del amor desmesurado que sentía por Tahme, descuidaba el entorno y creó, junto a un templo inmaculado y perfecto que nunca había sido profanado por el semen de nadie, un ejército de enemigos que la temían, pero que esperaban la ocasión para vengarse. Y tú se la proporcionaste.

—¿Qué tengo yo que ver en toda esta historia?

—¿No querías conocer la verdad? Pues, tú, sin saberlo, condenaste a Tahme. Tu amor la condenó; el amor que ella sentía por ti la condenó. Fue víctima del amor.

—¡Mientes! —gritó Pinedyem, y su espada se acercó peligrosamente a la garganta de Sharek.

—Ella se había pasado toda una vida siguiendo las consignas de Nenhere, que le enseñaba que a los hombres hay que engañarlos y menospreciarlos, porque somos seres imperfectos, un error de la naturaleza que únicamente servimos para procrear. Durante años, Tahme sólo miraba y veía a través de los ojos de Nenhere. Así fue su relación con Penehasy y con tu abuelo. Pero, de pronto, se enamoró de un joven oficial que era todo alegría. Tan grande fue su pasión que te permitió hacer lo que nadie había conseguido. Y eyaculaste en su interior. Evidentemente, Nenhere no estaba al corriente de nada y no lo supo hasta unos días antes de morir Herihor. Ella, al enterarse de que Pianj había sido nombrado heredero del Primer Profeta de Amón, elaboró su plan para convertir a Tahme en reina y corrió a explicárselo. Era muy sencillo. Pianj no tenía esposa. Tahme sólo tenía que seducirlo y dejar que eyaculase en su interior para quedarse embarazada. Sin embargo, a Nenhere le esperaba una buena sorpresa. Su obra maestra, el templo sagrado, había sido profanada y ya tenía un inquilino. Nenhere se volvió loca y gritó a Tahme, pero la muchacha había crecido y era consciente de su poder. De manera que, cuando se hartó de escucharla, simplemente llamó a los guardias y la echó de sus habitaciones y del templo de Seti I. Así de sencillo.

—Y entonces Nenhere habló con Nodyme y se lo contó todo —asintió Pinedyem.

—No —Sharek negó varias veces, con la cabeza—. Nenhere nunca habría hecho ningún mal a Tahme. No podía destruir su obra. El problema era que Sahura había podido oír la discusión y tiempo le faltó para darse cuenta de que aquello representaba su gran oportunidad para vengarse de la mujer que lo había convertido en poco más que un criado. Fue a ver a Nodyme, que le recibió de inmediato, y le relató todo lo que había sucedido. Entonces, tu abuela, descubrió lo que aquel embarazo podía significar y suponer. Tahme esperaba un hijo tuyo y tú eras el heredero de Pianj, según lo que Herihor ya había dispuesto, detalle que Nenhere conoció poco después y que la llevó a pedir humildemente perdón a Tahme. Nada se había perdido y su creación sería reina cuando tú accedieses al trono. Pero no contaba con que Nodyme también había tomado decisiones y no iba a permitir que una nubia, sin ningún pasado ni sangre noble ni nada de nada, ocupase la silla más alta y le robase el título de Gran Concubina de Amón. ¿Comprendes?

Pinedyem se había quedado mudo. Su abuela... ¡No podía creérselo! Pero, si ella lo consoló cuando Tahme murió...

Se levantó de un salto y agarró con fuerza la espada.

—¡Mientes! —gritó por segunda vez.

—No —Sharek negó lentamente, con la cabeza, sin dejar de mirar a los ojos de Pinedyem—. Heday escaló el muro de la terraza de Tahme y se encontró con que había dos mujeres: la Divina Adoratriz y Nenhere. Heday es sordomudo, pero no idiota. Al contrario, posee una inteligencia extraordinaria. De manera que golpeó a ambas, ahorcó a Nenhere y tiró a Tahme por la terraza. Un plan perfecto que engañó a todos.

—¡Mientes! —gritó Pinedyem por tercera vez, lleno de rabia y de dolor.

—He guardado dentro de mí todo eso durante todo este tiempo, pero no miento —respondió Sharek—. No tuve nada que ver con la muerte de Tahme. Te lo juro por Amón. Si yo hubiese sabido lo que Nodyme pretendía hacer, lo habría impedido.

—¿Y todos estos años me has tenido frente a ti, sabiendo todo lo que sabes, y no me has dicho ni una sola palabra?

—Lo siento —respondió Sharek, con la mirada baja.

—Soy tu rey y me has traicionado.

—¡Nunca te he traicionado! —exclamó Sharek.

—Has traicionado mi confianza. ¿Cómo crees que puedo mirarte, después de descubrir que cada mañana te levantabas, venías a verme y sabías que me escondías lo que ahora he descubierto?

—Ya no había nada que hacer. Tahme había muerto y yo tenía que salvar Tebas.

—¿Al precio de un crimen?

—¿Habrías matado a tu abuela para vengar a Tahme? —preguntó Sharek, de pronto, levantando la vista.

Pinedyem dejó caer lentamente la espada sobre la mesa y la soltó. Le faltaba el aire. Necesitaba respirar. Corrió hacia el balcón y vomitó.

Sharek fue hacia él, pero Pinedyem alzó la mano y lo detuvo.

—Déjame sólo —dijo, una vez empezaba a recuperarse.

Sharek dudaba.

—¡Déjame sólo! —gritó Pinedyem, enloquecido, mirándole con odio.

Sharek se retiró y, cuando ya alcanzaba la puerta oyó el grito de rabia:

—¡Malditos seáis todos!

*** ***

Dos días después, a primera hora, Henut-Tauy vio llegar a un sacerdote. Venía corriendo y quería hablar con Pinedyem.

—Es muy urgente —oyó Henut-Tauy que el sacerdote decía a los soldados de guardia.

Poco después aparecía un oficial y lo conducía a la sala del trono. Picada por la curiosidad Henut-Tauy se acercó.

—Esta mañana, al despuntar el sol, cuando hemos ido a despertar al Segundo Profeta de Amón, lo hemos encontrado muerto —oyó que decía el sacerdote, nada más entrar en la sala.

—¿Y cómo ha sido? —preguntó Pinedyem.

—Parece que se ha ahogado. No sabemos cómo. No había ningún signo de violencia.

—¡Pobre Sharek! —exclamó Henut-Tauy, profundamente apenada.

—¡Pobre Sharek! —repitió Pinedyem las palabras de su esposa, y asintió lentamente—. Tendremos que preparar sus funerales.

El sacerdote les dedicó una reverencia y salió.

—Lo enterraremos en el Valle de los Nobles, cerca de la tumba de Tahme —dijo Pinedyem.

Henut-Tauy le miró. No había el menor atisbo de emoción en la voz de su marido. Ni siquiera había notado sorpresa cuando había recibido la noticia.

—¿Por qué cerca de Tahme? —preguntó Henut-Tauy extrañada.

—Porque una vez me dijo que, si él hubiese podido, la habría salvado —respondió Pinedyem.

—La amabas mucho. ¿Verdad? —dijo.

Pinedyem sonrió. Nunca debes decir a una mujer lo mucho que has amado a otra, pensó. Ellas tienen una excesiva tendencia a comparar.

—Si la hubieses conocido, te habrías dado cuenta enseguida de que tenía un corazón tan grande como el de una reina —respondió él, escogiendo una fórmula más ambigua—. Todos la querían. Incluso la abuela, que hizo muchas donaciones para su tumba.

EPÍLOGO

El sol ya alcanzaba el horizonte y las sombras se alargaban cuando la hilera de sacerdotes, presidida por Pinedyem, llegó al Valle de las Reinas. Henut-Tauy caminaba a su lado. Uaraktir y Mendyebet les seguían y detrás suyo seis hombres portaban a hombros un sarcófago de oro. Detrás del sarcófago, venía Heday. Más atrás, Makare iba al frente de las representantes de los cuatro phylaes, que entonaban las oraciones fúnebres.

Durante seis días, en presencia del pueblo que le había dedicado un homenaje, los sacerdotes habían rezado a todos los dioses para que el cuerpo de quien reposaba dentro del sarcófago fuese acogido en las esferas celestiales. Y ahora, en el ocaso del séptimo día, había llegado la hora de trasladarla a la tumba para que siguiese el camino marcado por el sol, hacia el oeste, para subir a bordo de la barca y cruzar las Grandes Aguas.

Así, al día siguiente, cuando Ra volviese a despertar, ella ya se encontraría al otro lado.

La comitiva se desplazó entre las colinas de piedra y tierra seca, bajo la atenta mirada de los soldados, hasta alcanzar la boca de la cueva que conducía hacia la tumba vacía que esperaba ser ocupada.

Allí se detuvieron para iniciar las oraciones de salutación a las divinidades. Entonces, Pinedyem, seguido por los sacerdotes que transportaban el sarcófago, por Makare, Uaraktir, Mendyebet y Heday y por otros tres sacerdotes que portaban candiles, descendió por la pendiente que se adentraba en las entrañas de la tierra.

Al llegar al final, a la sala de las columnas, que los artesanos habían decorado con las más vistosas pinturas, torcieron a la derecha para acceder a la habitación del sarcófago donde habían depositado parte del ajuar que Makare había escogido personalmente y que las cuatro responsables de los cuatro phylaes habían preparado especialmente para la ocasión. Junto a esta sala había otra, a la que se accedía a través de una puerta estrecha, donde se guardaba el tesoro que Pinedyem había ordenado trasladar durante los días anteriores.

—¡Qué gran amor que sentía por su abuela! — habían comentado muchos, al contemplar la gran cantidad de joyas.

Makare entonó el cántico de bienvenida para rogar a los dioses que hiciesen lo mismo al recibir el alma de quien aquella noche imploraría su bendición.

Los seis sacerdotes depositaron el sarcófago de oro dentro del de piedra y aguardaron hasta que Pinedyem les concedió su permiso para cubrirlo con la losa que encajaba perfectamente y que los artesanos habían decorado con motivos religiosos.

Una vez concluida la ceremonia, los seis sacerdotes se retiraron. Después lo hizo Makare, a la que siguió Mendyebet.

Heday permanecía arrodillado ante el sarcófago, con el rostro cubierto por las manos, Pinedyem estaba en pie, en silencio, Uaraktir los observaba y dos sacerdotes con candiles esperaban.

—Tenemos que salir —dijo Uaraktir—. Ya es tarde.

Pinedyem asintió lentamente. Entonces Uaraktir tocó el hombro de Heday y le indicó con el dedo que tenían que irse. Heday le miró y empezó a llorar.

—Ya me ocupo yo —dijo Pinedyem, y tomó el candil de uno de los sacerdotes.

Uaraktir asintió y empezó a subir la rampa hacia la boca del pozo seguido por los otros dos sacerdotes.

Pinedyem depositó el candil sobre la pequeña mesa que había a su derecha, agarró a Heday por los hombros, lo levantó y le dedicó una sonrisa. Heday se enjugó las lágrimas y asintió. Entonces, Pinedyem tomó de nuevo el candil y se dirigió hacia la rampa.

Cuando ya casi habían alcanzado la salida, Pinedyem se detuvo y se volvió hacia Heday, que le miró. Entonces, el Primer Profeta le entregó el candil, se quitó el collar con el escarabajo sagrado que su abuela le había entregado diciéndole que Herihor quería que fuese para él, y se lo dio, mientras hacía un gesto con la cabeza para indicarle que lo llevase abajo.

Heday sonrió. Había comprendido perfectamente que Pinedyem le pedía que depositara aquel amuleto sobre el sarcófago de Nodyme.

Pinedyem vio cómo Heday descendía hacia lo más profundo de la tumba y cómo la luz del candil se perdía. Entonces se dirigió hacia la salida.

—Tapad la boca —ordenó, al llegar.

—Heday aún está dentro —dijo Uaraktir.

—Se queda con ella, para servirla durante toda la eternidad —respondió Pinedyem, y le miró a los ojos—. Ésta es su voluntad.

Uaraktir se apartó. El capataz de los obreros cortó la cuerda, la tabla de madera volcó y toda la carga de tierra y de piedras tapó la boca de la tumba produciendo un pequeño estruendo y levantando una gran polvareda.

Una vez la nube de polvo hubo desaparecido, los obreros empujaron la enorme losa y la situaron sobre el montón de tierra y piedras. Ni un gigante sería capaz de moverla. Y si alguien gritaba desde el interior, que nadie podía hacerlo, tampoco le oirían.

Aquella noche, cuando el palacio permanecía en silencio, un oficial se dirigió a la sala del trono, donde Pinedyem le esperaba.

—Tal como has ordenado, el cuerpo ha sido quemado y sus cenizas esparcidas por el desierto —informó el oficial.

—¡Bien! —exclamó Pinedyem—. ¿Y el otro asunto?

—Esta misma noche quedará listo.

Pinedyem asintió en silencio, el oficial se marchó y él se retiró a sus habitaciones.

No todas las que pertenecen a una familia real, tienen el corazón de una reina y quizás muchas de las que han nacido en el sí de una familia humilde bien podrían comparar el suyo con el más grande de todos, pensaba Pinedyem. Nodyme fue una buena reina para Tebas, pero eso no justificaba un crimen tan espantoso contra su propia sangre, por el que tenía que pagar. Matar al hijo de su nieto sólo podía merecer el mayor de los castigos de este mundo. Porque era sangre de su sangre, aunque la madre fuese Tahme, que no era ni noble ni egipcia. Ahora se había hecho justicia y la Divina Adoratriz, la que fue su gran amor, había sido enterrada como una reina y sería servida eternamente per un criado tan fiel como Hedai, que moriría enterrado en vida, arrodillado junto al sarcófago de quien él asesinó. Casi se podía tomar por un magnífico regalo que Tahme recibía de manos de quien había ordenado su muerte.

El cuerpo de Heday se pudriría y nunca traspasaría las Grandes Aguas ni nunca más podría volver a ver a Nodyme, que tampoco sería recibida por los dioses. Lo poco que quedaba de ella, sus cenizas, estaba esparcido por el desierto. De hecho, ella misma había escogido aquel destino. No construyó su tumba ni dejó escritas sus voluntades... ¿De qué tenía que quejarse, pues?

En cuanto a Sharek, había sido un buen Segundo Profeta y no tuvo nada que ver con la muerte de Tahme, pero había traicionado su confianza. Sería enterrado en el Valle de los Nobles cerca de la que había sido la tumba de quien decía que habría salvado si hubiese conocido las intenciones de Nodyme. ¿Qué cara habría puesto, al despertarse y descubrir a Heday que lo ahogaba con un cojín, mientras lo atenazaba con sus poderosos brazos? ¿O quizás ni se enteró? Heday era tan silencioso... Y la verdad era que tampoco había resultado tan complicado entenderse con aquel criado sordomudo. No le costó casi nada explicarle que Nodyme había ordenado la muerte del Segundo Profeta para que nunca pudiese relatar lo que sucedió aquella noche, cinco años atrás. Juraría que había leído sus pensamientos. ¡Menos mal que no se los leyó cuando salían de la tumba!

Antes de acostarse, Pinedyem se dirigió a la terraza, contempló el Nilo y respiró el aire de la noche.

Ahora recordaba que Tahme le había explicado que Nenhere hacía predicciones que solían resultar ciertas. A ella le había predicho que sería enterrada como una reina. ¡Pues, había acertado! Nodyme había sido en vida la Gran Concubina de Amón. Ahora, Tahme sería la Gran Concubina de Egipto. Y lo sería por toda la eternidad.

Egipto era el producto de la intriga, un país dividido en dos, aunque intentasen guardar las apariencias, y ya nadie les respetaba. Ningún pueblo veía en ellos la magnificencia de las pirámides ni la grandeza de sus templos, sino un gran territorio que algún día espoliarían.

¿Cómo podía ser de otro modo, si todo estaba edificado sobre la mentira? Herihor no había ascendido a los cielos; Nodime no había sido enterrada en su tumba; Sharek había muerto asesinado; Yenes no fue más que un pobre desgraciado que cometió el error de olvidar algo y volver a buscarlo; Nenhere fue condenada per un crimen que no había cometido; y Tahme murió porque le amaba.

¡Cuántas mentiras! ¡Oh, dioses! Y él era el único que estaba al corriente de todas.

Herihor decía: un secreto que conocen más de dos personas, no es un buen secreto. De manera que Beder moriría aquella misma noche, a manos del oficial que había sacado de su tumba el cuerpo de Tahme y lo había entregado al embalsamador. Y mañana, ese oficial también moriría, cerrando así el círculo.

Pinedyem pensaba: un secreto que únicamente conoce una persona, es perfecto.

De nuevo respiró hondo y alzó la vista. Ya era de noche y el cielo estaba cuajado de estrellas.

—Puedes dormir en paz, Egipto, que tus secretos permanecen bien guardados —exclamó cuando abandonaba la terraza.

OTRAS OBRAS DEL AUTOR

EL MAESTRO DE KEOPS

Obra ganadora del PREMIO NÉSTOR LUJÁN DE NOVELA HISTÓRICA.

Esta es la historia de la época del faraón Snefrú y la reina Heteferes, padres de Keops, el constructor de la mayor y más impresionante de las pirámides. También es la historia de Sedum, un esclavo que llegó a ser el maestro de Keops, del sumo sacerdote Ramosi y del nacimiento de la primera pirámide.

Sebekhotep, el gran sabio de aquellos tiempos, decía: «Todo está escrito en las estrellas. La mayor parte de nosotros vivimos sin ser conscientes de ello; algunos son capaces de leer en ellas y ver el destino; pero muy pocos aprenden a escribir sobre ellas y pueden cambiar el destino».

Ramosi y Sedum aprendieron a escribir e intentaron cambiar sus destinos, pero su suerte fue muy desigual. He aquí el relato del enfrentamiento de dos inteligencias: una luchaba por el poder y la otra por la libertad.

EL ENIGMA DE CONSTANTINO EL GRANDE

El emperador Constantino el Grande es una de las figuras más impresionantes y controvertidas de la historia universal.

Sus decisiones son un verdadero enigma que esta obra desvela magistralmente. Su vida es un sinfín de luchas y conquistas, amistades y odios, amores y desamores, grandezas y miserias, noblezas y crímenes, engaños y traiciones. Y él, desde la humildad del hombre que se enfrenta a su muerte, hace balance de todo.

Fue el último de los grandes emperadores. Hijo bastardo de Constancio Cloro, reunificó el Imperio romano por última vez, concedió la libertad a los cristianos, creó el primer ejército móvil, instituyó la moneda única (el Solidus, verdadero precursor del Euro), fundó Constantinopla, asesinó con sus propias manos... y vivió un gran amor con Minervina, su primera esposa.

Sumergirse en la vida de Constantino es revivir una época increíble y descubrir el gran misterio de sus decisiones, aparentemente absurdas y contradictorias y, a pesar de todo, cargadas de una lógica sorprendente e implacable que Albert Salvadó nos disbuja con pulso firme y mano maestra. Una obra que jamás se olvida y que mereció ser finalista en el I Premio Néstor Luján de Novela Histórica.

EL ANILLO DE ATILA

Obra ganadora del Premio Fiter i Rossell del Círculo de las Artes y las Letras.

En pleno siglo V, Constantinopla y Roma contemplan con preocupación cómo todas las tierras entre el Rin, el Danuvio, el Volga y el mar Báltico rinden homenaje y pleitesía al nuevo emperador de los hunos, como se hace llamar Atila.

Y la preocupación se convierte en pánico cuando empieza a circular la leyenda que habla de un hombre que está por encima de los demás mortales, porque ha recibido de manos de los dioses la espada de Marte.

Severo Antonio Braulio Teodosio, general, embajador y senador, vivirá una vida entera para descubrir que somos los hombres que levantamos los imperios y, también somos nosotros, quienes los hundimos.

Mientras, todo el Imperio cae a su alrededor, él, desde su villa de Tarraco, relata a su amigo Pablo Orosio, que escribió la historia de aquellos días, sus recuerdos, los de una época increíble, en la que la aparición de un hombre irrepetible, el gran Atila, se unió a otra figura que marcó el final absoluto del Imperio Romano de

Occidente: Gala Placidia. Nieta, hija, hermanastra, esposa y madre de emperadores, se sentó durante treinta años en la silla imperial.

El gran Severo, espectador privilegiado por los cargos que ocupó, grita: ¡Nunca, en toda la historia, hubo una mujer tan predestinada! Y relata con todos los pormenores cómo Gala Placidia enfrentó a los mejores generales de Roma entre sí, impulsó a Atila a atacar un Imperio debilitado y ahogado por la corrupción, la traición, la codicia y el vicio, y dejó en el trono a su hijo Valentiniano, un verdadero monstruo.

El resultado no podía ser otro, y la historia ha hecho justicia.

LOS OJOS DE ANÍBAL

Obra ganadora del "PREMIO CARLEMANY 2002",

En la Roma de los primeros tiempos la mujer no tenía el menor derecho: era considerada una propiedad y el matrimonio solo era un contrato para tener hijos. Aún así, en privado, la mujer se convirtió en el soporte del hombre y en el centro de un poder silencioso y secreto que influyó en las grandes decisiones.

Ésta es la historia de Ariadna, una mujer de ojos oscuros y misteriosos como la noche, y de Sinesio, el filósofo que era capaz de leer en los ojos de los demás y desnudar las almas y que descubrió que Ariadna guardaba en su interior todo un universo, oculto tras el misterio de su mirada.

Una historia en que el amor con mayúsculas se une a las cuatro derrotas consecutivas, también con mayúsculas, de Roma a manos del gran Aníbal. Y todo por causa de unos ojos.

También es la historia de Publio Cornelio Escipión, que se convertiría en el más grande de los generales romanos, que aprendió que los ojos son la puerta que nos permite asomarnos al alma y alcanzar los sentimientos de cualquiera.

El nombre de Aníbal ha pasado a la historia de la mano de los elefantes, pero una vez leída esta obra, es posible que sustituyamos los paquidermos por algo mucho más pequeño e infinitamente más poderoso.

EL INFORME PHAETON

Ésta no es una novela normal. Si la empieza, tiene que acabarla. No porque se lo diga el autor, sino porque, quizás, no podrá dejarla hasta cerrar la última página.

A través de un relato lleno de misterio, un escritor halla una explicación alternativa a todo lo que nos han contado, que mueve su interior y le abre las puertas de un mundo fascinante, hasta conducirle a un descubrimiento demoledor que lo cambia todo: el Diluvio Universal lo provocamos nosotros mismos: el ser humano. No hubo ninguna intervención divina. Y lo demuestra.

Dice la leyenda de los indios Hopi: «La explosión demográfica, la multiplicación de las mega-polis y de los transportes aéreos hicieron que el Hombre no se conformase únicamente con la creación... siempre deseaba más y más. No dejaba de producir incluso lo que no necesitaba y cuanto más tenía, más reclamaba.»

¿De qué «mega-polis» y de qué «transportes aéreos» hablaban? Porque la leyenda Hopi tiene siglos y siglos de antigüedad.

Por otro lado, hay un mínimo de 83 relatos y leyendas que hablan de un gran cataclismo y de montañas de agua que se nos vinieron encima. Y todos esos relatos hablan de un hombre previsor, que en nuestro caso fue Noé. Pero cada región tiene su salvador particular: Nata, Ouassou, Montezuma, Manu, Bergelmir, Yima, Nan-Choung y otro muchos Noés repartidos por toda la geografía mundial.

La pirámide de Keops... ¿Sólo es una tumba para un faraón?

Y, por si fuese poco, existe un libro silenciado y apartado de la Biblia, llamado el Libro de Enoc (uno de los patriarcas bíblicos) que habla sin tapujos de experimentos genéticos, naves, estaciones orbitales...

Ante semejante despliegue de información silenciada, el protagonista de esta misteriosa historia se pregunta: ¿Lo que nos han contado es la verdad? Y lo que es más interesante: ¿Las leyendas son sólo leyendas o son gritos de un pasado que nos implora que no lo olvidemos?